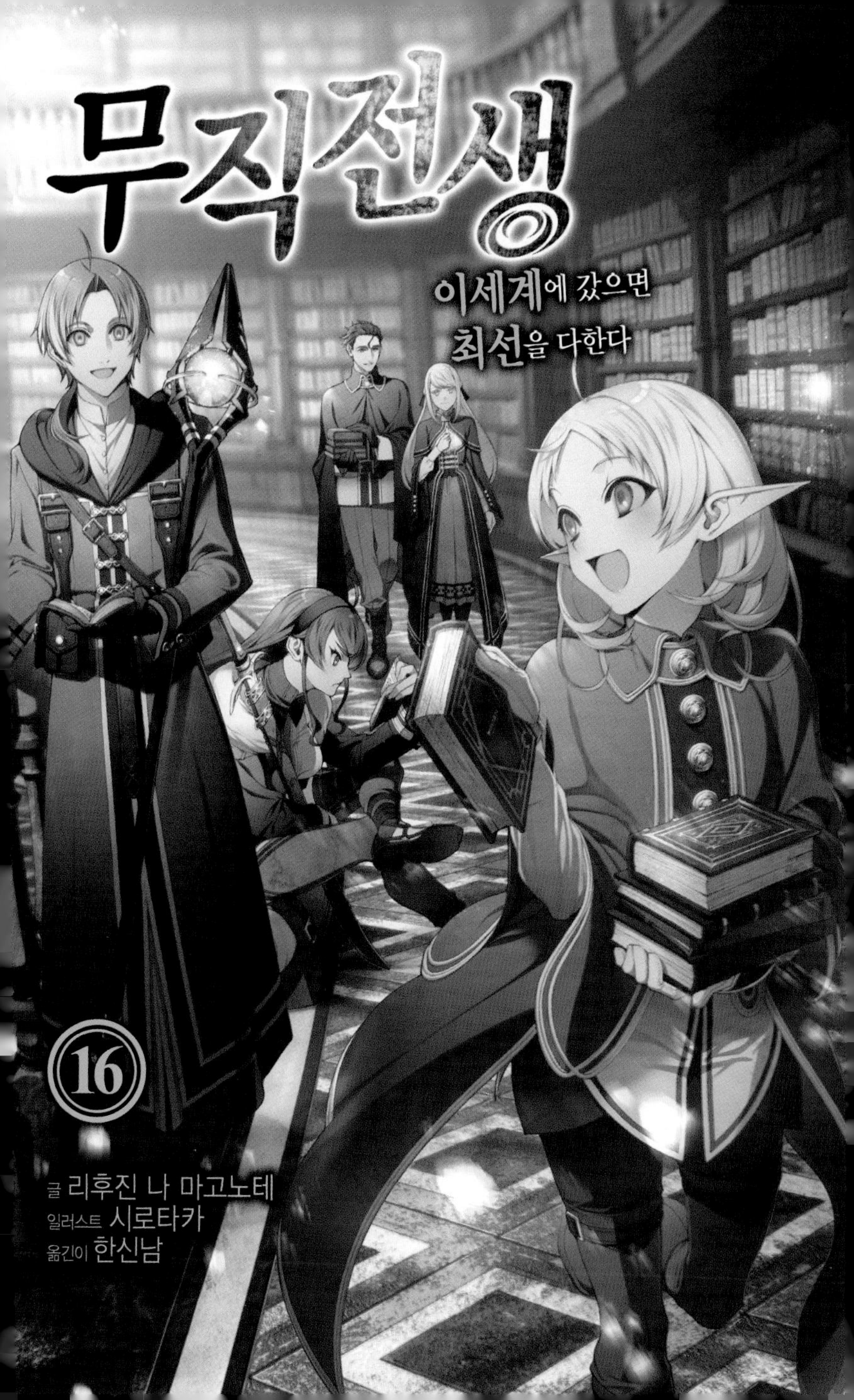
무직전생
이세계에 갔으면 최선을 다한다
16
글 리후진 나 마고노테
일러스트 시로타카
옮긴이 한신남

올스테드

실피에트

루크

무직전생

이세계에 갔으면
최선을 다한다

⑯

글 리후진 나 마고노테 일러스트 시로타카 옮긴이 한신남

無職転生　～異世界行ったら本気だす～ 16

©Rifujin na Magonote 2017
First published in Japan in 2017 by KADOKAWA CORPORATION, Tokyo.
Korean translation rights arranged with KADOKAWA CORPORATION, Tokyo.

CONTENTS

"욕설보다도 갈채를."

People wish for the king who can shower a cheer.

글 : 루데우스 그레이랫

옮김 : 진 RF 매곳

제16장

청년기
아슬라 왕국 전편

제1화 첫 임무로

지금까지의 줄거리!

나는 인신에게 속아서 인생의 밑바닥으로 떨어질 뻔했다.

하지만 여러 일을 겪으면서 올스테드와 싸우게 되고 그의 부하가 되었다! 취직이다!

게다가 에리스와 재회하고 결혼도 했다! 인생의 봄이다!

아름다운 봄의 햇살, 에리스와 결혼하여 몸도 마음도 봄.

실제 계절은 이미 여름이지만, 내 계절은 바야흐로 봄!

나는 흥겨운 마음으로 일터로 향했다. 직장은 올스테드의 밑.

오늘이야말로 혼자다. 남자는 혼자 일하러 가는 법이다.

아니, 우리 집은 맞벌이니까 누구랑 같이 가도 되지만….

올스테드의 저주 때문에 적의를 갖게 될 테니 역시 혼자가 좋겠지.

"응?"

그렇게 생각하며 오두막 앞까지 왔는데, 오두막 밖에 누군가 쓰러져 있는 게 보였다.

이런 곳에 쓰러져 있다니, 대체 누가….

"…우왓!"

자노바였다. 자노바가 죽어 있었다.

그는 3미터 가까운 금속 덩어리에 기대듯이, 드러누워 쓰러져 있었다.

"거짓말…!"

다급히 달려가서 그 어깨에 손을 대고 흔들었다.

"어이, 거짓말이지, 자노바…. 어이!"

맥박이… 있다.

동공이… 움직인다.

숨… 쉬고 있다.

체온은… 따뜻하다!

아무리 봐도… 살아 있다!

성급했다. 죽은 게 아니었다. 자고 있는 거구나.

"휴우…. 깜짝 놀랐네…."

지저스라고 외치고 싶었다.

그렇긴 해도 왜 이 녀석이 이런 곳에서 자고 있지. 왕족답게 푹신한 침대에서 자라고…. 나이도 있잖아.

그렇게 안도하는데, 오두막 안에서 올스테드가 나왔다.

"루데우스, 왔나."

"아, 예, 지금 왔습니다."

올스테드는 스윽 눈을 움직여서 나와 자노바를 보았다.

"어젯밤에 자노바 실론이 그걸 가지고 찾아왔다."

"그거?"

"네가 쓰던 갑옷 말이다."

시선 끝에는 자노바가 기대어 있는 금속덩어리…. 아, 잘 보니까 이 잔해, 마도갑옷이잖아. 파츠별로 분리되어 있어서 순간적으로 몰랐군. 그러고 보니 귀환보고를 할 때 부서져서 두고 왔다고 했더니 조만간 회수하러 가겠다고 그랬었지.

"그렇게 딱 맞닥뜨려서 싸웠던 겁니까?"

"그래."

자노바도 설마 여기에 올스테드가 있을 줄은 몰랐겠지.

미리 말했으면 좋았겠지만, 올스테드가 여기에 온 지 얼마 안 되어서….

뭐, 대충 봤을 때 외상도 없고, 올스테드도 적당히 싸워 준 모양이다.

"마지막에는 이 갑옷만큼은 못 넘긴다, 네게 전해야만 한다, 그런 소리를 하면서 여기까지 기어 왔다. 너도 참 사랑받는군."

"자노바!"

나는 무심코 자노바에게 달려가서 치유 마술을 걸었다.

외상은 없으니까 의미는 없겠지만, 하다못해 지금은 편히 자게 해 주고 싶다.

아니, 여기서 쓰러진 뒤에 그대로 밤을 보냈나. 올스테드도 참 인정사정없군.

"근데, 분명 눈을 뜨겠지요?"

"누카 족에게 전해지는 최면 마술로 재웠다. 몇 시간만 있으면 눈을 뜨겠지."

그런가. 최면 마술로. 무슨 마술일까. 참 흥미롭다.

상대를 자유자재로 조종할 수 있는 걸까.

예를 들어서 실피에게 걸고서 '스커트를 들어올려'라고 명령하면 그대로 해 주는 걸까.

아니, 그런 건 최면을 걸지 않아도 해 주려나.

그보다 스커트를 들추려면 실피에게 스커트를 입혀야지.

미니스커트가 좋겠군. 실피에게는 요정이 입는 미니스커트가 잘 어울린다.

…뭐, 그렇게 자유자재로 조종할 수 있다면 올스테드가 더 사용한 걸까.

고작해야 재우는 게 한계겠지.

"안으로 들어와라. 어제 하던 이야기를 마저 하자."

올스테드는 그렇게 말하고 안으로 들어갔다.

나는 자노바에게 겉옷을 걸쳐 주고 마술로 지붕을 만들어 준 뒤에 오두막으로 들어갔다.

돌아가는 길에 회수해서 진저에게 전해 주자.

"그럼 바로 본론으로 들어가자."

올스테드의 말에 나도 테이블 앞에 앉았다.

올스테드는 품에서 일기를 꺼내어 테이블 위에 탁 내려놓았다.

"제법 흥미로운 일기였다…. 시간이동 마술의 술식에는 흥미가 있지만, 재현할 수 없다면 일단 넘어가자."

"예."

"몇 가지 마음에 걸리는 게 있는데…. 일기에 대해 자세히 말하기 전에, 일단 네가 지금까지 인신과 어떤 대화를 나누었는지, 그걸 샅샅이 좀 말해 봐라."

"기꺼이."

그렇게 해서 나는 지금까지의 일을 떠올리면서 인신과의 만남, 그 뒤의 일에 대해서 말했다.

지금까지 인신과 만난 것은….

전이 직후.

리카리스 시.

웬포트.

이스트포트.

올스테드에게 죽을 뻔했던 직후.

마법대학에 입학하기 전.

베가리트 대륙에 가기 직전.

미래의 내가 오기 직전.

미래의 내가 온 뒤.

올스테드와 싸우기 위한 준비를 하던 중.

이렇게 열 번.

나는 하나하나 자세히 말했다. 뭘 하라는 지시를 받았고, 그 결과 무슨 일이 일어났는지를.

전이 직후. 루이젤드에게 의지하라는 말을 들었다. 그 결과로 모험가가 되었다.

리카리스 시. 애완동물 수색 의뢰를 받으라는 말을 들었다. 그 결과로 재릴과 베스켈을 만나게 되었고 최종적으로 도시에서 쫓겨났다.

웬포트. 음식을 가지고 뒷골목을 뒤지라는 말을 들었다. 그 결과로 마계대제와 만나서 마안을 얻었다.

이스트포트. 예지를 보여주면서, 실론에 가라는 말을 들었다. 그 결과 자노바를 알게 되었고 아이샤와 리랴를 구해 낼 수 있었다

올스테드에게 죽을 뻔한 직후. 딱히 조언은 듣지 못했다.

마법대학에 입학하기 전. 마법대학에 입학하여 전이사건을 조사하라는 말을 들었다. 그 결과 실피와 재회하여 결혼하기에 이르렀다.

베가리트 대륙에 가기 직전. 베가리트 대륙에는 가지 말라는 말을 들었다. 그것을 거스른 결과, 파울로가 죽고 제니스가 폐인이 되고 록시와 결혼했다. 인신은 내가 안 가면 파울로가 살아남았을 거라고 말했다.

미래의 내가 오기 직전. 녀석은 내게 지하실에 가라고 말했다. 가려는 순간에 미래의 내가 와서 무슨 일이 일어나는지를 가르쳐 주었다. 쥐는 분명히 있었다.

미래의 내가 온 뒤. 녀석은 퉁명스러운 얼굴로 나타나서 내게 올스테드를 죽이라고 말했다.

준비하는 도중. 녀석은 갑옷이나 다른 것에 대해 여러 정보를 주었다. 그 결과로 마도갑옷의 완성이 앞당겨졌다.

"……."

올스테드는 그 이야기를 묵묵히 들었다.

맞장구를 치는 일도 없고, 의문점을 말하는 일도 없이. 그저 조용히 들었다.

"…이상입니다. 이해되셨습니까?"

그렇게 묻자 올스테드는 고개를 끄덕였다.

"그래, 녀석이 너를 어떤 식으로 써먹었는지 잘 알았다."

오오. 정말인가. 역시나 올스테드로군.

"녀석은 너를 이용해서 역사를 바꾸려고 했다."

"호오, 역사를."

"본래 변할 리가 없는, 강한 운명으로 정해진 역사를 말이다."

"…그건 내 운명이 강하기 때문에?"

"그렇다."

나의 데스티니 파워는 역사를 바꿀 정도의 것인 모양이다.

"하지만 올스테드 님도 바꾸려고 하면 바꿀 수 있는 거지요?"

"그래."

올스테드는 고개를 끄덕이면서 테이블 위에 있던 일기를 탕하고 두드렸다.

"하지만 이만큼 크게 역사를 바꾼 인신의 목적을 모르겠다."

"그건 자기가 죽지 않도록 하려는 것 아닙니까?"

"녀석의 말을 곧이곧대로 믿지 마라."

"아, 예."

뭐, 거짓말일 가능성도 있지만.

"아무튼 한 가지 안 사실이 있다."

"뭡니까?"

"이렇게 변화한 역사의 끝에는 녀석에게 유리한 미래가 있다는 점이다."

"그렇군요."

올스테드는 한 박자 뜸을 들이고 말했다.

"고로 너는 내게 유리한 미래가 오도록 역사를 변화시켜라."

원래대로 되돌리는 게 아니네. 그도 그런가. 일어나지 않은 일은 역사가 아니니까.

역사란 만드는 것이다.

"장기적이로군요."

"나는 이미 백년 뒤를 위해 움직이고 있다. 지금까지의 일, 앞으로의 일은 모두 그 포석에 불과하다. 너와 나나호시 때문에 뒤틀리긴 했지만….”

백년 뒤인가. 꽤나 옛날부터 움직인 모양이고, 이제 와서 계획을 바꿀 수도 없겠지.

“확인 삼아 묻겠습니다만, 지금부터 인신에게 가서 둘이서 쓰러뜨리는 건 안 되겠지요?”

“비보秘寶가 모이기 전까지 인신에게 도달할 수 없다.”

“지금 당장은 모이지 않는 건가요?”

“네 개까지는 가능한데, 마지막 비보는 라플라스가 가지고 있다. 라플라스의 부활은 지금으로부터 약 80년 뒤다. …비보의 회수는 내가 하지. 멋대로 나서진 마라.”

멋대로고 뭐고 나는 그 비보가 어디에 있는지도 모르고.

분명히 오룡장이 가지고 있다는 이야기는 일기에서 읽었다.

하지만 내가 위치를 아는 오룡장은 페르기우스뿐이다.

응? 하지만 광룡왕 카오스가 죽었으면 문제가 있지 않나?

“광룡왕 카오스 님은 돌아가셨다고 들었습니다만, 괜찮습니까?”

“카오스의 것은 이미 회수했다.”

역시나, 이미 손을 써놓았나.

“하지만 우리가 미래를 변화시키려는 것은 인신이 예측한 범주일지도 모릅니다.”

“흠?”

“이렇게 움직인 결과 자기 손으로 무덤을 판다, 그럴 가능성도 있겠죠?"

"아니다. 녀석은 강한 미래시만이 아니라 이 세계의 생물에게 무조건 신뢰를 얻는다는 특성을 가졌을 가능성이 높다…. 그렇기에 이레귤러에 대한 대처는 약하다."

그런가. 인신도 저주를 가졌나.

아니, 하지만 신뢰를 얻는 건 아니겠지. 나는 녀석을 신용하지 않았고….

잠깐만, 내게는 올스테드의 저주가 듣지 않는다. 그렇다면 인신의 저주도 듣지 않는 건가?

인신도 나와의 대화에서 애를 먹는 느낌이 있었다.

아니, 하지만 결국 나도 녀석의 말을 꽤나 믿었던 것 같다.

저주가 전혀 안 듣는 것은 아닌가?

나도 언젠가 올스테드를 두려워하게 될 가능성도 있을까?

아니, 올스테드의 정보가 옳다고만 할 순 없다. 인신이 이 세계의 생물에게 무조건적으로 신뢰를 받는다는 것 자체가 틀렸을 가능성도 있다.

이런 식으로 말하면 어느 쪽이 옳은지 전혀 알 수 없어지는군. 그만두자.

"수읽기에 약하다고 해도… 이길 수 있을까요?"

"이길 수 있다."

올스테드는 단언했다.

"녀석은 만능이 아니다. 이제 한 걸음 남았다."

그 말은 나를 향한 것이 아니었다.

마치 올스테드가 스스로에게 들려주는 말 같았다.

올스테드는 이길 작정이다.

도중에 열세가 되더라도 최종적으로는 이긴다. 그런 기개가 보였다. 든든하다.

"우선은 가까운 역사를 바꾼다."

"가까운?"

"그래."

올스테드는 이어서 선언했다.

"아슬라 왕국 제2왕녀 아리엘 아네모이 아슬라를 아슬라 왕국의 국왕으로 만든다."

"오오."

드디어 아리엘에게 힘을 보태게 되는가.

좋군. 아리엘이라면 나도 좀 도와야겠다고 생각했다.

그게 첫 일이라면 대환영이다. 이 회사에 입사하길 잘했다.

"상황에 따라서는 꼭두각시로 만들어서 조종한다."

"오오?"

꼭두각시라니. 이건 또 뭐라고 할까, 시꺼먼 느낌의 단어로군.

힘을 보태는 게 아니라 흑막 같은데…. 역시 시꺼먼가. 악덕

기업인가.

"그 아리엘 님이 그리 간단히 조종당하게 될까요?"

"꼭두각시라고 해도 그리 거창한 일을 하는 건 아니다. 장래에 아슬라 왕국과의 접점이 생기면 그걸로 족하다."

"그렇군요."

장래라는 말로 미루어보면 백년 뒤를 내다본 행동이겠지.

작은 일이라도 지금부터 차근차근 하면 백년 뒤에는 결과도 나오겠고.

예를 들어서 마술 관련 연구에 힘을 쏟게 한다든가. 예를 들어 군비를 증강시켜둔다든가. 예를 들어 왕국 붕괴를 위한 불씨를 뿌려둔다든가.

"그런 일을 해도 괜찮을까요?"

"문제없다. 애초에 내가 아는 역사에서 아리엘이 왕이 된다."

"호오, 그 역사, 자세히 좀 들을 수 있을까요?"

"좋다."

올스테드는 고개를 끄덕인 후 이야기를 시작했다.

"본래 역사에서 아리엘 아네모이 아슬라가 왕이 된다. 이건 꽤나 강한 운명이 지키는… 확정사항이었다."

"지금 아리엘 님을 보면 그렇게 생각되지 않습니다만."

"그렇겠지."

최근의 아리엘은 하향세다.

내 눈으로 봐도 페르기우스를 상대로 실패를 거듭하는 모습이 역력하게 느껴질 정도다.

그 때문인지 실피도 이래저래 바쁘게 뛰어다녔다.

열심히 노력은 하지만 어렵다는 느낌이겠지.

"아리엘이 왕이 되려면 세 인물의 힘이 필요하다. 하나는 수호술사 데릭 레드뱃."

수호술사 데릭.

분명히 실피 이전에 아리엘의 호위를 맡았다는 마술사다. 전이사건으로 죽었다고 했나.

"녀석은 머리가 잘 돌아가고 기고한 뜻을 가진 남자였다. 전이사건이 일어나지 않았더라도 아리엘은 페르기우스와 만날 운명이었다. 그때 페르기우스를 설득한 것은 데릭이다."

데릭이란 녀석이 살아 있었으면 지금 같은 상황이 되지 않았다는 소린가.

"데릭은 그 뒤에도 아리엘의 좋은 조언자로 활약하여 장래에 재상이 된다."

재상인가. 완전 중요인물이다.

"그런 사람이 전이사건으로 죽은 겁니까?"

"그래. 강한 운명이 지키고 있었을 텐데… 죽었다."

운명이란 것도 확실하진 않다는 소린가.

나 자신도 강한 운명이 있으니까 죽지 않는다고 과신하지 않는 편이 좋겠군.

"그렇게 되면 대신할 사람을 찾는 게 좋을까요."

"아니, 조종할 거면 재상은 오히려 방해된다. 필요 없겠지."

"재상 없이 아리엘이 해낼 수 있겠습니까?"

"아리엘이 마법도시 샤리아에 오면서 인재에 변화가 생겼다. 문제없을 거다."

그럼 괜찮지만. 너무 되는 대로 하다가는 큰코다칠 것 같다.

뭐, 나한테 재상을 맡으라는 소리는 아니니까 다행인가. 나는 똑똑한 것도 아니고.

"다음은 에리스 보레아스 그레이랫이다."

"에리스가?"

그녀가 어떻게 엮이는 걸까.

아슬라 귀족일 뿐, 아리엘과 무슨 접점이 있는 것도 아닌 듯한데.

"에리스는 본래 그 검술 실력을 높게 산 아슬라 기사단에 들어가게 된다. 거기서 루크와 만나 결혼할 운명이었다."

"헤에…."

신경 쓰이는 이야기다.

"잠시만요, 에리스와 루크가 결혼하는 이미지가 왠지 잘 떠오르지 않네요."

"루크가 첫눈에 반한다."

"진짭니까."

루크는 그거냐. 용사의 후손이나 그런 거냐?

아니, 하지만 지금의 에리스에게라면 첫눈에 반해도 이상하지 않지.

얼굴은 예쁘고 가슴도 크고, 외모에 홀라당 속는 녀석이 있어도 전혀 신기하지 않다.

"몇 번을 패도 포기하지 않는 루크 노토스 그레이랫에게 에리스 보레아스 그레이랫이 꺾이는 형태다. 하지만 결혼한 뒤에는 사이좋은 부부가 되었지."

흐음. 사이좋은 부부라.

헤에, 호오…. 에리스도 깊게 사귀면 귀여운 면이 있으니까….

하지만 왠지 아내를 빼앗긴 기분이네.

좋아. 돌아가거든 에리스의 가슴을 뒤에서 주물러야지.

얻어맞긴 하겠지만, 무슨 일이든 대가가 필요하다.

그 가슴을 주무를 수 있다면 펀치드렁커가 되어도 좋다.

"네게는 기쁘지 않은 이야기겠지."

"솔직하게 말해서 그렇지요."

"그래. 그럼 개요만 말하지."

다른 역사 따위는 모른다. 루크와 에리스가 맺어지는 역사 따윈 없었다.

지금 역사에서 에리스 님에게 사랑받을 수 있는 건 나뿐. 에리스 님은 나만의 것이야.

"내가 아는 에리스 보레아스 그레이랫은 지금 정도는 아니지만, 성급에 이를까 말까 하는 실력을 숨긴 검사였다. 가문도 좋고 외모도 아름답지만, 그 사나운 성격 때문에 붉은 사자라고 불렸다."

붉은 사자인가. 분명히 에리스는 옛날에 산원숭이 소리를 들었던가. 그것과 비교하면 출세했네. 지금은 광견이고…. 아니, 결국은 동물인가.

"에리스는 루크와 함께 몇 번이나 아리엘을 암살자에게서 지키고, 아리엘이 왕에 이르는 길을 도왔다."

"지금의 실피 같은 위치로군요."

"그렇다."

"…그 역사에서 실피는 어땠습니까?"

일단 관계는 없겠지만 물어는 보자.

"실피에트는 록시 미굴디아의 제자가 되어서 모험가가 된다. 녹색 머리 때문에 다소 경원시당하지만, 최종적으로는 이름 있는 미궁을 여럿 공략하여 세계에서도 손꼽히는 미궁탐험가로 이름을 떨치게 된다."

"오오."

대단하네, 실피. 역시나 나의 실피다. 돌아가거든 귀를 핥아주자.

"그리고 실피는 누구와 결혼합니까?"

"나는 네 지적 호기심을 채워 주기 위해 이야기하는 게 아니다."

날카로운 말이었다. 죄송합니다….

그렇게 풀 죽었을 때 올스테드는 한숨을 내쉬면서 말해 주었다.

고개를 설레설레 내젓듯이.

"내가 알기로 실피에트와 록시 미굴디아는 누구와도 결혼하지 않고 평생을 독신으로 마친다."

"그렇군요, 감사합니다."

아, 그런가. 록시도 실피도 독신인가. 으음, 그 두 사람은 나만의 것인가. 왠지 기쁘네. 에리스가 루크와 결혼한다는 말을 들은 만큼 더더욱.

이게 독점욕이란 것일까. 그 두 사람은 내 것이다. 절대로 아무에게도 안 준다.

"달리 네 가족의 역사를 듣고 싶나?"

"아뇨, 본론으로 되돌리죠."

듣고 싶긴 한데, 그래도 내가 없는 세계의 이야기를 듣는다고 어떻게 되는 것도 아니고.

그럼 필요한 부분만 듣는 편이 낫다. 호기심을 채우는 건 이정도로 하자.

"그래서 에리스의 자리는 실피가 맡았다고 생각하면 될까요?"

"그래. 아리엘이 살아 있는 것이 그 증거다. 또한 에리스가 아리엘에게 붙으면서 필립 보레아스 그레이랫과 사울로스 보레아스 그레이랫이란 인물도 제2왕녀파에 붙게 된다."

아, 또 사망자가. 필립과 사울로스도 죽었다. 그 두 사람이 아리엘의 동료가 될 예정이었다고 생각하면… 지금 상황은 꽤 빡빡하지 않았을까.

"그럼 세 번째는?"

"트리스티나 퍼플호스."

트리스티나 퍼플린? 모르는 애로군요.

"트리스티나는 아슬라의 상급귀족 퍼플호스 가문의 자녀로, 여덟 살 때 유괴당해서 다리우스 실바 가니우스 상급대신의 성 노예가 된다."

다리우스 실바 가니우스.

분명히 아슬라 왕국에서 현재 가장 위세 있는, 잘 나가는 대신이다.

제1왕자파였던가. 여덟 살짜리 애를 성노예로 삼다니 취미 한번 대단하시군.

"트리스티나는 은밀하게 처분될 예정이었는데, 운 좋게 아리엘에게 도움을 받는다. 아무리 상급대신이라고 해도 퍼플호스 가문의 자녀를 몇 년이나 감금했으면 규탄을 면할 수 없다. 그 결과로 상급대신은 실각하고 제1왕자 그라벨은 힘을 잃는다."

제1왕자의 이름은 그라벨. 좋아, 기억하자.

"그렇군요. 그럼 지금 역사에서 트리스티나는?"

"행방불명이다."

"그녀는 죽지 않은 건가요?"

"아니, 다리우스는 사건이 일어나면 그 즉시 신변을 정리하는 사람이다. 성노예는 처분하기 때문에 죽었을 가능성이 크다."

"그럼 죽었다고 보는 편이 좋을 것 같군요."

"하지만 다리우스의 부하는 처분할 예정이었던 노예를 시장에 풀고 돈을 얻는 일이 있다. 그렇게 된 여자의 태반은 다른 누군가에게 팔려서 노예 생활을 계속하든가, 혹시 아직 미성년이라면 기술을 배워서 도적이 된다."

거기서 올스테드는 내 일기를 탕 하고 두드렸다.

"이 일기에 나오는 트리스라는 여도적이 마음에 걸린다."

트리스. 분명히 일기에서 내가 아슬라 왕국에 침입할 때에 만난 여도적이다.

일기에는 자세히 적혀 있지 않았는데….

"하지만 트리스라는 이름은 아슬라에서 그리 드물지도 않겠죠."

에리스나 트리스, 아슬라에는 여러 종류의 리스가 있으니까.

"그래, 하지만 내가 알기로 그 근처에 트리스라는 이름의 여도적은 존재하지 않는다. 게다가 트리스티나와 일기에 나오는 여도적의 특징이 몇 가지 일치한다."

아하, 그렇군. 역사를 아는 올스테드가 모르는 인물이 일기에 등장했다.

이름도 비슷하니까 이거 혹시 동일인물 아닐까? 라고 생각하는 건가.

그렇긴 해도 트리스티나에 트리스. 혹시 동일인물이라면 부르기 쉽도록 트리스만 남겼을까. 무슨 행방불명 애니란 느낌이군.

"그럼 그 인물을 손에 넣으면 상급대신을 실각시킬 수 있다는 겁니까?"

"산 증인이니까."

그럼 아리엘을 왕으로 만들려면 접촉해야겠군.

"왜 집으로 돌아가지 않는 걸까요?"

"유괴라는 명목으로 퍼플호스 가문이 몰래 트리스티나를 팔았으니까."

"집안에서 팔았는데, 성노예가 발각되면 실각합니까?"

"명목상으로는 유괴당한 걸로 되었으니까. 게다가 공격할 명목 따윈 뭐든지 좋다."

그렇군. 다리우스도 적이 많고, 어디의 누가 어떤 경위로 공격하는 지는 상관없다.

상급귀족의 딸이 유괴당하고 감금당했다, 그런 사실이 있으면 다리우스를 실각시키기란 어렵지 않다.

"귀찮은 나라로군요."

"그래. 하지만 그런 자들만 있으니까 이 세계에서 가장 힘이 강한 것이다. 유복한 토지에 산다는 것을 빼더라도."

편견이지만, 내부에서 서로 발목을 잡아채는 싸움을 벌여대니까 타국과의 교섭에도 강한 느낌이다.

"아무튼 트리스티나가 있으면 다리우스 상급대신을 실각시킬 수 있다. 녀석만 없어지면 그 뒤로는 어떻게든 되겠지."

"다리우스 상급대신이 그렇게 강력한 사람인가요?"

"그래, 지금 국왕은 다리우스 덕분에 왕이 되었다고 해도 과언이 아니다."

그렇게 센가. ㅇ자와 같은 느낌으로, 모금이나 술수가 특기인 타입일까.

"혹시 실각에 실패하게 된다면… 네가 죽여라."

"예? 내가 죽이는 겁니까?"

"그래. 네 강력한 운명이라면 녀석을 죽이기도 쉽겠지."

상대를 죽일 수 있는지 없는지는 운명의 힘으로 결정되나? 그러고 보면 인신도 나라면 올스테드를 죽일 수 있다는 식으로 말했지.

"…알겠습니다."

살인에는 저항감이 있다.

하지만 그게 가족을 지키는 것으로 이어진다면 해 보자.

상대는 못된 대신이다. 그럼 괜찮다. 상대가 자쿠라면 인간이 아니다.

"하지만 이야기를 듣기로는 분명히 제2왕자파도 있다고 하지 않았습니까? 그쪽은 손을 쓰지 않아도 되는 겁니까?"

"제2왕자 하르파우스 말인가. 녀석이 왕이 되는 길은 존재하지 않는다. 녀석은 왕이 될 그릇도 아니고, 진심으로 녀석을 왕으로 만들려는 녀석도 적다."

"하지만 이번에는 무슨 일이 일어날지 모르고, 만에 하나 왕이 될지도."

제2왕자. 하르파우스라는 이름인가.

나는 제2왕자의 얼굴도 성격도 모르지만, 후보로 꼽힐 정도라면 우수할 텐데.

무슨 일이 일어날지 모른다.

"문제없다. 혹시 실패하면 다음에 잘하면 된다."

"다음? 다음 한 수라는 소립니까?"

"음…. 그래, 그렇지."

"아리엘은 어떻게 됩니까?"

"죽겠지."

2천 년이나 살았으면 한두 번의 실패는 관대하게 보는 걸까.

장기적으로 본 계획이면 모든 움직임이 다 성공한다고 할 순 없겠고. 백년 뒤의 포석이라고 생각하면 한두 개 정도야 제대로 안 풀려도 괜찮나.

…하지만.

"그만두죠. 그런 찰나적인 방법으로는 인신이 비웃을 겁니다."

그렇게 말하자, 올스테드가 분노한 표정을 지었다. 얼굴이 무섭다. 하지만 나는 말을 계속했다.

"앞으로 어쩌면 계속 실패할지도 모릅니다. 결과적으로 최종적인 승패조차도 좌우할지 모릅니다."

최종적으로 이기면 된다는 생각에는 동의해도 좋지만, 아리엘이 죽으면 실피도 휘말릴 가능성이 있다.

길레느도 아리엘에게 소개하기로 약속했다.

가까운 이의 불행은 나의 불행이다. 나는 불행해지고 싶다는 생각이 없다.

"하나하나를 중요하게 여깁시다. 모든 승부를 방심하지 않고 이겨 나가는 겁니다."

"…물론이다."

올스테드는 무서운 얼굴이긴 해도 분명히 고개를 끄덕였다.

"아무튼 일단 첫 방침으로 아리엘 님을 왕으로 만든다. 올스테드 님이 지시를 내리고, 실제로 움직이는 건 나…라는 것이면 되겠군요."

"그래."

뒷배가 생겼다는 느낌일까.

내 뒤에는 용신회의 올스테드 씨가 붙어 있다! 는 느낌이다.

내려오는 임무는 조금 귀찮지만.

"제2왕자 하르파우스에 대한 대책도 세워두죠."

"그쪽에 대해서는 내게 맡겨라. 녀석에게 붙은 주요 귀족을 실각시키겠다. 녀석 자신은 왕이 될 마음이 털끝만큼도 없으니까, 그것만으로 충분히 전의를 꺾을 수 있겠지."

그 어조에 나는 왠지 모르게 깨달았다. 올스테드로서는 누가 왕이 되든 상관없을지도 모른다. 가령 아리엘이 죽고 하르파우스가 왕이 된다고 해도, 그 경우 나를 하르파우스에게 보내면 되니까.

"그리고 앞으로 한 달 정도 지나면 국왕이 병에 걸렸다는 소식이 들릴 거다. 그때까지 해야 하는 일이 있다."

"뭡니까…?"

올스테드가 '실패는 용서하지 않겠다'라는 얼굴을 하고 있다. 무섭다.

분명 그냥 단순히 진지한 얼굴을 하는 것뿐일 테지만, 엄청 무섭다. 눈빛만으로 사람 죽이겠다.

"페르기우스 도라를 아리엘의 진영으로 끌어들인다."

내 불안과는 정반대로 올스테드의 말은 어떤 의미로 예상했던 바였다.

"아리엘이 왕위를 차지하려면 녀석의 힘이 꼭 필요하게 되겠지."

데릭 레드뱃은 필요 없지만, 그가 설득할 운명이었던 페르기우스는 필요.

그러니까 내가 데릭 대신 페르기우스를 설득해야 한다는 소리다.

"일단 한 달 동안 아리엘과 루크와 친교를 다지면서 페르기우스를 설득한다는 형태로군요."

"그렇다."

"알겠습니다."

이걸로 대략적인 방침이 결정된 걸까.

백년 후의 미래를 내다보면서 현재를 바꾼다. 일단은 아리엘을 왕으로 만드는 것부터.

일단 이 정도로 이야기하면 될까.

"그리고 이걸 주마."

그렇게 생각하는데 올스테드가 품에서 무슨 두루마리 같은 것을 꺼냈다.

받아들어 펼쳐 보니 마법진이 그려져 있었다.

"이건?"

"수호마수의 소환마법진이다."

"오오."

어제 말했던 그건가!

대단하다. 하루 만에 약속을 지키다니…. 일기를 읽는 게 우선이니 시간이 더 걸릴 거라고만 생각했다.

"마력을 넣으면서 가족을 지키는 존재를 이미지해라. 말로 해도 좋다. 거기에 응하는 것이 소환될 거다."

"이미지면 됩니까?"

"네 마력은 막대하다. 세세하게 정하지 않는 편이 좋은 상대를 소환할 수 있겠지."

좋은 상대를 찾을 수 있을 거라는 식으로 말해도 말이지.

뭐, 하지만 그런 거라면 해 보자.

"이상한 게 소환되지는 않겠죠? 마 자로 시작해서 제 자로 끝나는 꼬맹이 여자애라든가."

"뭐가 소환될지는 네게 달렸는데…. 키시리카 키시리스는 그래 보여도 막대한 마력을 가지고 있다. 그 작은 마법진으로는 소환할 수 없다."

크기가 중요한가. 그럼 크게 만들면 소환할 수 있다는 소리?

아니, 소환하고 싶진 않지만. 그런 건 귀찮겠고.

"아무튼 수호마수는 내일이라도 불러내도록 하겠습니다."

"그래."

두근거리기 시작했다. 뭐가 나올까.

멋진 녀석이면 좋겠는데. 내 옆에 데리고 있으면 내가 2할 정도 멋지게 보여서, 실피와 록시가 또 한 번 내게 반할 만한 녀석.

아, 그렇지. 또 하나 중요한 이야기를 깜박했다.

"그러고 보니 내 자손이 올스테드 님을 돕는다는 모양입니다만, 역시 자식은 많은 편이 좋을까요? 아니면 내가 자식을 만들면 라플라스가 태어날까요?"

"…네 자손 중에서는 라플라스가 태어나지 않는다. 마음대로 해라."

"알겠습니다. 마음대로 하겠습니다."

그럼 열심히 낳아 볼까.

올스테드도 동료가 많은 편이 기쁘겠지.

"그럼 일단 실례하겠습니다. 이 소환마법진도 써 봐야겠고요."

"그래."

"그럼 다음에 또. 무슨 일이 있거든 집으로 연락을 주세요."

그렇게 일어서려다가 질문해야 할 게 남았다는 사실을 떠올렸다.

"그러고 보니 올스테드 님. 나나호시와는 이미 만나셨습니까?"

"아니, 만나지 않았다."

"내가 말하기도 그렇지만, 혹시 내가 그녀를 시켜서 불러낸 것을 마음에 두고 있거든 용서해 주시면 감사하겠습니다. 내가 그녀의 약점을 잡고 반쯤 억지로 시킨 짓이라서."

"……."

올스테드는 아무 말도 하지 않았다.

나 때문에 사이가 틀어지는 것도 싫고.

"나나호시는 내가 당신과 싸우는 것을 반대했습니다. 당신에게 신세를 졌다면서."

"……."

"당신을 덫에 빠뜨린 것을 아직도 자책하는 모양이니까, 혹시 올스테드 님이 나나호시를 용서할 여지가 있거든 다시 만나서 그녀의 사죄를 받아들일 수 없겠습니까?"

"알았다. 그러도록 하지. 나나호시는 그래 보여도… 쓸모 있는 여자니까."

그래. 아주 쓸모가 있지. 응, 응.

"음, 그래. 지금 이야기를 들으니 떠올랐다. 내 쪽에서는 몰라도, 네 쪽에서도 내게 연락을 못 하면 불편하겠지. 이것도 가져가라."

올스테드는 겉옷 안쪽에서 반지 하나를 꺼내어 테이블 위에 두었다.

어디서 본 적이 있는데. 극히 최근에 보았다. 아니, 나나호시가 가지고 있던 거라서 내가 덫으로 써먹었던 것이다.

"뭔가 급한 일이 생기면 그걸 써서 나를 불러라."

이 반지를 쓰면 잠시 동안 마력을 낸다.

마력을 내는 동안은 이것과 대칭되는 나침판이 그 방향을 계속 가리킨다고 한다.

혹시 이게 마도구였으면 레이더라도 만들 수 있겠지만, 아쉽게도 마력부여품의 효과를 재현하기란 대단히 어렵다. 이런 물건은 좀처럼 없다.

그렇긴 해도 이걸 내게 준다는 소리는 내가 다시 한번 기습하더라도 받아칠 자신이 있다는 소리인가. 혹은 더 이상 기습이 없을 거라고 신용해 주는 것일까.

…후자라고 생각하자.

올스테드도 두 번 세 번씩 전력을 내어서 귀중한 마력을 소모할 생각은 없겠지.

나를 신용해 준다면 나는 거기에 답해야만 한다.

"그럼 다음에 또."

나는 반지를 받고 귀로에 올랐다.

물론 자노바도 잊지 않고.

제2화 수호마수

아슬라 왕국에서 국왕이 병으로 쓰러졌다는 연락이 오기까지 남은 기간은 한 달.

나는 그동안에 아리엘과 함께 페르기우스를 설득해야만 한다.

그러기 위해선 일단 실피에게 사정을 자세히 말할 필요가 있겠지.

올스테드의 저주 문제도 있어서 꽤나 경계할 것이 예상된다.

상황에 따라서는 아리엘에게 전해 주지 않을 가능성도 있다.

실피를 믿고 정직하게 말할까, 저주는 어쩔 수 없는 거라고 생각하고 올스테드에 관한 것을 잘 피하며 말할까, 고민스럽다.

하지만 그 전에.

내가 올스테드 쪽에 붙은 진짜 목적을 달성해야만 한다.

그건 다시 말해 가족을 지키는 것.

내가 올스테드의 잔심부름꾼으로 일하면 아무래도 집을 비우는 시간이 많아진다.

그걸 메워줄 존재가 필요하다.

그런고로 올스테드의 부하가 되어서 한 최초의 작업은 수호 마수를 소환하는 것이었다.

오전 중에 나는 가족 전원을 정원으로 불러 모았다.

평소에 집에 있는 아이샤, 리랴, 제니스, 최근 가족이 된 에 리스도 있다. 록시와 노른은 말할 것도 없고, 지로와 비트도 있다. 최근 뭘 붙잡고 일어설 수 있게 된 루시는 실피의 품에 안겨 있다.

"이제부터 우리 집 수호마수의 소환식을 열겠습니다. 박수."

"와아."

모두에게서 요란스러운 박수가 터져 나오고 자리의 열기는 최고조. 오늘 밤은 전설의 라이브가 된다.

어라, 지로 군과 비트 군, 왜 박수를 치지 않지? 그럼 안 되 지. 너희의 동료를 불러내려는 거잖아? 응? 애완동물이니까 박수를 못 쳐? 그럼 어쩔 수 없지.

"이번 소환 말입니다만, 어떤 것이 나올지 모릅니다. 하지만 꽤나 강력한 것이 소환될 것은 틀림없겠죠. 그 녀석이 가족의 안전을 지켜준다는 겁니다."

"저기, 정말로 괜찮아? 루디가 외출해 있는 동안 가족을 모두 잡아먹는다든가 하는 건 아니지?"

실피의 불안한 목소리. 뭐야, 그 무서운 상상?

아니, 하지만 확실히 옛날에 읽은 책 중에 그런 게 있었지. 완전히 제어할 수 없는 마수를 불러내면 잡아먹힌다고 그랬던가.

"어어, 하지만 마법진 자체는 용신이 만들어 준 거야."

"그러니까 걱정이야."

잘 생각하면 올스테드는 그렇게 뱅뱅 도는 짓을 하지 않겠지만, 저주 때문이겠지.

아니, 잠깐만. 배신에 대한 포석도 되겠군. 배신할라 치면 '내가 손가락만 튕기면 네 집에 있는 마수가 네 가족을 잡아먹는다'라고 말하는 식으로.

그럴 가능성은 낮겠지만.

"알았어. 그럼 일단 불러낸 뒤에 위험하다 싶으면 다 같이 쓰러뜨리고 올스테드에게 뭐라고 하자."

"알았어!"

기운차게 대답한 건 에리스였다.

그녀는 기세 좋게 검을 뽑았다. 스릉 하고 멋진 소리가 울렸다.

참고로 저번에 받은 마검 '지절'은 에리스가 허리에 차고 있다.

원래부터 가지고 있던 것과 합쳐서 왼쪽에 두 자루, 오른쪽에 한 자루. 무겁지 않을까.

"그때야말로 모두 함께 올스테드와 싸울 수 있겠네!"

안 싸워. 불평하는 것뿐이야. 싸우면 이번에야말로 다 죽을지도 몰라.

아니, 에리스, 꽤나 기쁜가 본데. 설마 올스테드와 싸울 구실을 찾고 있었던 거 아냐?

"올스테드랑은 더 안 싸울 거지만, 앞으로 다 함께 싸울 기회는 있을 테니까요. 그때까지 힘을 비축해 두죠."

그렇게 말하자, 에리스는 조금 재미없다는 얼굴을 하였다.

다른 누군가와 싸우는 거라면 몰라도, 올스테드는 사양이다.

그런 절망적인 싸움은 두 번 다시 하기 싫다. 오줌 지리겠다.

"하지만 그 마법진은 정말로 괜찮은 걸까요. 페르기우스 님에게라도 보여주고 확인을 받는 편이 좋지 않을까요?"

록시의 말. 올스테드가 만들었다니까 긴장하는 거겠지.

정말로 올스테드에게 걸린 저주는 강력하다.

하지만 주위가 그렇게 과민하게 반응하니까 저주에 대해서도 신빙성이 생겨서 나도 판단하기 쉽다.

그렇다고는 해도 일단 나도 확인하자. 페르기우스에게 확인을 받을 정도는 아니지만.

"흠."

일단 겉보기로는 평범한 소환마법진이다.

소환조건 같은 부분은 내가 모르는 술식이 적혀 있다.

그렇다고 해도 내가 보기에는 그렇게 이상한 부분은 없는 것 같다.

나나호시에게 한 번 보여주는 편이 좋을까.

아니, 애초에 이 소환마법진은 내가 그릴 수 없으니까 올스테드가 그려준 것이다.

그런데 내가 의심해서 어쩐단 말인가.

"괜찮습니다."

"루디가 그렇게 말한다면 믿겠지만…. 잠시 지팡이를 가져오겠습니다."

록시는 반신반의인 모양이다.

믿는다고 말하면서도, 집에 돌아가서 애용하는 지팡이를 가져왔다.

"언니들은 왜 이렇게 경계하는지 모르겠지만…. 오빠, 정말로 괜찮겠지요?"

다소 불안해하는 노른. 그녀의 어깨에 가볍게 손을 올린 사람은 아이샤였다.

"노른 언니도 바보네. 오빠가 정말로 위험한 걸 우리 근처에서 쓸 리가 없잖아."

아이샤의 신뢰가 조금 가슴에 꽂힌다.

잘 생각해 보면 나는 이 마법진의 안전을 확인하지 않았다.

정말로 써도 되는 걸까. 지금이라도 페르기우스에게 '이거 정말로 괜찮은 겁니까?'라고 물어보는 편이 좋을까. 그 경우

아이샤에게는 눈총을 받고, 올스테드에게는 의심을 받을지도 모르지만.

"여차 하면 제가 방패가 될 테니까, 마음껏 해 주세요."

리랴는 무시무시한 소리를 했다.

그런 일은 없으리라고 생각하지만, 주위로부터 계속 그런 소리를 들으니 왠지 정말로 위험하게 보이기 시작한다. 이거 정말로 괜찮을까?

…아니! 나는 올스테드를 믿자. 그는 나를 신용한다고 말했어.

"그럼 마법진을 사용하겠습니다."

그 말에 전원이 끄덕였다.

흙 마술로 만든 테이블 위에 문제의 마법진을 놓았다.

"좋아."

기합을 넣고 마법진 위에 손을 올렸다. 정신을 집중시켜서 혈류에 마력을 담듯이 손끝으로 마력을 모았다. 그리고 손에서 마법진으로 마력을 보냈다.

마력의 양은 아끼지 않는다. 애초에 이건 가족을 지키는 존재다. 내 모든 마력을 넣어도 아깝지 않다.

더불어서 올스테드도 모든 마력을 넣어 주었으면 좋겠다.

대량으로 마력을 넣으면 그만큼 강한 마수가 나오는 것도 아니겠지만, 아무튼 넣을 수 있는 데까지 넣자.

그리고 올스테드는 이미지가 중요하다고 말했다.

가족을 지키는 이미지.

그렇다고 해도 모호한데…. 으음, 아무튼 강해야지. 웬만한 상대가 와도 모두를 지킬 수 있을 정도로 강하게. 그리고 충성심이 높은 녀석이 좋겠군. 거스르는 일이 없을 만한 녀석. 또 역시 가족을 지키는 거니까 저속한 녀석은 좋지 않아. 점액 묻은 로버 같은 게 나오면 여동생이나 루시의 교육에 나쁘다. 루시의 나이트니까 고귀한 녀석이 좋아.

고귀하고 충성심이 높고 강한 녀석.

좋아.

가라아아아아.

"나와라, 수호마수!"

마법진이 눈부신 빛을 뿜었다.

하얗기만 한 게 아니다. 청색이나 적색, 황색이나 녹색 같은 컬러풀한 빛이 넘쳐났다.

그리고 그때 문득 뭔가가 손에 걸리는 듯한 위화감이 있었다. 대체 뭐지.

아무튼 마력을 넣자, 손에 걸리던 느낌이 뚝 끊어지는 감촉이 있었다.

[오오오오.]

어디선가에서 울음소리가 들렸다.

이게 내 가족을 지켜주는 마수의 소리일까. 뭔가를 견디는 듯한 불쾌한 소리.

하지만 나는 마력을 더 넣어서 그 녀석을 마법진에서 끄집어냈다.

"오오오오오!!"

그 녀석의 소리가 귀에 또렷하게 들리는 동시에 마력의 공급이 멎었다.

천천히 빛이 수그러들고, 눈부신 빛 속에서 나타난 것은….

"큭….."

노란색 가면. 제복과도 비슷한 하얀 복장. 허리에는 큼직한 단검.

그 녀석은 한쪽 무릎을 꿇고 두 손으로 자기 어깨를 감싸는 듯한 포즈로, 돌 테이블 위에 앉아 있었다.

"이럴 수가…. 내가…. 페르기우스 님과의 계약이 끊어지다니…."

그 녀석은 그 포즈인 채로 주위를 둘러보았다.

가면을 써서 시선은 알 수 없을 텐데도 나와 눈이 마주쳤다.

"무슨 짓이냐…."

그는 그렇게 말했다. 아니, 그라고 하면 안 되겠지.

광휘의 아르만피. 페르기우스의 제일가는 부하…가 소환된 것이다.

마치 타천사 같은 포즈로. 이름을 붙이자면 고귀한 타천사일까.

광휘라고 했으니까 고귀…. 후후…. 아.

"무슨 짓이냐고 물었다, 루데우스 그레이랫!"

그는 테이블에서 뛰어내리더니 내 멱살을 붙잡으려다가 도중에 움직임을 멈추고 부들부들 몸을 떨었다.

그걸 보고 에리스가 검을 들었지만, 일단 손짓으로 제지했다. 괜찮아, 에리스.

하지만 진짜냐. 빛나고 고귀하다고 아르만피가 튀어나오다니. 장난하는 건가? 하지만 분명히 이 인간, 인간의 모습을 하고 있지만 정령이니까 그럴 수도 있으려나?

영문을 모르겠다.

아니면 나는 올스테드에게 속았나? 올스테드는 사실 페르기우스를 시켜서 나를 죽이려고 한 건가? 자기 손으로 하라고.

"…아, 아니, 나도 영문을 몰라서. 올스테드 님에게 받은 마법진을 기동했더니, 이런 사태가 되었습니다."

"올스테드의 마법진이라고…. 뭘 불러내는 것이지?"

"우리 집의 수호마수입니다."

아르만피는 테이블 위의 마법진을 손에 들었다.

그리고 그 내용을 보고 경악한 얼굴로 말하였다.

"이런 귀찮은 술식을…."

"어어, 무슨 술식입니까?"

"네놈에게 절대복종하고 네놈의 가족에게 닥치는 재앙을 계속 쫓아내라고 적혀 있다. 계약기간은 영원…."

노예계약 같은 마법진이군.

하지만 역시 올스테드는 거짓말을 한 게 아니었어! 올스테드는 믿을 수 있구나!

"그 이외에는?"

"소환대상은 술자가 정한다고."

그렇다면 내가 불러낸 거란 소린가.

좋아.

"체인지."

"체인지…?"

"아르만피 씨는 잘못 불러낸 겁니다. 다른 애로 하겠습니다."

"그럼 얼른 이 계약을 풀어라. 나 아르만피는 페르기우스 님의 긍지 높은 종이다."

"아, 예."

하지만 아르만피더러 지켜달라는 것도 나쁘진 않겠네.

이러니저러니 해도 신출귀몰하고. 무슨 일이 있을 때의 연락 담당으로 아주 도움이 되고.

…아니, 페르기우스도 중시하는 자일 테니까, 이쪽에서 잡아두면 싸움이 나려나.

"어어, 어떻게 해제하는 겁니까?"

"지금 당장 나를 페르기우스 님에게 가라고 명령해라. 파괴의 도트바스가 계약을 파괴할 거다."

"그렇군요."

"명령해라."

절대복종이니까 내 명령이 없으면 움직일 수 없는 걸까.

"그럼… 마법진을 가지고 페르기우스 님에게 가서, 괜찮은 느낌의 수호마수를 불러낼 수 있도록 충고해 달라고 전언을 부탁합니다."

그렇게 명령하자, 아르만피는 테이블 위의 마법진을 손에 들고 빛이 되어 사라졌다.

"미안, 조금 실수했어."

돌아보니 가족들이 놀란 얼굴을 하고 있었다.

잠시 뒤에 아르만피가 돌아왔다.

그는 페르기우스의 전언을 전해 준 뒤에, '다음에는 가만 안 둔다'라는 원망 어린 말도 하였다.

그들에게 페르기우스의 종이라는 것은 긍지 높은 스테이터스겠지. 그걸 빼앗다니 미안한 짓을 했다.

마법진은 계약 해제로 힘을 잃었는지, 페르기우스가 새로운 것을 그려주었다고 했다.

그런 짓을 했는데 이런 서비스. 페르기우스 님은 정말로 관대한 분이다.

그렇긴 해도 무시무시한 것은 그걸 가능하게 하는 이 용신 특제의 소환마법진인가. 아니면 내 마력인가. 아니면 양쪽 다인가. 하나하나는 작은 불이지만, 그걸 합치면 불꽃이 된다.

마력은 그렇게 줄지 않은 모양이니까, 그럼 마음을 다잡고 다시 한번.

페르기우스의 충고에 따르면, 광휘네 전지네 전능이네 하는 어려운 이미지가 아니라 동물을 이미지하는 편이 좋다는 모양이다.

그런 거라면 올스테드도 처음부터 그렇게 말해 줄 것이지.

의외로 아르만피면 문제없을 거라고 말할지도 모르지만.

"그럼 다시 한번 하겠습니다."

나는 주위를 둘러보고 마법진에 다시 손을 올렸다.

이번에는 확실한 이미지를 가지고 하자. 강하고 긍지 높은 동물….

사자다. 이 세계에 사자가 있는지는 모르겠지만, 그런 단어는 들은 적 있으니까 어딘가에 있겠지.

백수의 왕. 동물 중에서 가장 강한 동물을 이미지.

아, 하지만 충성심이란 점에서는 고양이과보다도 개과 쪽이 나으려나?

아니, 마법진에 절대복종이라고 그랬고, 여기선 강함을 중시하자. 이 세계에서 제일 뛰어난 동물.

체내의 마력을 모두 오른손에 결집.

그걸 때려넣듯이, 눈을 부릅뜨고 마력을 마법진에 넣었다.

가라아아아아!

"……!"

마법진이 눈부신 빛을 띠었다. 방금 전과 마찬가지로 컬러풀한 빛이 넘쳐났다.

이번에는 위화감이 없다. 마력이 잘 흐르는 가운데 뭔가가 내 부름에 응했다.

마치 이쪽으로 손을 뻗는 듯한 감각이 있어서 나는 그걸 붙잡고 끌어올렸다.

성공의 확신이 있었다.

"좋아, 와라!"

무심코 그렇게 외치자, 뭔가가 울부짖었다.

"워오오오오오!"

그 울음소리는 차츰 커지더니 내 귓전을 때렸다. 동시에 소환될 때에는 무슨 소리를 내야만 하는 건가 싶은 의문이 떠올랐다. 아니, 그건 아무래도 좋아.

그렇게 생각했을 때 빛이 수그러들었다.

거기에 있던 것은 하얀 사자였다.

몸길이는 약 2미터. 갈기는 없으니 아마 암컷이겠지. 더 말하자면 주둥이가 튀어나와서 고양이과라기보다는 개과로 보였다.

아니, 이거 사자가 아닌데. 개다. 그것도 다리 길이를 보면 강아지다.

더 말하자면 털도 흰색이 아니라 은색이다. 은색의 시바견, 라지사이즈란 느낌이다.

으음…. 또 실패했나.

"와, 귀여워!"

"하지만 수호마수치고 좀 믿음직스럽지 않은데?"

아이샤가 환성을, 노른이 불만이라는 듯한 소리를 내었다.

"하지만 강아지치고 제법 괜찮게 생겼네?"

"적어도 마수라고 생각되지 않을 만큼 청순한 기척이 느껴집니다."

실피와 록시의 반응도 제법이다.

"똑똑해 보이는 아이로군요."

리랴는 무표정이라서 모르겠지만 얼굴을 찌푸리진 않았다. 제니스도 평소와 같다.

비트는 잘 모르겠지만, 지로는 이미 배를 보이며 복종의 포즈를 취하고 있다.

가족들이 보는 첫인상은 나쁘지 않다.

아니, 이 강아지, 어디서 본 적이 있는데.

"저기, 그 녀석, 돌디어 마을에서 루데우스랑 친하게 지냈던 녀석 아냐?"

"아."

에리스의 말에 떠올랐다. 그래, 그런 녀석이 있었어!

어어, 수신어로 뭐라고 하더라.

[혹시 성수님입니까?]

"와우."

그렇게 물으니, 강아지는 수긍하듯이 내 얼굴을 핥았다.

동물 냄새. 제길, 친한 척이나 하고…. 하지만 지금 걸로 알았다.

"그런가."

성수님인가. 돌디어 마을의 오지에서 소중히, 소중히 모시던 그 성수님인가.

어어, 어쩐다. 그런 걸 소환해서 사역한다고 알려지면 수족들이 엄청나게 화내지 않을까? 수족에게 지명수배당하면 큰일일 텐데. 이것도 체인지인가…. 하지만 계약을 해제하면 또 페르기우스나 올스테드에게 신세를 져야 하는데. 애초에 체인지한다고 해도 지금보다 좋은 녀석이 온다고 할 수도 없고. 으음….

[성수님, 당신에게 우리 가족을 재앙으로부터 지킬 힘이 있습니까?]

"와웅!"

맡겨달라는 듯한 대답.

의욕은 충분하다. 하지만 이 녀석, 유괴당한 적이 있잖아. 괜찮을까?

올스테드도 인신은 가족에게 별로 간섭하지 않을 거라고 말했던 것 같지만….

"끄~응?"

주저하고 있으니, 성수님은 좁은 테이블에서 뛰어내려서 내게 몸을 비비면서 또 얼굴을 핥으려고 했다.

아, 부드럽다. 이거 틀림없이 유연제를 썼군요.

이 녀석이 수호마수가 되면, 매일 이 털을 만끽할 수 있겠군.

"아니, 아니야. 이건 성수님이 아냐."

응, 이건 성스러운 동물이 아니다. 결코 돌디어족의 수호신이 아니다. 성수님이 이런 장소에 왕림하실 리가 없지. 그냥 비슷하게 생긴 개다.

이건… 그래, 사자다.

내가 무한의 이세계에서 불러낸 새끼 사자다. 그렇게 정했다. 지금 그런 걸로 했다. 아니, 소환한 시점에서 이미 화를 낼 것 같고.

혹시 도저히 안 되겠다 싶으면 페르기우스 님에게 부탁해서 체인지하도록 하자.

그때까지는 가계약이다.

"좋아, 네 이름은 오늘부터 레오다."

그렇게 말하고 손을 내밀자, 성수님은 내 손을 날름 핥은 뒤에 킁킁 콧소리를 냈다.

그리고 뭔가 깨달은 것처럼 고개를 들었다.

시선 앞에 있는 것은 록시였다.

레오는 그녀에게 성큼성큼 다가가서… 그 스커트 밑에 얼굴을 들이댔다.

"앗! 아니! 무슨 짓입니까."

록시가 지팡이로 성수님을 딱콩 하고 때리자, 이 에로한 개는 큉 소리를 내면서 록시의 발을 핥고 록시의 다리를 껴안듯이 그 몸을 웅크렸다.

"저기, 루디…. 어떻게 해야."

안절부절못하는 록시.

잘 모르겠지만, 록시를 따르는 모양이니 괜찮겠지.

[레오. 이렇게 소환된 이상 너는 내 부하, 네 사명은 여기에 있는 가족을 지키는 거야. 알겠어?]

"멍!"

성수 레오는 기운차게 대답했다.

이 개가 얼마나 도움이 될지는 모르겠지만, 이렇게 소환된 이상 이 녀석이 수호마수다. 분명 도움이 되겠지.

[레오. 먼저 고용 내용에 대해 설명하지. 이전에는 멋대로 생활할 수 있었겠지만, 여기서는 그러면 안 돼. 너는 목줄을 차고 개집에서 살게 돼. 수상한 자가 나타나거든 짖고 물어서 저항할 힘을 빼앗아. 상대가 강대할 경우 물어 죽여도 돼. 식사는 하루 세 번. 낮잠은 자유. 원하면 산책에도 데려가 주지. 그걸로 좋다면 멍 하고 말해.]

"멍!"

좋아, 좋은 대답이다. 마지막으로 하나.

[물론 네가 가족에게 해를 끼쳤을 경우는….]

"끄~응."

그렇게 말하자 레오는 뜻밖이라는 듯이 소리를 내었다.

[좋아. 그럼 계약 성립이다. 손.]

손바닥을 위로 하여 손을 내밀었다.

그러자 성수 레오는 그 위에 처억 하고 앞다리를 올렸다.

이렇게 새로운 애완동물이 한 마리 늘었다.

제3화 선수

수호마수를 소환하고 꼬박 이틀이 지났다.

레오라고 이름을 붙인 커다란 개에게는 이름을 적어 넣은 가죽 목줄과 커다란 개집을 줬다.

그런 레오의 역할은 경비다.

아침에 일어나면 현관 앞에 대기하고 있고, 정원에서 운동을 하는 나와 에리스를 배웅.

그대로 한동안 보초로 현관 앞에 서 있다가, 그 뒤에 산책에 나선다.

산책에서 돌아온 뒤에는 집 안에서 가족을 지켜본다.

정기적으로 집 안을 보고 다니면서 이상이 없는지 확인, 무슨 일이 있으면 해결에 임하려고 한다.

루시가 울면 달래 주고, 아이샤가 장을 보러 가면 호위로 붙는다.

부탁하면 마법대학까지 가서 노른을 데려오기도 한다.

그야말로 자택경비원이다.

레오는 아주 똑똑해서, 가족들이 하는 말을 잘 지켰다.

볼일은 정해진 장소에서 본다. 재주는 기다려, 엎드려, 손, 누워, 세 번 돌고 멍, 공중 3회전까지 배웠다.

가족에게 순종적이라서, 아이샤나 노른이 조심조심 머리를 쓰다듬으면 선풍기처럼 꼬리를 흔들었다.

특히나 록시가 마음에 들었는지, 충성심 높은 기사 같은 행동을 보였다.

록시에 대한 레오의 태도는 분명히 다른 사람에게 보이는 것과 달랐다.

록시가 일어나면 꼬리를 흔들면서 주위를 빙글빙글 돌고 다리 사이에 얼굴을 묻으려고 했다. 내가 '거기를 핥아도 되는 건 나뿐이다'라고 화를 내면 풀이 죽으며 그만두지만, 다음날이면 또 반복했다.

또 록시는 아르만딜로 지로를 타고 등교하는데, 그런 지로에게 레오가 멍멍 짖으면서 뭐라고 하는 광경이 목격되었다.

무슨 소리를 하는 건지, 지로가 그걸 지키는 건지는 모르지만. 지로는 아주 위축된 것처럼 느껴졌다.

또 임신한 록시가 계단을 오르내릴 때는 발을 헛디디지나 않는지 걱정스럽게 계단 밑에서 올려다보는 장면도 있었다.

과보호 같은 그런 모습은 남편인 내가 미안해질 정도다.

왜 록시에게만 그렇게까지…라고 생각했는데, 역시나 개이기 때문이겠지.

이 집에서 누가 가장 위대한지를 냄새로 알아낸 것이다. 생각해 보면 리니아와 프루세나도 그랬다.

참고로 록시에게는 몸종 같은 태도를 보이는 레오도, 에리스와는 상성이 안 좋았다.

상성이 안 좋다기보다도 레오가 일방적으로 에리스를 꺼린다는 느낌이다.

에리스는 개나 고양이를 좋아한다.

그 부드러운 털에 얼굴을 묻고 힘껏 껴안는 것을 좋아한다.

그러니까 혹시 내가 모르는 사이에 에리스는 레오의 그 털을 마음껏 만끽했을지도 모른다.

광검왕 파워로 힘껏.

나도 경험이 있지만, 에리스가 힘껏 껴안으면 곰이 전력으로 껴안는 것과 비슷한 감각이다. 생명의 위협까지 느낀다.

나는 그런 에리스에게 안기는 것을 싫어하지 않지만, 레오가 에리스를 피하는 이유를 모를 것도 아니다.

레오가 에리스에게 가까이 가는 것은 산책 시간뿐이다. 그 시간만큼은 어째서인지 에리스를 피하는 일 없이 함께 영역을 확인하러 나간다.

아마도 체력과 관계가 있겠지.

레오의 산책범위는 넓다. 도시를 한 바퀴 도는 게 아닐까 싶을 정도의 범위를 보고 온다.

그걸 단시간에 끝내려면 굉장히 빠른 페이스여야 하고, 그 페이스를 따라갈 수 있는 체력을 가진 건 우리 집에서 나와 에리스뿐이다.

아슬아슬하게 실피도 할 수 있다 정도일까.

아무튼 레오는 산책 파트너로 에리스를 선택하는 일이 많았다.

아니면 레오에게 에리스는 자기와 마찬가지로 경비 담당이라는 카테고리일지도 모르겠다.

참고로 아무래도 우리 집의 반경 2킬로미터 이내는 레오의 영역이 된 모양인지, 들고양이조차도 접근하지 않게 되었다.

레오는 착실히 가족을 지켜주고 있다.

수호마수란 게 있으니 의외로 마음이 편하다. 역시 개는 좋군.

문제는 그 개가 수족의 수호신이라는 건데….

에리스를 살펴보러 왔던 길레느가 레오를 보고 놀라면서도 이런 말을 하였다.

"나는 성수님의 말을 모르지만, 성수님이 자기 의사로 여기에 있는 걸로 보인다. 그럼 돌디어족도 뭐라고 할 수는 없겠지."

그러니까 괜찮겠지.

슬슬 다음 스케줄로 넘어갈까.

그렇게 생각하던 찰나의 일이었다.

루크가 우리 집을 찾아왔다.

그건 내가 잠시 집을 비웠을 때의 일이었다.

아주 잠깐, 진짜로 20분 정도.

돌아왔을 때 문 앞에 녀석이 서 있었다. 루크였다.

나는 재빨리 그늘에 숨으면서 루크를 확인. 동시에 올스테드의 말과 일기를 떠올렸다.

올스테드는 인신이 인간을 조종한다고 말했다.

일기에는 루크가 인신에게 조종당하여 실피를 데려갔다는 듯한 말이 있었다.

일기 속의 나는 꽤나 피해망상에 사로잡혀 있었으니까, 신빙성은 부족할지도 모른다.

하지만 아리엘이나 실피를 움직이려면 루크를 이용하는 게 효과적이겠지.

실피도 이러니저러니 하면서도 루크를 신뢰하고 있고.

즉, 루크는 인신의 사도일 가능성이 가장 큰 인물이라고 할 수 있다.

인신과의 싸움에서 인신의 사도를 찾아내어 그 목적을 간파하는 게 중요하다는 사실은 틀림없다.

그렇게 생각하며, 나는 조금 더 지켜보기로 했다.

자세를 낮추고 그늘에서 그늘로 이동하여, 목소리가 확실히 들리는 위치에 도착.

"아아, 이렇게 멋진 분이 이 도시에 왔다니! 당신은 멋지고 큐트하다. 그 아름답고 의지가 강한 눈동자, 그 물 흐르는 듯한 머리칼. 그야말로 천사… 아니, 이 세상에 내려온 미의 여신이다! 처음 보았을 때부터 사랑하고 있었습니다!"

머리가 아파오는 목소리가 들렸다.

참 진부한 말이군. 나도 저런 말은 안 한다.

하지만 이 세상에서는 저런 게 좋다.

실피에게 저런 말을 하면 새빨간 얼굴을 하면서 '그렇게 열렬히 말하지 않아도 나는 이미 루디 거야, 에헤헤' 라면서 웃어준다.

"아, 이거 죄송하군요. 인사가 늦었습니다. 나는 루크 노토스 그레이랫. 아슬라 왕국의 4대 지방영주 노토스 그레이랫의 차남입니다."

…가령 루크가 인신의 사도라면, 이 녀석이 이렇게까지 열심히 여자에게 구애의 말을 하는 것은 인신의 지시일 가능성이 크군.

애초에 루크는 여자에 얽매이지 않는다. 실피에게 들은 이야기를 종합하면, 루크는 여자를 휴지와 마찬가지로 인식하는 모양이다.

아니, 그런데 누구한테 하는 소리야.

그늘에 숨었기에 상대가 보이지 않는다.

우리 집에 있는 사람 중에서 천사라는 말이 어울리는 건 실피지만, 루크도 실피에게는 그런 말을 하지 않는다.

여신이라는 표현이 가장 어울리는 것은 록시지만, 역시 아니다.

그렇다면… 아이샤?

아니, 아이샤는 천사라기보다 장난기 많은 악마인가.

"가능하면 당신의 성함도 들려주실 수 있겠습니까? 아, 물론 가문 이름을 밝히기 싫은 경우는 괜찮습니다. 부디 아름다운 당신의 성함을 마음에 새기는 것으로 위안으로 삼고 싶습니다."

누굴 그렇게 유혹하는 건지는 모르겠지만, 상대의 이름을 알수 있을 것 같다.

루크가 누구에게 저러는 걸까. 그걸 알면 인신의 목적도 알수 있을지 모른다.

물론 그건 어디까지나 루크가 인신의 사도라고 가정했을 경우다.

단순히 루크가 첫눈에 반해서 저런 말을 하는 가능성도 없지는 않지.

그 경우의 나는 단순히 엿보는 인간이다.

"아, 성함을 가르쳐 주지 않으시는군요. 그럼 하다못해 그아름다운 손에 키스를 하는 영예를 주십시오. 그것만으로도 저는…."

루크가 허리를 굽히고 상대에게 손을 뻗었을 때.

루크의 머리가 순간 흔들리고 움직임이 멈추었다.

뭔가 있었다. 하지만 뭐가 있었는지 모르겠다. 하지만 뭔가 있었던 게 틀림없다.

인신의 공격인가…?

아니면 지금, 이 순간에 인신에게 계시가 있었다든가…?

"……."

그렇게 생각하는데 루크가 풀썩 무릎을 꿇고 옆으로 발랑 쓰러졌다.

꿈쩍도 하지 않았다. 정신을 잃었다.

무슨 일이 일어난 걸까. 나는 이 광경을 알 것 같았다. 흔들리고 쓰러져서 정신을 잃는다…. 으으, 머리가….

"…흥."

루크가 쓰러진 것을 보고 문에서 한 여성이 나왔다.

그녀는 쓰러진 루크를 흘겨보더니, 기절한 그 머리를 발끝으로 툭 걷어찼다.

에리스다.

에리스가 루크를 쓰러뜨린 것이다.

"뭐야, 갑자기 나타나서 뚱딴지 같은 소리나 하고…."

에리스는 불쾌하다는 얼굴로 루크를 출입에 방해되지 않는 곳으로 걷어찼다.

그러고는 아무 일도 없었던 것처럼 집 안으로 돌아갔다.

나는 그늘에서 나와서 루크에게 다가갔다.

그는 흰자위를 까뒤집고 쓰러져 있었다. 완전히 녹아웃이다.

남의 마누라를 꼬시려고 들다니, 이 녀석에는 상도덕이란 게 없을까…. 아, 아니지, 그러고 보면 아리엘과 루크에게는 귀환 보고를 했지만, 결혼했다는 말을 하지 않았던 것 같다.

애초에 에리스와는 첫 대면인가.

그렇긴 해도 루크가 에리스에게 그런 말을 하다니…. 원래 역사에서는 루크와 에리스가 맺어진다고 했는데, 그 영향인 걸까.

아니면 역시나 이 녀석이 인신의 사도일까.

판단하기 어렵다.

"……."

아무튼 여기에 내버려두는 것도 안 좋을 테니, 집 안으로 들여놓자.

눈을 뜨거든 심문이다.

"다녀왔습니다."

"……."

루크를 업고 집에 들어가자 에리스가 맞아 주었다.

그녀는 내 얼굴을 보고 순간 기쁜 얼굴을 했지만, 루크를 보더니 미간을 찌푸리며 팔짱을 꼈다.

"…그 녀석, 아는 사람이었어?"

"어, 나보다도 실피의 직장 동료라고 할까."

"그, 그래…. 미안, 때렸어."

어라, 왠지 에리스가 얌전하네.

"괜찮아. 어차피 이 녀석이 이상한 소리를 했겠지."

"했어."

"그럼 이 녀석이 잘못한 거야."

나의 에리스에게 손을 대려고 한 이 녀석이 잘못했다. 하지만 그렇다고 해도 일단은 제대로 눕히자.

어어, 거실은 방해가 될 테니까… 1층의 빈방에라도 던져둘까.

"있잖아, 루데우스."

그런데 에리스가 날 불러 세웠다.

"왜 그래, 에리스?"

"루데우스도 내 손에 키스하고 싶어?"

에리스의 손을 보았다. 검을 잡느라 굳은살이 박혀서 여자치고 다소 억센 손이다. 하지만 에리스답게 참 좋은 손이다.

"손보다도 입에 하고 싶네."

그렇게 말하자, 에리스가 내 배를 퍽 때렸다. 별로 힘을 넣지 않았지만, 정확하게 간장을 노린 펀치였다.

"그런 건 밤에만 해."

에리스는 얼굴을 붉히면서 거실로 돌아갔다.

그래, 그래, 밤이라면 괜찮구나. 기대되네.

뭐, 그건 그렇고…. 일단 어떻게 할까.

얼른 실피에게 이야기해서 아리엘에게 협력한다는 뜻을 전하고, 같이 페르세우스를 설득하러 가고 싶은데…. 루크가 우리 집에 온 목적을 모르겠다. 인신의 명령으로 우리 집에 해를 끼치러 왔다면 가만 놔둘 수 없지.

일단 루크가 일어날 때까지 기다리기로 했다.

루크가 눈을 뜨기 전에 다른 이들의 상황을 보고 다녔다.

밖에 정신이 팔린 사이에 집 안에서 대참사가 일어나면 나는 울고 말 거다.

뭐, 에리스도 있으니 그런 일은 없겠지만.

2층의 계단참에는 레오가 예의바르게 앉아 있었다. 빠릿한 얼굴이다.

계단을 올라가서 방들을 보고 다녔다.

록시의 방에는 옷가지가 널려져 있긴 해도 아무도 없었다. 지로도 없는 걸 보면 이미 학교에 갔겠지.

실피와 아이샤는 부엌에 있었다. 요리하는 중이다. 방해하는 것도 미안하니까 말을 거는 일 없이 철수.

제니스는 취침 중이고, 리랴는 옆에서 책을 읽고 있었다. 이상 없음.

거실을 보니, 에리스가 루시를 달래고 있었다. 에리스의 손을 잡고 소파 위에 선 루시와 그녀를 긴장한 얼굴로 잡아주는 에리스. 정말 훈훈한 광경을 본 뒤에 빈방으로 돌아왔다.

이미 루크는 눈을 뜬 상태였다.

"꿈을 꾸었다. 빨강머리 천사의 꿈이다. 아름답고 가련하면서도 힘이 느껴지는 천사였다. 그야말로 나의 이상이라고 할 수 있는 천사라서, 그 손에 키스를 하려고 했더니 눈이 떠졌다."

루크는 상반신을 일으키고 멍한 눈으로 영문 모를 넋두리를 더듬더듬 반복했다.

분명 에리스에게 얻어맞을 때 뇌에 대미지가 좀 갔겠지.

아니, 천사네 뭐네 하는 소리는 얻어맞기 전부터 했나.

"진정하세요, 루크 선배. 빨강머리 천사는 없습니다."

"아…. 루데우스인가…."

루크는 멍한 얼굴로 나를 보았다.

"왜 루데우스가 있지? 어라, 여기는… 루데우스의 집 안인가? 아까까지 문에서, 천사가, 어라?"

기억의 혼란. 기억을 잃은 동안에 인신을 만난 느낌은… 아니군.

"아앗!"

그때 루크가 내 뒤를 보고 소리쳤다.

돌아보니 거기에 에리스가 있었다. 활짝 열린 문으로 안을 들여다보고 있었다.

"흥!"

그녀는 루크를 째려보더니 콧방귀를 뀌고 거실로 돌아갔다.

일단 걱정한 걸까.

설마 에리스도 루크를 마음에 두고 있는 건 아니지…?

나의 소녀데우스한 부분이 그 점에 경종을 울리는데, 괜찮은 거지?

"아, 잠깐만, 이름을, 이름을 가르쳐 줘! 그리고 주소와 무슨 꽃을 좋아하는지도! 좋아하는 남자 타입도!"

"진정하세요, 루크 선배. 그녀는 여기 삽니다."

나는 침대에서 일어나려는 루크를 눌러 앉혔다. 루크는 내 어깨를 붙잡고 필사적인 얼굴로 캐물었다.

"루데우스, 네 집에 있는 걸 보면 네 친척인가?! 가르쳐 줘, 그녀는 대체 누구지?"

"그녀는 에리스 그레이랫. 얼마 전에 내 아내가 된 여성입니다."

"뭐…. 아내라고…."

루크가 얼어붙었다.

"그럼 네 여자란 소리…인가?"

"예, 그런 것이지요."

내가 그녀의 남자라고 하는 편이 정확할지도 모르겠다. 의미는 같지만.

"그런가…."

"죄송합니다."

반사적으로 사과하자, 루크는 고개를 갸웃거렸다.

"왜 사과하지? 이런 건 선착순 아닌가?"

"뭐, 그렇지만요."

왠지 올스테드의 이야기를 들어서 그런지, 죄악감이 있네.

루크와 에리스가 맺어질 예정이었던 역사.

내게 올 리가 없었던 택배가 어째서인지 내 손에 들어온 듯한 감각이다.

아니, 그렇다고 해서 내가 에리스의 가정교사를 맡고 마대륙에서 함께 여행하며 서로의 처음을 가져갔다는 사실은 변함없지만.

끙끙 고민하는데 루크가 한숨을 내쉬었다.

"좋은 여자에게 여러 남자가 반하는 일이야 자주 있지. 좋은 남자에게 여러 여자가 반하는 일도 자주 있어."

그리고 어째서인지 갑작스럽게 떠들어댔다.

"남자는 자기가 허용할 수 있는 범위로 여러 여자를 데리고 있을 수 있다. 다만 그 반대는 없다. 신은 인간을 그렇게 만들지 않았다. 남자는 동시에 여러 여자에게 씨를 남길 수 있지만, 여자는 한 명의 자식밖에 만들 수 없으니까. 마족 중에는 여러 남자의 자식을 동시에 만들 수 있는 여자도 있는 모양이지만, 인간은 그렇지 않다."

꽤나 남자 위주의 생각이다. 아니, 내가 그런 말을 하기도 그렇지만.

　나를 옹호할 생각은 없지만, 왠지 그 반대가 있어도 괜찮을 것 같은데. 한 여자에게 여러 남자, 역하렘이란 것.

　"그리고 좋은 여자는 제일 실력 있는 남자에게 가는 법이지. 너는 실력도, 돈도, 지위도, 명예도 있다. 그 천사 같은 분, 에리스 씨가 네게 가는 것도 납득할 수 있다. 그러니까…."

　루크는 거기까지 말하고 고개를 내저었다.

　"아니, 그게 아니지. 이런 이야기를 하러 온 게 아니다."

　그리고 크게 한숨을 내쉬었다.

　"오늘은 네게 부탁을 하나 하러 왔다."

　"호오."

　나는 다시 의자에 바로 앉았다.

　이 시기, 이 타이밍에 이런 접촉.

　인신의 사도. 역사의 개변. 관계없을 리가 없겠지만, 과연 무슨 부탁일까.

　나를 파탄으로 이끌기 위한 무엇일까, 아니면 아리엘을 왕으로 만들지 않기 위한 수일까.

　"우리에게… 아리엘 왕녀에게 협력해 주지 않겠나?"

　그 말에 나는 혼란스러울 수밖에 없었다.

　무슨 소리지. 나더러 협력하라고? 반대 아니라?

　아니, 애초에 나는 아리엘에게 협력한다는 자세를 취하고 있었다. 이상한 이야기잖아.

"그야 물론입니다. 그런데 왜 지금 와서 그런 이야기를?"

"네 마술실력과, 깐깐한 이와 교우를 다지는 회화술. 용신과 싸워서 생환하고 부하로 인정받을 정도의 전투능력. 그것은 대단한 것이다."

거듭 그렇게 칭찬을 들으니 조금 낯간지럽다.

"하지만 너를 끌어들이면 실피의 행복이 깨진다."

루크는 말을 흐리며 고개를 들었다.

"그러니까 지금까지는 되도록 적극적으로 협력해 달라는 말을 하지 않았고, 할 수도 없었다. 나도, 아리엘 님도, 실피를 이 이상 아슬라 왕국의 정쟁에 끌어들일 생각이 없다."

그건 분명히 전에도 들은 말이로군. 루크와 결투를 했을 때 말이다.

"하지만⋯."

루크는 고개를 숙였다. 이 녀석, 고개만 숙여도 살짝 그늘진 미남의 포즈가 되네.

웬만한 여자는 홀라당 넘어갈 것 같다.

"우리는 6년 동안 마법삼대국에서 활동하면서 몇몇 귀족이나 기술자를 동료로 만들었다. 그중에는 아슬라 왕국 출신 귀족이나 나라에 정치적으로 큰 영향력을 가진 자도 있지만⋯ 그래도 결정타가 될 수 없다. 결국은 아슬라 왕국의 외부에 있는 자들이니까."

"흠⋯."

"하지만 페르기우스 님은 그 결정타가 될 수 있을 만한 사람이다. 아슬라 왕국에 대한 절대적인 영향력, 발언력, 전투력. 그분이 있으면 아리엘 님은 옥좌를 향해 크게 도약한다. 물론 그래도 확실하다고는 할 수 없지만… 아마도 없으면 못 이긴다. 아리엘 님에게는 커다란 뒷배가 필요하다."

루크는 진지하다. 적어도 거짓말이나 대충 하는 말이란 느낌이 아니었다.

페르기우스를 아리엘이 왕위에 오르기 위해 필요한 인물이라고 평가하고 있다.

올스테드도 페르기우스를 높게 평가하였다.

"그런데도 아리엘 님은 페르기우스 님을 설득하기를 거의 포기하셨다."

"뭐, 그런 상황이면 어쩔 수 없죠."

전에 본 바로는 페르기우스는 아리엘에게 손톱만큼의 흥미도 갖지 않았다.

"애초부터 갑작스럽게 튀어나온 이야기다, 페르기우스 님이 없어도 어떻게든 된다, 아리엘 님은 그렇게 말씀하신다. 나도 그렇게 생각했다. 실제로 앞으로 몇 년 정도를 준비에 투자하면 승기도 있으리라고 생각했다."

과연 그럴까.

올스테드의 이야기로는 국왕이 병들었다는 연락이 오기까지 앞으로 20일은 남았을 텐데.

미리 인신에게서 조언이라는 형태로 들었다면 앞으로 몇 년이라는 말이 나오지 않을 텐데….

"그렇긴 해도 역시 현실은 힘들다. 페르기우스 님 없이 싸움에 이긴다고 해도, 이쪽의 희생도 커지겠지. 그 뒤의 통치에도 지장이 생길지 모른다."

루크의 이야기를 들어 보면 아리엘이 일으키려는 것은 이른바 내부분쟁이다.

왕위 다툼에 참가하여 서로를 속이고 충돌하면서 승리, 왕위를 차지한다.

세계에서 가장 큰 나라의 우두머리다. 말싸움만으로 끝날 리가 없고, 실질적으로 힘과 힘이 충돌하는 장면도 있겠지.

싸움에 이긴 뒤에도 싸움은 계속된다. '아리엘에게 왕이 될 자격은 없다'고 누군가가 말하고 결기하면, 내분으로 크게 힘을 잃은 아리엘은 순식간에 붕괴하겠지.

페르기우스는 그 억지력이 될 수 있는 존재다.

아슬라 왕국에서는 아직 '마신을 죽인 세 영웅'의 영향력이 남아 있다.

페르기우스가 나온다고 모든 귀족이 납작 엎드리는 건 아니지만, 그래도 '갑룡왕 페르기우스가 아리엘을 왕으로 밀고 있다'라는 사실은 많은 귀족의 입을 다물게 하는 힘이 된다.

그러니까 페르기우스가 꼭 좀 아리엘의 뒤를 봐줬으면 좋겠다…라는 소리다.

"그리고… 나는 그 승기를 확실하게 하는 결정력으로 네게 힘을 빌리고 싶다."

"나는 정치에 대해 전혀 모르는데요? 아무런 도움도 안 될 가능성도 있습니다."

"너는 우리가 생각하는 이상으로 큰 인간이다. 분명히 그냥 있어 주는 것만으로도 충분한 힘이 될 거다."

"딱히 나는 큰 것도 아닙니다."

"크지 않아도 무력면에서 의지할 만하고, 인맥도 있다. 페르기우스 님에 용신, 마왕, 타국의 왕자, 미리스 신성국 교황의 손자, 돌디어족, 사일런트 세븐스타. 너 개인의 인맥만 해도 상당하지. 그 인맥을 우리에게 써달라고는 하지 않겠다. 하지만 이런 인맥을 가진 녀석은 '뭔가'를 가지고 있다. 나는 그 '뭔가'를 아주 조금만 아리엘 님에게 나누어 주었으면 한다."

"……."

칭찬에 뭔가 속셈이 있다고 생각하는 것은 루크와 알고 지낸 기간이 짧기 때문일까.

그렇긴 해도 과연 어느 쪽일까.

루크는 인신의 사도일까, 그렇지 않을까.

올스테드의 지령이기도 하니까, 루크의 부탁이 없어도 아리엘에게는 협력할 생각이었다.

하지만 저쪽에서 먼저 나서면 인신의 계획이 아닐까 의심하게 된다.

…일단 좀 떠볼까?

"그거, 누구의 지시입니까?"

"지시…? 아니, 아리엘 님의 의사는 아니다."

"…누가 조언이라도 했습니까?"

"내 독단이다."

"인신이라는 이름을 들은 적은?"

"인신? …페르기우스 님을 만났을 때 들은 적은 있는데, 그건 대체 뭐지?"

뭐, 가령 인신의 사도라고 해도 솔직히 대답할 수 없겠지.

나 때는 남한테 말하지 말란 소리가 없었지만….

루크는 의아하다는 얼굴을 했지만, 뒷머리를 벅벅 긁었다.

"분명히 모순되게 들릴지도 모르겠군. 우리는 실피의 행복을 바라고 있다. 아슬라 왕국의 정쟁에 끌어들이면 그 행복은 깨질 가능성이 있다. 아슬라 왕국의 역적으로 간주되면 마법삼대국이라도 보호해 주지 않을 테고."

나도 그 점이 무섭다.

나라를 적으로 돌리면 무슨 짓을 당할지 모른다.

일기에서도 실피는 죽고, 자노바도 미리스 신성국에게 살해당했다.

분명히 나는 그럭저럭 싸울 수 있겠지. 마술을 전력으로 쓰면 상당히 광범위한 적을 단숨에 섬멸할 수 있다. 마도갑옷 수리가 끝나면 어느 정도의 상대와는 접근전으로도 압도할 수 있다.

올스테드도 나를 상대로 전력을 내야만 했다고 말했다.

그렇다고 해도 정면에서 싸워 이기는 방법에만 집착하는 것은 어린애 이론이다.

프로레슬러에게 맨손으로 싸움을 거는 바보는 없다. 뒤에서 나이프로 찌르든가, 독을 먹이든가, 아니면 금전적인 압력을 가하든가. 힘으로 못 이기는 상대에게는 힘 이외의 것으로 이기면 된다.

일기 안의 나는 나라와 강하게 결탁하는 것으로 내 몸을 지켰다.

다행스럽게도 아슬라 왕국에게는 쫓기지 않았고, 뿐만 아니라 미리스의 인도 요구를 당당히 거부할 정도로 라노아 왕국에게 귀한 대접을 받았던 모양이다.

이번에는 어떨까. 레오가 있으면 타국은 수족과의 관계 악화를 두려워하여 함부로 나서지 않을까. 레오는 가족을 얼마나 지켜줄 수 있을까.

올스테드는 수호마수가 있으면 괜찮다고 말했다. 강한 운명을 가진 수호마수가 지킨다면, 내 가족을 지킬 수 있다는 식으로 말했다.

하지만 저런 개 한 마리로 정말 괜찮을까….

"…하지만 너라면. 용신이라는 배경이 있는 너라면 휘말려들어도 실피를 행복하게 해 줄 수 있지 않을까, 그렇게 생각한다."

글쎄. 올스테드는 다른 사람들에게 영향력이 별로고.

이 세계에 사는 사람들도 '칠대열강'이라는 말이나 존재는 알아도, 얼마나 강한지, 대단한지에 대해서는 명확하게 와 닿지 않는 모양이고.

"용신이라는 배경이 있어도 개인 레벨의 생명의 위험은 있지요."

"…그렇군."

루크는 후웁 숨을 내뱉더니 똑바로 내 눈을 바라보았다.

"그러니까 지금 이건 어디까지나 겉치레에 불과하다. 나는 무슨 일이 있어도 아리엘 님을 왕으로 만들고 싶다."

루크는 번쩍거리는 눈으로 노려보듯이 나를 보았다.

나는 눈을 돌리지 않고 그 시선을 받아냈다.

루크의 시선은 뜻밖에도 강했다.

목적을 위해서 모든 것을 버리는 게 아닐까 싶을 정도로 강한 눈빛에는 루이젤드가 연상되는 듯한 무시무시함이 있었다.

"그건 왜죠?"

"…죽은 친구의 마지막 부탁이니까."

그것이 데릭 레드뱃이라는 것을 나는 곧바로 알았다.

"부탁한다. 아리엘 님에게 힘을 빌려주지 않겠나?"

아리엘이 아슬라 왕국의 왕이 되면 뭔가를 주겠다는 보상 이야기가 아닌 것은 이게 아리엘을 통하지 않은, 독단적인 행동이기 때문이겠지.

그러니까 '부탁'이겠지.

"······."

돌이켜보면 설령 인신에게 조종당한다고 해도 나는 나였다. 조언을 받고 필사적으로 스스로 생각하여 보다 나은 방향으로 움직이려고 했다.

루크도 그럴지 모른다. 그 나름대로 이리저리 애쓰려는 걸지도 모른다.

그렇게 생각하니 꼭 힘을 빌려주고 싶지만···.

하지만 내가 싸우는 상대는 아슬라 왕국도, 아리엘도 아니다.

인신이다. 혹시 내가 아리엘 쪽에 붙는 것이 인신이 노리는 바일 가능성이 있다면 거기에 대해 올스테드와 의논을 해야만 한다.

"주위와 의논을 할 시간을 주시겠습니까?"

그렇게 말하자 루크는 슬픔 어린 웃음 같은 표정을 슬쩍 지었다.

거절당했다고 생각하는 거겠지.

그리고 힘없이 일어섰다.

"···알았다. 무리한 소리를 해서 미안했다."

"아뇨, 정식 대답은 나중에. 꼭 답을 드리겠습니다."

루크는 어깨를 늘어뜨리면서 방을 나섰다. 나는 그를 배웅하려고 뒤를 따라갔다. 방에서 나와 복도를 지나 현관으로.

도중에 계단 위를 올려다보니, 아까 전과 변함없는 자세의 레오가 있었다.

2층 계단참에 앉아서, 여기를 통과시키지 않겠다는 듯이 낮게 으르렁거리고 있었다.

역시 루크는 문제가 있나. 레오에게 인신의 사도를 판별하는 후각이 있는지는 모르겠지만….

"아…."

그 소리를 들었는지 거실에서 에리스가 얼굴을 내밀었다.

그녀를 본 루크는 곧바로 가슴에 손을 대고 우아하게 인사했다.

"부인, 몰랐다고는 해도 방금 전에는 실례했습니다. 또 만나는 날이 오기를."

"……."

에리스는 스커트 자락을 쥐고 들어 올리려다가 바지인 것을 깨닫고 머쓱한 얼굴을 하며 팔짱을 끼었다.

"다음에는 제대로 손님으로 대접해 줄게!"

"감사합니다. 그럼 실례하겠습니다."

그런 때에.

"후아…. 에리스, 아직 다들 자고 있으니까 너무 큰 소리 내지 마."

마침 실피가 2층에서 내려왔다.

졸린 눈치의 그녀는 나와 루크의 모습을 보고 움직임을 멈추었다.

"아, 루디 어서 와…. 어라? 루크가 왔네. 어쩐 일이야? 아리엘 님에게 무슨 일 있었어?"

"…잠깐 일이 있어서 들렀을 뿐이다."

"흐응…. 뭐, 느긋하게 있다 가. 차라도 마시고."

"아니, 이제 돌아갈 거다."

"그래. 나도 조금 있다가 갈 테니까, 그때까지 아리엘 님을 부탁해."

"그래."

루크는 쓸쓸하게 웃더니 우리 집에서 나갔다.

나와 실피는 그가 문을 나설 때까지 지켜보았다. 그 뒷모습에는 지친 샐러리맨 같은 애수가 어려 있었다.

"루크가 왜 저러지?"

"……."

뭔가가 움직였다. 그런 예감이 가슴을 스쳤다.

뭐가 어떻게 움직이든지 기합만큼은 넣어두도록 하자.

그렇게 생각하면서 일단 올스테드에게 보고하기로 했다.

제4화   각오를 하다

문제의 반지로 올스테드를 불러내자, 약 한 시간 뒤에 교외의 오두막으로 오라는 편지가 왔다.

의외로 근처에 있었던 모양이다. 그럼 직접 말을 해 주면 좋을 텐데….

아무튼 나는 시키는 대로 교외의 오두막으로 갔다.

올스테드는 팔짱을 끼고 자는 듯한 포즈로 기다리고 있었다.

그야말로 '기다린다'는 말을 체현한 듯한 대기 포즈였다.

왠지 기다리게 한 게 미안한 기분이다.

"늦었습니다."

"아니, 나도 이제 막 왔다."

갓 사귀기 시작한 커플 같은 인사를 한 뒤에 나는 요 며칠 동안의 일을 전했다.

일단은 수호마수가 된 레오에 대해서.

여기에 대해서는 문제없다는 모양이다.

오히려 그런 거물이 나온 것에 대해 놀라워했다.

성수가 소환되었다면 가족의 안전은 보장된 것이나 마찬가지라고 담보해 주었다. 성수란 게 그 정도로 대단한 존재인 모양이다.

작은 목소리로 "역시나 록시의 아이는 특별한가."라고 중얼거린 게 인상적이었다.

내 아이가 특별하다는 것을 알게 되니, 살짝 의기양양해졌다.

그리고 크리프에게 저주의 해제를 부탁하자는 것.

이것에 관해서도 올스테드는 받아들여주었다.

며칠에 한 번꼴로 크리프가 이 오두막에 와서 올스테드의 저주를 풀 마도구를 개발한다. 그 성과가 나올지는 모르지만, 저주가 걸려 있는 동안은 '나는 올스테드에게 가족을 인질로 잡혀서 억지로 따르게 되었다'라는 태도를 취할 것을 이야기하였다.

올스테드는 표정을 바꾸지 않았지만, 알겠다는 짧은 말만으로 승낙해 주었다.

이틀 동안 아리엘 일행과 접촉하지 않았던 것에는 다소 질타를 들었다.

에리스와 레오가 걱정이었다. 타이밍을 봐서 길레느를 소개하는 구실로 접촉할 생각이었다. 그런 말은 핑계에 불과했다. 한 달의 유예가 있다는 생각에 가볍게 여기고 있었다. 태만했다고 인정하자.

내가 꾸물거리는 사이에 올스테드는 페르기우스와 한 차례 만났다는 모양이다.

아리엘을 왕으로 만들기 위해 협력을 요청했지만 거절당했다는 모양이다. 완강한 태도로 아리엘이 왕으로서 적합한지 확인하기 전까지는 움직이지 않겠다고 답했다나.

대단하네, 페르기우스 님. 올스테드에게 꽤나 쫄았을 텐데 단호하게 거절하다니. 좀 동경하게 된다.

자, 그건 그렇고.

일단 루크가 우리 집에 와서 접촉을 꾀했다는 이야기도 했다.

루크가 협력을 요청했다는 점에서 루크가 인신의 사도일 가능성, 또한 아리엘에게 협력하는 것에 대한 불안을 말하고, 앞으로의 행동에 변경은 있겠냐고 묻자, 올스테드는 의연하게 대답했다.

"아리엘을 왕으로 만드는 방침에 변경은 없다."

아리엘을 왕위에 앉히는 것이 인신의 계획이라는 설은 부정당했다.

뿐만 아니라 아리엘을 왕으로 만드는 것은 올스테드에게 중요한 일이라나 보다.

하지만 루크의 처우에 관해서는 올스테드도 곧바로 답을 내놓지 않았다.

몇 분 동안 생각한 끝에 조용히 말했다.

"루크는, 죽일까…."

흠칫했다.

갑작스럽게 나온 말이 너무 무시무시하다.

"죽이는 겁니까?"

"……."

올스테드는 무서운 얼굴을 하고 있었다.

아니, 무섭지 않다. 평소 얼굴 그대로다.

그 얼굴인 채로 생각하듯이 입을 다물고 테이블의 한 곳을 노려보고 있다…. 무섭다.

역시 이건 무서운 얼굴이다.

"인신의 사도는 무슨 짓을 할지 모른다. 죽이는 편이 화근이

남지 않는다."

"…그렇, 습니까."

루크를 죽인다. 그것에 대해 나는 각오했을 텐데도 다소 불안했다.

그렇게 필사적으로 아리엘을 생각하는 루크를 죽인다.

나는 이러니저러니 해도 지금까지 사람을 죽인 적이 없다. 베가리트 대륙에서 많은 도적을 상대로 마술을 쓴 적이 있어서 그때 아마 누가 죽었겠지만, 얼굴을 맞대고 사람을 죽인 적은 없다.

그 첫 상대가 루크가 된다. 첫 살인이 지인.

그렇게 생각하니 뭐라 할 수 없는 기분이 들었다.

하지만 동시에 '뭐, 그것도 어쩔 수 없나'라는 마음도 있었다.

나의 적이 되고 최종적으로 위험이 된다면 죽이는 편이 낫다. 일시적인 정에 휩쓸려서 궁지에 몰릴 순 없다. 그런 마음이다.

하지만 어쩔 수 없다고 사람을 죽여도 되는 걸까.

도덕에 대해 말할 생각은 없지만, 역시 저항이 있다. 나는 생각 이상으로 살인을 금기라고 느끼는 타입일까.

"하지만 아직 인신의 사도라고 확신한 건 아니지요?"

그건 희망 같은 말이었지만, 올스테드는 고개를 내저었다.

"아니, 이 타이밍에 말을 걸어왔다면 틀림없겠지."

"타이밍이라면?"

그렇게 묻자, 올스테드는 무겁게 고개를 끄덕였다.

"페르기우스와의 교섭이 완전히 결렬된 것도 아니고, 국왕이 병에 걸렸다는 소식이 도달한 것도 아니다. 그런 상황에서 네게 말을 걸었다. 인신의 속셈이 훤히 보인다."

마지막 말을 하는 올스테드의 목소리는 실로 증오가 가득했다.

역시 올스테드는 인신을 증오한다.

"그럼 왜 나한테 아리엘에게 협력하라고 말한 걸까요. 오히려 반대 아닌가요? 아리엘을 왕으로 만들고 싶지 않다면 나를 멀리 떼어놓는 편이 좋을 텐데요."

"아슬라 왕국의 누군가를 조종해서 덫에 빠뜨릴 목적이겠지. 지금 인신에게는 네 모습이 보이지 않는다. 고로 루크를 이용한 거다. 그리고 벽 너머로 소리를 듣듯이 네 행동을 감시할 생각이겠지."

"루크는 감시역입니까."

"감시역으로 끝나지 않을 가능성도 있다. 도중에 무슨 짓을 저지를 리스크를 생각하면 루크는 처리해 두는 편이 낫다."

내 행동이나 언동으로 올스테드가 노리는 바가 알려질 가능성.

그걸 고려하면 역시 감시역이 곁에 없는 편이 좋다.

루크에게만 필요한 것을 숨기면서 아리엘을 유도하기란 어려울 테니까.

"하지만 루크를 죽이면, 혹시 아리엘 님이나 다른 인물에게 영향은 없습니까?"

"…무슨 소리지?"

저번에 들은 이야기를 토대로 고찰해 보았다.

루크를 죽이는 위험성에 대해서.

"'데릭 레드뱃'이었던가요? 본래 역사에서 재상이 된다는 사람. 지금은 그 녀석이 없죠. 그러니까 아리엘은 정신적으로 루크에게 의지하고 있을 가능성도 있습니다."

아리엘은 루크에게 의지하고 있다.

다른 종자나 실피도 있지만, 역시 루크가 차지하는 비중은 제일 크게 느껴진다.

사랑이나 연애 같은 게 아니라, 말하자면 내가 크리프나 자노바에게 품고 있는 감정에 가깝다.

무슨 일이 있어도 절대로 배신하지 않는 상대란 소리다.

"인신은 루크가 사도라고 들킬 것을 다 계산하고서, 일부러 나나 올스테드 님의 손으로 루크를 죽이게 하려는 걸지도 모릅니다."

루크가 죽으면 아리엘이 어떻게 될지 모른다.

인간은 약하다. 강해 보여도 쉽게 망가지는 일도 있다.

그런 사례는 얼마든지 알고 있다. 나도 파울로가 죽었을 때에 한없이 망가졌다.

물론 꼭두각시로 조종할 거면 그 편이 좋겠지만….

그렇게 생각하면서 올스테드의 안색을 엿보았다.

그는 무서운 얼굴인 채로 그렇겠다며 끄덕였다.

"…그럴 가능성도 있군. 내가 아는 아리엘도 루크라는 남자를 중시하였다. 녀석이 없으면 아리엘은 왕답게 행동하지 않을지도 모른다."

올스테드는 아리엘이 바보가 되면 곤란한 모양이다.

"아무튼 루크는 이대로 내버려두는 편이 좋다고 생각합니다."

물론 죽이기 싫다는 마음도 있다. 루크는 실피의 친구이기도 하고, 일단 내 사촌이기도 하다. 관계는 희박하지만, 죽기를 바라는 상대는 아니다.

말로 하자면 그 정도지만, 개인적으로는 역시 살인을 기피하는 마음이 강하다.

그걸 이해했는지, 올스테드는 조용히 대답해 주었다.

"그렇군, 그렇게 해라."

"예."

그렇기는 해도, 결국 최종적으로는 죽일지도 모른다.

죽이면 나는 실피에게 원망을 살까. 이혼을 요구해 올까.

생각만 해도 위장이 아프다.

하지만 죽일 수밖에 없어지면… 나도 각오를 하자.

아무튼 루크 문제는 그렇게 하는 걸로 하고.

"전에 인신은 한 번에 많은 인간을 조종할 수 없다고 말씀하셨지요?"

질문하고 싶은 바를 몇 개 꺼내보았다.

"그럼 최대 몇 명까지 조종할 수 있는 겁니까?"

이전에도 올스테드가 흘낏 꺼낸 말인데, 인신은 '그렇게 많은 인간을 동시에 조종할 수 없다'라는 모양이다.

그건 다시 말해 동시에 여러 인간을 조종하는 것을 의미하는 게 아닐까?

"확실하지는 않지만, 아마 세 명까지다."

세 명인가. 의외로 적군.

"그 이상의 사람을 조종할 가능성은?"

"없다고는 하지 않겠다. 하지만 나를 죽이는 데에 고작 세 명밖에 준비하지 못했고, 그 뒤로는 직접적인 공격을 하지 않았다. 그럼 세 명까지라고 생각하는 편이 좋겠지."

"누구와 싸웠습니까?"

"검신과 북신, 그리고 마왕이었던가."

올스테드는 그런 그들을 상대로 승리했다.

칠대열강급 두 명에 마왕.

그 정도 전력을 모아도 제거할 수 없다면 인신도 포기하나….

솔직히 그런 걸 보내면 나한테 승산은 없지만… 뭐, 할 수 있는 일은 할까.

내 경우처럼 긴 시간을 들여서 운명이란 것을 조정해야만 하겠지.

인신은 피타ㅇ라스위치를 좋아할 것 같군.

"왜 세 명까지일까요…."

"그게 녀석의 미래시 능력의 한계니까."

"즉 세 명의 미래를 동시에 볼 수 있지만, 그 이상은 무리다?"

"그래."

그렇다면 미래시를 쓰지 않으면 네 명도 조종할 수 있다는 소릴까.

아니, 미래시 치트를 쓸 수 있는 사람이 그걸 버리고 도박을 할 것 같진 않다.

기본적으로 세 명 이상으로는 늘어나지 않는다고 생각하면 되겠지.

그렇게 가정하고 이번 건에 대해 맞춰 보자.

"한 명이 루크라고 하면, 남은 건 두 명이네요."

"세 명을 동시에 조종한다고 할 수만은 없지만."

"그렇지요. 최소한 한 명은 아슬라 왕국에 있을 가능성이 크다고 생각합니다만, 어떨까요?"

"왜 그렇게 생각하지?"

"아리엘이 왕이 되는 것을 인신이 싫어한다면, 아리엘과 적대하는 자와 아리엘 측의 인간을 각각 조종하여 양쪽에서 정보를 얻어내는 편이 득책이겠죠?"

"인신은 그런 짓을 하지 않아도…. 아니, 네 행동을 그쪽에게 전하는 것에 의미가 있나."

올스테드는 혼자 납득하고 끄덕였다.

생각해 보면 인신은 사람의 마음을 읽을 수 있으니 양쪽에서 정보를 얻으려고 할 필요는 없으려나.

나 때문에 불명료해진 아리엘의 동향을 전하는 것만으로도 충분하다.

"전혀 다른 곳에서 뭔가 할 가능성도 있습니다만. 예를 들어서 내가 외출했을 때에 가족을 공격한다든가."

"성수가 수호마수가 되었다면, 인신도 쉽게 손을 댈 수 없다. 그 동물에게는 그 정도의 힘이 있다."

"아르만피 이상으로?"

"페르기우스가 만든 정령 따위는 비교도 안 되지."

지금으로서는 뭐에 도움이 될지 모르니 좀처럼 믿을 수 없는 말이지만….

하지만 올스테드가 그렇게 말한다면 분명 괜찮겠지.

어차피 확인할 방법은 없다.

"아무튼 네 예상대로 인신의 사도는 아슬라 왕국에 한 명은 있겠지."

"그걸 찾아내는 게 인신과의 싸움의 열쇠로군요."

"그렇다. 마지막 한 명은 모른다. 어쩌면 우리의 동향과는 전혀 다른 쪽에서 움직이고 있을지도 모르지만…. 경계를 게을리 하지 마라."

인신과의 싸움은 세 명의 사도를 찾아내어 쓰러뜨리면서 이쪽의 목적을 달성하는 것.

그것을 거듭해 나가는 거겠지.

이번 경우, 목적은 아리엘을 왕으로 만드는 것.

첫 번째 사도는 루크(가능성 큼). 두 번째, 세 번째는 불명이다.

"확실하게 사도가 아니라고 할 수 있는 사람은 있습니까?"

되든 안 되든 물어보았다.

딱히 누가 사도가 되어도 할 일은 변하지 않는다. 하지만 자노바나 크리프가 사도가 되어서 녀석을 죽여야만 한다면, 나는 어떻게 해야 좋을지 알 수 없게 되겠지.

"네 가족은 괜찮다. 그 반지만이 아니라 수호마수의 영향 아래에 있다."

"크리프나 자노바는…?"

"…가능성은 있다. 주의는 하도록."

진짜냐, 싫은데….

"어떻게든 그들이 조종당하지 않도록 할 방법은 없습니까?"

"그런 건 없다. 필요하다면 인신이라고 하는 자의 말에는 따르지 말라고 충고해 두어라. 헛수고라고 생각하지만…."

헛수고인가. 그런가. 큰일이네.

뭐, 가능성의 문제다. 인신도 아무나 다 조종할 수 있는 건 아니다. 자노바와 크리프는 대상 밖… 그러기를 빌자. 인신 이외의 신에게.

"아무튼 아리엘을 왕으로 만들기 위해서 페르기우스에게 협력을 요청한다. 그런 방침은 변함없지요?"

"그래. 하지만 인신의 사도에 대한 경계를 게을리하지 마라. 녀석이 뭘 제안해 오든지 반드시 내게 연락해라."

"예."

일단 행동방침은 변하지 않는다.

"하지만 현재 아리엘은 꽤나 궁지에 몰린 듯합니다. 페르기우스를 설득할 재료가 없는 모양이라."

"흠."

"내가 전에 들었을 때는 분명히 '왕에게 필요한 요소'를 물었을 때 대답하지 못했습니다."

"그래, 페르기우스다운 질문이군."

"답… 알고 계십니까?"

그렇게 묻자 올스테드는 노려보았다. 무섭다.

아니, 이해합니다. 거기에 도달하는 게 아리엘이 왕이 되기 위해 필요한 과정인 거죠?

"모른다. 하지만 녀석에게 왕이란 가우니스 프리앙 아슬라 뿐. 가우니스를 조사하면 자연스럽게 힌트가 나오겠지."

모르는 거냐. 아니, 하지만 힌트는 얻었다.

"알겠습니다. 그럼 다녀오겠습니다."

이것을 카드로 삼아서 이번에야말로 아리엘에게 접촉을 시도하자.

떠날 때 올스테드는 마지막으로 마력부여품을 빌려주었다.

대여다. 올스테드는 준다고 말했지만, 여기서는 비품이라는 형태가, 대여라는 형태가 바람직하다고 판단했다.

빌린 것은 로브였다.

부탁하지도 않았는데 회색 로브를 줬다.

이제까지 내가 입었던 것보다 더 잿빛에 가깝나.

"그 로브는 천년 정도 전에 대현자 티티아나가 사용했던 것이다. 재질은 데스아더랫의 외피를 사용하였고 마력을 부여한 실로 바느질하였다. 상당한 마력내성, 그리고 높은 방검성을 가졌다. 또한 오랫동안 미궁에 두었기 때문에 마력부여품이 되어서, 몸에 걸치면 착용자의 체중을 줄이고 바람처럼 움직일 수 있게 한다. 투기를 띨 수 없는 네게는 딱 좋겠지."

그것이 올스테드의 설명이었다.

이야기를 듣기론 대단한 물건같은데.

"이것의 가격은?"

"요 며칠 사이에 용족의 저장고에서 가져왔다. 팔면 나름 돈이 되겠지만… 네 몸을 지킬 물건이다. 몸에 걸치고 써라."

그렇게 못을 박았다.

용족의 저장고라는 곳은 대체 뭐지. 이런 아이템이 마구 굴러다니나…. 그렇겠지. 보물상자를 걷어차서 열 수 있는 부츠

나 비밀문을 찾을 수 있는 나팔 같은 게.

일단 이 로브가 있으면 전투력은 상승한다.

마도갑옷과 비교하면 천지 차이겠지만… 부족한 부분은 지혜와 용기로 채우자.

아, 양쪽 다 없나. 응, 그래도 힘내자.

그 날 밤.

나는 실피를 침실로 불렀다.

아리엘에게 협력할 거면 일단 그녀에게 이야기를 해야만 한다.

내 진지한 표정을 보고 눈치를 챘는지, 실피는 잠옷을 입지 않고 평상복인 채로 방에 왔다.

진지한 이야기를 할 거니까 그 정도가 딱 좋겠지.

"그래서 루디. 이야기란 건 뭐야?"

실피는 경계심이 강한 표정으로 그렇게 물었다.

최근에 이렇게 각 잡고 이야기를 할 때면, 항상 이상한 소리가 나왔으니 어쩔 수 없다.

"실피, 단도직입적으로 말하겠는데."

"응."

"나는 아리엘 님을 왕으로 만들기 위해 힘을 빌려주게 되었어."

그 말에 실피는 순간 의아한 표정을 하더니, 다음에는 기뻐 웃으려다가 다시금 의아한 표정으로 돌아왔다.

"되었다?"

"응."

"그렇다면 루디의 의사가 아니네?"

"올스테드의 명령이야."

그렇게 말하자 실피의 안색이 노골적으로 변했다.

올스테드라는 말을 해야 할지 말아야 할지 꽤나 고민했다.

하지만 실피에게는 항상 미안한 일만 저질렀다.

이럴 때 정도는 실피를 전적으로 믿고 솔직하게 말하는 편이 낫다.

그녀의 친구에 관한 이야기니까.

실피는 얼떨떨한 얼굴을 하였지만, 곧 다시 진지한 표정이 되었다.

"…올스테드는 무슨 목적으로 아리엘 님을 왕으로 만들려고 하는 거야? 그러면 올스테드에게 이익이 있어?"

"나를 통해서 아슬라 왕국에 연줄이 생기지. 지금은 딱히 뭘 요구할 생각은 없는 모양이지만, 장래를 생각하면 도움을 받을 일이 생기는 것 같아."

"하지만 용신이잖아? 마도갑옷을 입은 루디를 이길 정도의 상대잖아? 아무리 아슬라 왕국이 세계 최고의 나라라고 해도 협력 관계를 맺고 싶어 할까?"

"권력이란 건 완력으로 해결할 수 없는 것도 해결할 수 있으니까. 올스테드도 언젠가 써먹기 위해서 탐낼 만하지."

이번 건은 포석이다. 아리엘을 왕으로 앉히는 것이 백년 후의 미래에 효과가 온다는 말이다.

그렇다고 해도 설명하기가 어렵다.

올스테드는 대략적인 역사를 알고 있다.

그 역사에서 올스테드가 아리엘이라는 존재를 어떻게 이용할지, 혹은 전혀 이용하지 않을지 모른다. 하지만 적어도 아리엘이 왕이 되면 인신에게 안 좋다는 것은 일기를 보면 안다.

고로 아리엘을 왕으로 만든다.

심술이라는 측면이 강하지만, 상대가 원하는 바를 가로막는 것은 싸움의 상투수단이다.

올스테드에게는 커다란 의미를 갖겠지.

다만 내게는 별로 의미가 없다.

메리트는 고사하고 디메리트도 크다.

아리엘이 왕이 되는 것을 거들었을 경우, 나도 아리엘파로 간주되는 것을 피할 수 없다.

그야말로 귀족들의 끈적끈적한 다툼에 휘말려들겠지.

솔직히 나는 '아슬라 왕국과의 연줄'과 그 더러움에 휘말리는 디메리트를 저울질할 경우 이득이 된다고는 생각하지 않는다.

다만 내 개인적인 감정으로 아리엘을 돕고 싶었다. 그녀에게는 여러모로 신세를 졌고, 그 은혜를 슬슬 크게 갚고 싶은 마음이다.

뭐, 메리트네 디메리트네 하는 소리 말고 더 간단하게 생각하자.

아리엘이 왕이 되어서 아리엘은 만세. 친구가 목적을 달성해서 실피도 만세.

인신이 노리는 바를 저지할 수 있어서 올스테드도 만세.

실피는 다시 한번 내게 반하고, 올스테드는 나를 쓸 만한 녀석이라고 확인하고 나도 만세.

이거다.

"뭐, 올스테드가 나중에 뭘 요구한다고 해도 지금 단계라면 아리엘 님에게 나쁜 이야기는 아닐 거야."

"으음…. 뭐, 그래. 아슬라 왕국에는 못된 녀석도 많고, 못된 녀석과 못된 녀석을 싸우게 한다고 생각하면 좋을지도 모르겠네."

실피가 신랄하다. 그녀의 눈에는 올스테드가 어떻게 비치는 걸까.

내 눈으로 봐도 꽤나 악당처럼 보이지만, 그 이상으로 보정이 걸려서 보이는 걸까. 만나자마자 상대를 죽이려는 사람으로라도 보이는 걸까. 뭐, 그건 부정할 수 없다.

"올스테드의 협력을 받아들일지는 아리엘 님이 정할 일이지만…."

실피는 그렇게 말하면서 슬쩍 눈을 가늘게 떴다.

"나에게는 올스테드가 배신하지 않는다는 보증이 필요해."

"보증이라."

"그래. 루디는 왜 올스테드가 배신하지 않을 거라 생각해?"

딱히 배신하지 않을 거라고 생각한 적은 없다. 실제로 뭔가 숨기고 있는 느낌이고.

하지만 인신과 비교하면 믿을 만하다. 부르면 곧바로 오기도 하고.

"배신하지 않는다고 생각하는 건 아냐. 하지만 올스테드의 대응은 진지해. 내가 적대하지 않고 나의 유용성을 계속 보여주면 녀석은 나를 적시하지 않아."

"그런가….."

실피는 다소 의아한 얼굴을 하였다.

"알았어. 올스테드를 믿을 수 있을지는 지금은 일단 미뤄둘게."

"괜찮아?"

"지금 여기서 이야기해도 답이 나오는 게 아니잖아? 루디는 믿는다고 결정한 모양이고."

"그렇지."

"그럼 입씨름이 될 뿐이야."

실피는 그렇게 말하고 심호흡을 한 번 했다.

등을 쭉 펴고 내 눈을 바라보았다.

"그보다 앞으로의 일을 이야기하는 편이 좋아. 루디… 아니, 올스테드는 어떻게 아리엘 님을 왕으로 만들려고 해?"

평소의 내 앞에서는 별로 보이지 않는, 아리엘의 호위로서의 빠릿한 얼굴.

이런 얼굴을 하면 그녀의 중성적인 면이 도드라져서 아주 늠름해진다.

"일단 페르기우스 님을 설득할 생각이야."

"용신과 용왕이라면 용신, 즉 올스테드 쪽이 상위라고 생각하는데, 그래도 페르기우스 님을 설득해?"

"페르기우스 님은 아슬라 왕국에 발언력도 세고, 정치적인 영향력도 있어. 반대로 올스테드에게는 아슬라 왕국에 영향력이 없으니까."

이건 올스테드가 했던 말이다.

"하지만 페르기우스 님은 그리 간단히 굽혀 주지 않아. 아리엘 님이 무슨 말을 해도 들어 주지 않고, 도중에 나와 루크가 설득해도 소용없었어."

"그런 모양이지."

페르기우스는 올스테드가 부탁해도 순순히 따라 주지 않은 모양이다.

꽤나 쫀 모양이니까 올스테드가 한마디 하면 충분하리라고 생각했는데… 역시 뭔가 생각이 있었겠지.

"하지만 페르기우스 님은 자노바를 받아들였어. 루디도 꽤나 마음에 들어 하는 눈치고…. 뭐가 다를까?"

"차이라면 나와 자노바는 왕을 목표로 하지 않는다는 정도일까."

"왕을 목표로 한다는 게 페르기우스 님의 마음에 거슬린 거야?"

그건 너무 시야가 좁아진 생각 아닐까.

하지만 페르기우스는 '왕'이라는 존재에 일가견을 가진 듯한 느낌이었다.

"페르기우스 님은 아리엘 님에게 협력할 생각이 처음부터 없었던 걸까?"

"아니, 처음부터 협력할 생각이 없으면 딱 잘라 거절했을 거야. 아리엘 님을 시험하는 거야."

"그런가…. 으음."

실피는 팔짱을 끼고 고개를 갸웃거렸다.

"아무튼 조만간 아리엘 님과 이야기를 좀 하고 싶어. 괜찮을까?"

"알았어. 그럼 내가 자리를 마련할게. 루크에게도 말하고…. 나랑 루크가 동석하게 될텐데, 괜찮지?"

"그래, 상관없어. 다만 올스테드 이야기는 숨겨 줘. 루크와 실피의 설득에 협력하는 형태로 해 줄 수 있을까?"

"왜 올스테드 이야기는 숨겨? 루디는 올스테드의 부하가 되었고, 상사의 명령으로 움직이는 거라고 하면 아리엘 님도 안심할지 모르는데?"

용신이라는 뒷배.

…하지만 루크에게, 인신의 사도에게 필요 이상의 정보를 주고 싶지 않다.

아직 루크가 인신의 사도라고 확인된 건 아니지만.

"인신의 부하가 어디서 듣고 있을지 모르니까 올스테드의 목적이나 지시는 가급적 숨기고 싶어."

"…올스테드는 인신과 싸우는 거지? 인신은 그렇게 못된 녀석이야?"

"못되고 자시고는 몰라도, 록시를 죽이려고 했고 실피도 노렸고 나를 올스테드랑 붙여서 죽이려고 했어. 적이야."

"어, 나도 표적이었구나…."

실피는 그렇게 말하고 주위를 둘러보았다.

"지금도?"

"글쎄, 포기하지 않았을 것 같지만…."

"그럼 등 뒤를 조심할게."

"밤길도."

그렇게 말하자 실피는 가볍게 웃었다.

"이 도시에서 밤에 나를 덮치는 건 루디 정도야."

하하, 이거 한 방 먹었군.

그럼 오늘 밤도 사정없이 덮쳐 보도록 하자.

그렇게 실피와 함께 아리엘을 만나는 계획을 짰다.

"…그럼."

하지만 이야기는 아직 끝나지 않았다.

"아리엘 님을 돕는다면 루디도 아슬라 왕국에 가는 거네."

"뭐, 그렇게 되겠지. 설득만 하고 안녕히 계십쇼 할 수는 없 겠고."

아슬라 왕국에 있을 인신의 사도도 쓰러뜨려야 한다.

트리스티나라는 여자를 찾는 일도 해야 한다.

그럼 확인할 것도 없이 아슬라 왕국에 간다.

"나도 데려가 줬으면 해."

"…어?"

"내가 루시를 돌봤으면 하는 루디의 마음은 알아. 내가 이대 로 샤리아에서 살았으면 하는 아리엘 님과 루크의 마음도 알 아. 하지만 역시 나는 돕고 싶어. 지금까지 계속 아리엘 님과 함께 지내왔으니까."

실피는 그렇게 말하고 내 손을 잡았다.

부드러운 손이 내 손을 감싸고 힘주어 꼭 잡았다.

"부탁이야, 루디. 나도 데려가 줘."

나는 실피의 손을 맞잡았다.

솔직히 실피가 집에 남았으면 좋겠다.

내 이기심이지만, 실피는 안전한 장소에서 루시를 돌봤으면 싶다.

아내는 남편의 세 걸음 뒤를 걸으라는 식으로 생각하는 건 아니다. 하지만 실피는… 말로 표현하기는 좀 힘들지만, 위험 을 겪지 않았으면 하는 마음이 있다.

하지만 실피는 아리엘과 루크와 몇 년이나 함께 있었다.

전이사건 이후로 계속. 그건 나에게 루이젤드 같은 것이겠지.

나는 루이젤드가 위기에 빠지면 무슨 일이 있어도 달려갈 생각이다. 루이젤드에게는 그만한 은혜를 입었다. 가족의 목숨과 저울에 올리는 일이 생기면 망설이겠지만, 그래도 루이젤드를 돕는 것은 내 안의 우선순위에서도 상위를 차지하고 있다.

실피도 분명 그렇겠지.

물론 가족은 소중하고, 루시도 키워야 한다고 생각하겠지.

하지만 역시 친구의 위기를 돕고 싶다, 힘을 다하고 싶다, 그렇게 생각하는 것은 당연하다.

"알았어. 실피, 도와줘."

"…응!"

실피는 얼굴을 활짝 펴고 기쁜 듯이 끄덕였다.

그때 문득 인신이 했던 말이 떠올랐다.

아슬라 왕국에서 실피가 죽는 것이 운명이라는 말.

설마, 이렇게 실피의 도움을 받는 것은 그녀의 수명을 단축하는 건 아니겠지.

…기우일까. 역사는 변했다. 그 일기대로 된다고만 볼 수 없다.

하지만 역시 말해 두어야만 하겠지.

"실피."

"왜?"

"인신은 모습을 보이지 않고 누군가를 조종해서 나나 올스테드를 방해하려고 할 거야."

"…루디를 올스테드랑 싸우게 했던 것처럼?"

"그래."

"그럼 그 조종당하는 이에게도 조심해야겠네."

"응. 하지만 어쩌면 가까운 이가 조종당할 수도 있다나 봐."

"가깝다니, 예를 들어서?"

"루크라든가."

그렇게 말하자 실피의 안색이 험악해졌다.

"루디, 그건 아냐. 올스테드가 아리엘 님을 왕으로 만들기 위해 움직여 준다는 소리는, 인신은 아리엘 님을 왕으로 만들지 않기 위해 움직인다는 소리잖아? 즉, 루크는 아리엘 님을 왕으로 만들지 않기 위해 움직인다는 소리가 돼. 그런 건 말도 안 돼. 루크가 아리엘 님의 적이 되는 일은 절대로 있을 수 없어."

"하지만 인신의 말에 놀아날지도 모르지. 녀석은 그렇게 사람을 함정에 빠뜨려."

"……."

실피가 나를 째려보았다. 살기까지 섞인 것 아닐까.

실피가 날 이런 눈으로 보는 건 처음일지도 모른다.

"혹시 루크가 제정신을 잃고 아리엘 님을 해치려고 하면… 나는 루크를 죽이겠어."

실피는 강한 어조로 그렇게 말했다. 죽인다고 말했다.

실피를 무섭다고 생각한 건 처음이다.

"루크도, 나도, 아리엘 님을 배신해도 좋다는 생각은 안 해. 혹시 누군가에게 속아서 아리엘 님을 배신하게 된다면… 죽는 게 나아."

하지만 나도 그렇게 말하는 실피의 마음을 이해한다.

혹시 내가 진심으로 루이젤드를 해치려고 한다면, 에리스도 내 적이 될지 모른다.

그것과 같다.

"그래…. 이상한 소리 해서 미안해."

"아냐, 루디가 사과할 필요는 없어. 루디는 분명히 말해 주었으니까."

실피는 조용히 웃으면서 그렇게 말했다.

그 미소를 보니 어째서인지 내 안에서 결심이 섰다.

혹시 루크를 죽여야만 할 때가 온다면… 그때는 실피에게 시키지 않겠다.

내가 하자.

제5화 협력 체제

공중성채에 갔을 때, 아리엘은 정원에서 차를 마시고 있었다. 급사는 실바릴이 맡았지만, 페르기우스의 모습은 없었다.

대신 아리엘의 앞에 앉아 있던 사람은 나나호시였다.

다과회라니 여유가 있네…라고 순간 생각했지만, 그런 게 아니었다.

아리엘은 완전히 지친 샐러리맨 같은 얼굴을 하고 있었다. 루크와 함께 주종이 나란히 지쳤습니다 모드다.

일단 표면상으로는 우아한 모습을 하고 있다. 하지만 눈 밑에는 희미하게 검은 자국이 보였다. 꽤나 궁지에 몰린 모양이다.

그런 상태로 나나호시에게 '물어볼래? 무슨 일이냐고 좀 물어볼래?'라는 오라를 내고 있다.

나나호시는 아리엘을 무시하고 있었다. 완전 무시다.

다만 아주 불편한 기색이었다. 같이 차를 마시는 건 거부하지 않지만, 아리엘과 페르기우스 사이에 끼어서 귀찮아지고 싶지 않은 거겠지.

무기력한 주인공 같은 녀석이군.

그래도 자리를 뜨지 않는 것은 일단 아리엘도 지난번에 병으로 죽을 뻔했을 때 도와준 멤버에 속하기 때문이겠지.

아리엘은 마도구를 제공해 주었을 뿐이지만, 그래도 협력해준 것은 틀림없다.

"아, 루데우스."

그렇기에 내 모습을 보았을 때도 살짝 안도한 얼굴을 하였다.

"잠깐 이리로 와서 앉지 않겠어?"

나는 나나호시의 말에 따라서 나나호시와 아리엘 사이에 앉앉다.

앉자마자 실바릴이 차를 따라주었다.

테이블에 차를 내려놓는 동작이 다소 난폭해서 우아한 실바릴치고 어쩐 일인가 싶었는데, 가면 속에서 차가운 시선을 느꼈다. 혹시 아르만피를 소환한 것 때문에 화가 났나. 미안해라….

"…그럼 루디. 부탁해."

같이 따라온 실피가 작은 목소리로 내게 그렇게 말하더니 아리엘의 뒤에 섰다.

실피가 온 덕분에 아리엘의 얼굴도 조금 안도한 것처럼 보였다.

슬쩍 시야 구석을 보니 루크의 모습도 있었다.

이 회합 직전에 루크에게도 이야기를 해 놓았다. '아리엘에게 협력한다'고 말하자 그는 얼굴을 활짝 펴고, 내 설득에 성공한 실피를 칭찬했다.

"루데우스 님, 별고 없으셨나요. 용신 올스테드의 부하가 되신 것, 거듭 축하드립니다. 하지만… 괜찮나요?"

아리엘의 말에 패기가 없었다. 말이 시원스럽지 못하다.

사전에 실피에게서 올스테드의 네거티브 캠페인이 있었던 걸지도 모르지.

"감사합니다. 어떤 상대든지 강대한 인물 밑에 들어가면 안심할 수 있으니까요."

"루데우스 님 또한 강대한 분…. 역시 그런 분들끼리는 서로 끌리는 걸까요…. 저 같은 자는 상대도 안 해 주시는군요."

오오. 아리엘이 스스로를 비하하신다. 이건 꽤나 안 좋은 방향으로 굴러 떨어졌군.

"저기."

나나호시가 내 옆구리를 쿡쿡 찔렀다.

"어제 올스테드가 왔어."

"그래, 어땠어?"

"사과했더니 용서해 주더라고. 앞으로도 잘 부탁한다고."

"그거 다행이네."

짧은 말이었지만, 나나호시는 어깨 위의 짐을 내려놓은 얼굴을 하였다.

미안이란 말로 끝나면 경찰은 필요 없다지만, 대개의 경우는 미안이란 말로 끝난다.

내 경우, 속아서 함정에 빠지고 죽을 뻔했으면 미안이란 말로 안 끝나겠지만….

그걸 용서해 주는 올스테드의 도량이 크다고 생각하자.

"저도 올스테드 님을 뵐 기회를 얻었지요."

그때 아리엘이 방울을 울리는 듯한 목소리로 말했다.

역시 기분 좋은 목소리다. 그녀의 목소리에는 신기하게도 따르고 싶어지는 카리스마가 있다.

외모도 아름답다. 내가 지금까지 본 이들 중에서 가장 아름다운 금발. 아름답다는 말을 구현화하면 이렇게 태어나지 않을까 싶은 미모. 내 주위에는 미소녀나 미녀가 많지만, 객관적인 시점에서 점수를 매긴다면 아리엘이 제일이겠지.

인간적인 아름다움이 아니라 그림 같은 아름다움. 미술이군. 미술 속의 사람이다.

물론 지금은 패기가 없기 때문에 지친 미망인 같은 아름다움마저 느껴지지만.

"올스테드 님은 무서운 분이더군요. 먼발치에서 본 것만으로도 신변의 위협을 느낄 정도로."

"갑자기 누굴 공격할 만큼 피에 굶주린 사람은 아니니까 괜찮습니다."

그런가. 아리엘도 올스테드를 보았나. 그럼 올스테드의 지시로 움직인다는 소리는 안 하는 편이 낫겠지.

하지만 그녀도 이미 내가 올스테드의 부하가 된 것을 알고 있고, 의미는 없을지도 모른다.

"그렇군요. 어제는 나나호시 님과 차를 마시고 돌아가셨지만, 시종일관 기분 상한 얼굴을 하신 것치고 실바릴 님이 차를 엎질러도 격노하는 일이 없었으니까요."

실바릴이 올스테드에게 차를 엎질렀다니.

설마 일부러 그런 건 아니겠지. 아니, 분명 실바릴이 겁을 먹고 손이 떨려서 그런 거다.

"저는 찌릿찌릿하는 분위기를 느꼈지만, 나나호시 님이 보기

드물게 밝게 웃으시는 모습을 보니 외모나 분위기보다도 더 관대하고 도량이 큰 분이겠지요…."

…어라? 그런 감상이 나오나? 아리엘에게는 저주의 효과가 약한가.

이건 잘 된 일이겠지만.

아니면 혹시 인신의 짓일까.

생각해 보면 인신으로서는 아리엘을 조종하는 게 가장 효율 좋을 것이다. 루크를 이용해서 아리엘을 유도하기보다는 우두머리인 아리엘을 직접 움직이는 편이 시간낭비가 적다.

올스테드는 그럴 가능성을 전혀 이야기하지 않았는데….

아리엘이 인신의 조종을 받지 않는다는 증거라도 있는 걸까.

"그건 저주 때문에 미움을 사는 것뿐이니까요."

"그렇습니까. 그럼 저도 말 한마디라도 걸었으면 좋았을지도 모르겠군요…. 먼발치에서 봐도 떨릴 만큼 무서웠으니까, 가까이서 목소리를 들었으면 실금이라도 했을지 모르지만요."

아리엘은 가볍게 웃었지만, 실금이라니….

"물론 남들 앞에서 실금하는 것도 제법 기분 좋은 일이지만요…."

"예?"

"아리엘 님!"

실피가 야단치듯이 말했다.

지금 실금이 기분 좋다는 말을 들었는데… 뭐, 안 들은 것으로 할까.

아슬라 왕국의 귀족왕후 중에는 변태가 많고. 응.

그렇긴 해도 이 미술 교과서에서 튀어나온 듯한 사람이 실금이라고 말하니, 정말 배덕적이군.

"루디! 아리엘 님 앞에서 그런 얼굴 하지 마!"

"예스, 맴."

무심코 얼굴을 만지작거렸다. 표정이 안 좋았나….

분명히 나는 변태지만, 보고 싶은 것은 기본적으로 좋아하는 사람의 것뿐이다. 예를 들어 실피라든가.

아니, 보여달라고는 하지 않겠지만. 미움 사기 싫고.

"우와아…."

나나호시가 질렸다는 얼굴을 했지만, 일단 그녀는 제쳐두자.

"어흠. 아무튼 루데우스 님이 올스테드 님의 부하가 되었다는 말을 듣고 저도 납득한 바가 있었습니다."

"호오, 어떤 것입니까?"

"루데우스 님을 쓰러뜨릴 수 있는 것은 그 정도 실력자라고 생각했으니까요."

그런가. 나를 이기는 거야 간단하다고 생각하는데.

실피가 밤에 침대 위에서 '저기, 루디, 부탁이 있어.'라고 말하면 쉽게 들어 줄테고.

아니, 결코 아리엘에게 그런 걸 요구하는 건 아냐.

원하는 바가 속물적이고 보잘 것 없다는 소리다. 나는 돈과 여자로 움직이는 남자야.

아무튼 슬슬 본론으로 들어가자. 아리엘에게 협력한다는 이야기다.

"실력자라면… 예를 들어서 아리엘 님이라든가?"

슬쩍 빙 도는 식으로 말을 꺼내자, 아리엘은 입가에 손을 대고 눈을 가늘게 떴다.

"어머, 루데우스 님도 그런 아부를 하시는군요."

아부가 아닌데.

최근 좀 실감이 안 들긴 하지만, 아리엘은 아슬라 왕국의 왕녀다.

지난 생의 경험에 비추어 보자면, 영국 황태자 같은 존재다. 식전에서 보는 일은 있어도, 말을 나누는 일은 없고 이렇게 같은 테이블 앞에 앉을 기회도 없다. 그런 존재다.

하지만 아리엘은 다른 면으로도 많이 노력했다.

현재 마법도시 샤리아에서 요직에 앉은 사람 중 아리엘의 말을 무시할 수 있는 사람은 거의 없다.

마법대학교장, 수석교사. 마법 길드의 높은 사람. 마도구 공방의 우두머리. 상회의 대장. 모험가 길드의 지부장. 내가 아는 것만 해도 이 정도인데, 아리엘의 이름을 대면 대부분 어디서든 편의를 봐준다.

적어도 마법도시 샤리아의 주요산업 상층부에는 아리엘이 손을 써뒀다고 해도 과언이 아니다.

결국 무슨 말을 하고 싶으냐 하면. 인맥의 힘이란 충분히 실력에 들어간다는 뜻이다.

아리엘은 실력자다.

"저도 한때는 루데우스 님을 밑에 두자는 생각을 했습니다만."

"호오."

"곧 포기했습니다. 이유는 많이 있지만, 제 손에 부칠 것 같다는 게 제일 클까요…."

아리엘은 옆을 보았다.

아름다운 정원 너머에는 지면 같은 흰 구름이 깔려 있었다. 아득히 저 멀리까지 계속되는 푸른 하늘과 함께.

그것을 보면서 그녀는 조용히 중얼거렸다.

"'분에 넘치는 힘을 가진 자여, 사라지도록 해라.'"

순간 내게 하는 말인가 했다.

하지만 아니었다. 아리엘은 천천히 이쪽을 바라보면서 말을 이었다.

"어렸을 적에 아슬라 왕궁에서 보았던 연극, 마계대제 키시리카 키시리스의 대사입니다."

분명 그건 거짓말이다. 누군가가 날조한 역사다.

그 꼬맹이가 그렇게 멋진 소리를 할 리가 없어.

"키시리카가 황금기사 알데바란에게 쓰러질 때, 죽기 직전에 알데바란에게 저주처럼 한 말입니다."

"…호오."

"그때 알데바란은 인간의 왕이 되었지만, 주위에게 두려움을 산 끝에 결국 부하의 배신으로 살해당했습니다."

꽤나 인간미 넘치는 연극이군. 아니, 내가 아는 역사와 전혀 다른데.

"그 연극은 아슬라 왕족이 나이의 절기를 맞을 때 반드시 개최되는 것입니다."

나이의 절기란 다섯 살, 열 살, 열다섯 살 생일을 말하겠지.

아슬라 왕국에서는 그런 시기에 대대적으로 파티를 연다.

왕족이니까 연극 정도는 개최되겠지.

"물론 사실과는 다릅니다만, 아슬라 왕족으로서의 모든 마음이 담겨 있다고 들었습니다."

역시 사실과 다른가.

그도 그렇지. 내가 아는 것과 전혀 다르니까.

황금기사 알데바란과 키시리카 키시리스의 결투. 아니, 실제로는 마룡왕 라플라스와 투신과의 대결이었던가. 뭐, 그건 됐고.

"모든 마음입니까."

"예. 싸우고, 이기고, 그리고 통치한다, 왕의 모든 것이."

"……."

"하지만 그렇다면 왜 알데바란은 배신당하고 죽었을까. 옛날에 이 연극을 만들게 한 왕은 다음 대로 멸망하라고 말하는 걸까. 어렸을 적에 저에게는 의문이었습니다. 하지만 열다섯 살이 되었을 때 깨달았지요. '분에 넘치는 힘을 가진 자여, 사라지도록 해라'라는 말에 모든 것이 집약된 것이 아닐까 하고요."

아리엘은 그렇게 말하고 다시 먼 하늘을 보았다.

"과분한 힘은 파멸로 이르는 길을 앞당긴다. 그렇다면 과분한 힘을 갖지 않고, 자기 능력에 맞는 힘만으로 해 나가야 한다. 자신의 모든 힘을 컨트롤하는 것이 왕에 이르는 길이다. 저는 지금도 그렇게 생각합니다."

…아리엘은 고개를 숙였다. 긴 속눈썹이 그림자를 만들었다.

"알고는 있습니다. 페르기우스 님이나 루데우스 님도 제게는 과분한 힘이란 것을."

아리엘은 평소처럼 부드러운 미소를 짓고 있었다.

하지만 울 것처럼 보였다.

"마지막으로 다시 한번 페르기우스 님에게 부탁하고도 안 된다면 포기할까 합니다."

"포기하는 겁니까?"

"예. 물론 페르기우스 님을 배경으로 삼는 것을 포기할 뿐이지, 왕이 되기 위한 길을 포기하지는 않을 겁니다. 아슬라 왕국의 왕이란 지위는 제게 과분한 것이 아니라고 생각하기에."

"……."

왠지 한숨이 나올 것 같다.

과분한 것. 과분하지 않은 것.

"아리엘 님."

"예, 말씀하시죠, 루데우스 님."

"나의 어디가 강대합니까?"

강대하다, 특별하다.

분명히 나는 그런 존재로 여겨지는 것을 꿈꾼 적 있다.

하지만 지난 생에서 근거도 없이 그렇게 생각하다가 실패했다.

그러니까 이번에는 스스로를 특별하게 생각하지 않으려고 명심하였다. 실제로 특별하다고 할 만한 레벨에 이르지 않은 모양이고, 틀린 생각은 아니라고 본다.

"루데우스 님의 대단함을 열거하자면 끝이 없지만…. 무엇보다 그 마력총량이지요."

"마력총량."

분명히 그 부분은 남보다 뛰어날지도 모른다.

라플라스의 인자란 것 덕분에 마력총량은 상당히 많다.

보통 인간이 아무리 노력해도 도달할 수 없는 영역에 있을지도 모른다.

분명히 그게 내 인생에 도움이 된 적은 많다.

하지만 그게 모든 걸 해결한 것은 아니다. 내 문제를 해결해온 것은 또 다른 것이다.

"분명히 그 마력총량이 내 고민을 다 해결해 준다면 나도 스스로를 강대하게 생각했을지도 모릅니다."

"무슨 고민이라도?"

"매일이 고민이지요. 특히나 최근에는 '가족에게 뭐라고 설명해야 좋을까' 하는 고민에 짓눌릴 지경이라서요."

인신을 두려워하고, 올스테드에게 놀라고, 가족에게는 뭐라고 말하면 좋을지 몰라서 거짓말을 하고 얼버무리는 짓을 계속한다.

그런 내가 강대? 농담하지 마.

"페르기우스 님은 어떨지 모르겠습니다만… 적어도 나는 강대하지 않습니다. 당신의 친구인 실피의 남편이고, 마력총량이 좀 많고, 조금 이상한 지인이 많을 뿐이지, 항상 고민하는, 어디에나 있는 마술사입니다."

스스로도 얼굴이 붉어질 정도로 잘난 척하는 말이다. 하지만 본심이다.

나는 테이블 위에 있는 아리엘의 손을 잡았다.

부드러운 손이군. 가늘고 부러질 것 같은 손가락이다.

시야 밖에서 실피가 울컥하는 얼굴을 하는 것 같지만… 지금은 좀 참아 줘.

"아리엘 님. 실은 오늘 여기에 온 것은 잡담이나 하기 위한 게 아닙니다."

"그럼 저를 유혹하러 오셨나요?"

갑자기 손을 잡아도 아리엘은 평소와 같은 표정을 무너뜨리지 않았다.

부드러운 미소. 다소 지친 미소지만, 이게 그녀의 포커페이스다.

"넘어와 준다면야 그것도 매력적입니다만… 루크와 실피에게 부탁을 받았습니다."

아리엘은 어쩐 일로 허둥대듯이 뒤를 돌아보았다.

태연한 기색의 실피와 다소 다급히 고개를 숙이는 루크가 있었다.

"아리엘 님을 도와달라고."

그렇게 말하자, 아리엘의 손에 힘이 들어갔다.

섬세한 손가락으로는 상상도 할 수 없을 정도의 힘에 아플 정도로.

"두 사람이, 그런 말을…?"

"나, 루데우스 그레이랫에게 도움을 청하느냐?와 같이 잘난 척 말할 생각은 없습니다. 내가 하고 싶은 말은 또 다른 것입니다."

갑자기 손을 잡고 이런 소리를 한다. 평소의 아리엘이라면 어떤 반응을 보였을까.

"나도 협력할 수 있도록 해 주시겠습니까?"

그렇게 말했을 때, 아리엘의 눈동자에서 한줄기 눈물이 흘렀다.

아름다운 눈물이었지만, 이상하게도 나는 아리엘이 우는 것이 의외였다.

왜일까.

아리엘은 빈손으로 곧 그 눈물을 닦고 울음 섞인 웃음 같은 표정을 지었다.

"이렇게 마음에 와 닿는 유혹의 말을 들은 건 태어나서 처음 이군요."

그게 본심이 아닌 농담임을 알 수 있었던 것은 그녀의 얼굴이 진지했기 때문이다.

얼굴을 붉히는 것도 아니고, 우는 것도 아니다. 왕녀의 얼굴을 하고 있었다.

"분명히, 감사한 말씀입니다…. 하지만."

아리엘은 바로 승낙하지 않았다. 진지한 얼굴로 살짝 시선을 들어서 내 얼굴을 들여다보았다.

그렇게 내 참뜻을 캐려는 듯이.

"루데우스 님은 올스테드 님의 부하가 되었다고 들었습니다. 그런 행위가 용납됩니까?"

"올스테드 님에게는 이미 이야기해 두었습니다."

"그렇다면 루데우스 님은 올스테드 님의 지시로 움직이는 것이로군요?"

아리엘은 올스테드의 저주가 잘 안 들으니까, 당당히 협력한다고 말해도 될 것 같다.

하지만 예정대로 올스테드의 목적에 대해서는 숨긴다.

"그런 건 아닙니다. 아리엘 왕녀에게 협력하고 싶다고 말했더니 마음대로 하라고 말씀하셨습니다."

"…그렇습니까, 알겠습니다. 올스테드 님에게는 감사를."

시야 구석에서 실피가 입을 삐죽거리지만 어쩔 수 없다.

"그럼 잘 부탁드리겠습니다. 루데우스 님."

"예, 이쪽이야말로."

나는 아리엘의 손을 방금 전과는 다른 형태로 잡았다. 악수다.

자, 협력 체제를 맺었으니까 이야기를 해 보자.

"아리엘 님을 왕으로 옹립하려면 올스테드 님에게 협력을 요청하는 것도 좋겠습니다만…. 그분은 아슬라 왕국에 영향력이 거의 없어서 그다지 힘이 되지 않겠지요."

이런저런 전제를 늘어놓고서 본론을 제시했다.

"그러니까 역시 페르기우스 님의 협력이 중요하다고 생각합니다."

"그렇지요."

아리엘은 진지한 얼굴을 하며 의자에 고쳐 앉았다.

기분 탓인지 실피와 루크의 얼굴도 더욱 진지해진 것 같다.

올스테드는 페르기우스를 설득하는 것이 중요하다고 말했다.

그만큼 페르기우스는 아슬라 왕국에 영향력이 강하다는 뜻이다.

하지만 어떻게 설득할까….

분명히 이전에 페르기우스는 이렇게 말했다. 나도 그것을 소리 내어 말했다.

"'왕으로서 가장 중요한 요소는 무엇인가, 그걸 네가 자신의 입으로 말할 수 있으면 나는 네게 힘을 빌려주마.'"

아리엘의 눈가가 꿈틀 움직였다. 그녀가 고민하고 고민하면서도 답을 낼 수 없었던 질문이다.

"왕으로서 가장 중요한 요소란 대체 무엇일까요."

이전에 아리엘은 그 질문에 대해 '지식을 가지고, 대신의 말에 귀를 기울이고, 왕이라는 자각을 가지고…'라고 말하려다가 부정당했다.

내친김에 나한테도 그 질문이 날아왔는데 '능력보다도 나라나 백성의 입장에 서서 생각해 주는 사람이 왕이 되는 편이 기쁘다'라고 대답했더니 '나은 대답'이라는 감상이 돌아왔던 것을 기억한다.

낫다는 소리는 즉, 내 대답도 정답은 아니라는 뜻이다.

올스테드의 이야기가 사실이라면, 이와 비슷한 명제의 정답을 데릭 레드뱃이라는 사람이 대답했다는 뜻이다.

또한 올스테드는 가우니스 프리앙 아슬라와 관계있다고도 말하였다.

뭐, 역사는 변했다고 하니까 같은 질문이라고만 볼 순 없지만.

아무튼 얼른 제안하도록 할까.

"분명히 페르기우스 님은 가우니스 왕의 전우였다고 했지요?"

"예, 유명한 이야기지요. 페르기우스 님 본인도 가우니스 님의 이야기가 나오면 정말로 그리워하는 분위기였지요."

"그럼 왕에게 가장 중요한 요소는 가우니스 왕이 가지고 있었다는 것 아닐까요?"

"그럴지도 모릅니다."

"가우니스 왕에 대해 조사할 수 있지요? 자료는 많을 테니까요."

내가 봐도 완벽한 제안이었다고 생각했다.

하지만 다른 세 사람의 안색은 좋지 않았다.

"저기, 루데우스 님, 이런 말씀을 드리기 그렇습니다만."

"내가 이상한 말이라도 했습니까?"

"아뇨, 우리도 이미 가우니스 왕에 대해 조사하자는 생각을 했습니다. 하지만 라노아 왕국의 도서관에도, 여기 공중성채의 도서실에도, 가우니스 왕에 대해 '이거다' 싶은 정보는 없었습니다."

아하, 이미 했나.

하지만 생각해 보면 당연한가.

페르기우스와 가우니스가 맹우라는 건 유명하다. 조사하지 않았을 리가 없다.

"아슬라 왕국의 왕립도서관에 있는 가우니스 왕의 자서전에 자세한 정보가 있을지도 모르지만…."

아슬라의 왕에 대한 정보는 아슬라 왕국의 도서관이 최고.

하지만 지금 상황에서 아슬라 왕국의 도서관을 찾아가기 어렵다는 것은 말할 것도 없다.

"그건 힘들겠군요…. 그럼…."

그럼 다음은 데릭이라는 인물에 대해 물어보는 게 좋겠지.

하지만 어떻게 물어봐야 할까. 내가 데릭을 아는 건 이상하겠고.

"아, 저기, 자세히 말하기 전에 한 가지…."

그때 아리엘은 말허리를 자르고 힐끗 실바릴을 보았다.

"이 대화는 모두 페르기우스 님에게도 들리고 있습니다만, 괜찮을까요?"

"페르기우스 님도 즐겁게 듣고 계시지 않을까요?"

"왕이란 무엇인가 하는 질문에 여러 사람과 의논해서 대답해도 되는 걸까요…."

아하, 그렇군.

왕이라면 혼자 고민하고 혼자 생각하라는 말인가. 과연 그럴까.

그렇게 생각하며 실바릴을 보니, 그녀는 천천히 등의 날개를 움직였다.

"페르기우스 님은 아리엘 님이 어떻게 대답을 내놓더라도 그 대답이 옳다면 힘을 빌려주실 것입니다."

그분은 관대한 분이시니까요…라고 말하는 듯한 태도다.

"그럼 처음부터 누군가와 의논해도 괜찮았다?"

"오히려 왜 혼자서 고민하는 건지 페르기우스 님은 아주 의

아해하셨습니다."

아리엘은 그 말에 쓴웃음을 지었다.

"혼자만의 생각으로 행동의 폭을 좁혀 버렸던 건가요…."

아리엘은 중얼거리더니 기분을 바꾸듯이 일어섰다.

두 손으로 머리를 빗어 올려서 금발을 흩은 뒤에 두 손을 모으고 쭈욱 기지개를 켰다.

목을 좌우로 돌려서 뚜둑 소리를 내더니 뺨을 팡팡 두드렸다. 왕녀라고 생각되지 않는 모습이다.

혼자 멋대로 생각하며 행동을 제한하는 건 흔히 있는 일이다. 이래야만 한다. 이렇게 해야 한다. 분명 이렇다.

그런 선입관이나 편견은 언제나 정말로 해야 할 행동에게서 사람을 떼어놓는다.

그리고 그것이 잘못이라는 것을 알았을 때, 이러지 않아도 된다고 이해했을 때, 인간은 갑자기 시야가 넓어진 듯한 개방감을 얻는다.

나도 록시를 따라서 집 밖으로 나갔을 때, 비슷한 감각을 맛보았다.

"좋아! 그럼 실피, 루크. 자리로."

"예!"

"알겠습니다."

두 사람이 기쁘게 자리에 앉으면서, 나나호시의 불편함은 두 배가 되었다.

"그럼 회의를 시작하지요."

아리엘은 처음 만났을 때처럼 자신감 넘치는 목소리로 그렇게 말했다.

박수를 쳐야 할까, 아니, 그만두자. 대신 거수하고 발언했다.

"그 전에 인식을 통일하고 싶습니다만, 괜찮겠습니까?"

"인식, 이라고요?"

"예, 생각해 보면 나는 아리엘 님에 대해서 전혀 모르니까요."

"어머…. 뭘 알고 싶으신가요?"

아리엘이 얼굴을 살짝 붉히고, 실피가 샐쭉한 시선을 보냈다.

딱히 스리사이즈를 묻는 것도 아닌데. 지금은 진지한 이야기를 하고 있다.

"일단 아리엘 님은 왜 왕이 되고 싶은가, 하는 점부터 들려주셨으면 합니다."

아리엘은 왕이 되고 싶다.

그 이유에 대해서 슬쩍 들은 적은 있었다.

그래, 분명히 죽어간 이들이 어쩌네 저쩌네. 그 이야기를 더듬으면 데릭이라는 이름도 나오겠지.

"전에도 말씀드렸다고 생각합니다만?"

"어라? 들었던가요?"

"예, 루데우스 님과 실피의 결혼식 때입니다."

"그랬습니까…. 가능하면 다시 들었으면 합니다."

그렇게 말하자 아리엘은 당연하다는 듯이 말했다.

"왕이 되지 않으면 저를 믿고 죽어간 이들을 볼 낯이 없기 때문입니다."

"그렇군요, 믿고 죽어간 자들…. 그 사람들에 대해서 자세히 들을 수 있을까요?"

그렇게 아리엘은 가볍게 웃으며 고개를 갸웃거렸다.

"그것이 명제와 관련이?"

아, 이건 거절의 얼굴이다. 말하고 싶지 않은 걸까.

"관계가 있을지는 모릅니다. 다만 내 눈에는 페르기우스 님이 아리엘 님을 시험하는 것처럼도 보였습니다. 그럼 아리엘 님의 내면을 돌이켜보면 실마리가 나올지도 모릅니다."

"그렇군요."

대충 한 말이지만 제법 그럴싸한 말이 나왔다.

하지만 솔직히 말해서 나로서는 진짜 왕이 무엇인지 모르겠다.

예전에 무슨 소설에서 본 정도다. '왕은 사람들을 위해 산다, 아니, 오히려 사람을 이끄는 자가 왕이다'라고 했나. 그런 내가 끙끙거리며 고민한다고 답이 나올 리가 없다.

"그렇군요. 그러고 보면 죽어간 이는 많이 있습니다. 특히나 아슬라 왕국에서 도망칠 때에 죽어간 열세 명…. 네 명의 기사, 아리스테어. 카람, 도미니크, 세드릭. 세 명의 술사, 케빈, 요한, 바베트. 여섯 명의 시종, 빅토르, 마르슬란, 베르나데트, 에드위나, 플로랜스, 콜린. 이 열세 명의 이름은 평생 잊을 수 없겠죠. 힘든 여행을 함께하며 함께 싸우며 고난을 뛰어넘어서. 그리고 모두가 제가 왕이 되기를 바라며 죽어갔습니다."

어라? 데릭의 이름이 안 나오네. 이상한데….

올스테드의 이야기로는 죽었다고 그랬는데, 아리엘에게는 그렇게 중요한 인물이 아닌 걸까. 아니, 혹시 데릭이 살아 있다고 하면 이 열세 명에게서 힌트를 얻을 가능성도 있다.

"한 명 한 명에 대해 자세히 들려주세요."

"알겠습니다. 다소 길어질 텐데 괜찮을까요?"

"괜찮습니다. 누구 하나도 괜한 인물이 없을 테니까요."

그렇게 말하자 왠지 자리의 분위기가 다소 누그러졌다.

아리엘이 미소를 짓고, 루크가 의외라는 얼굴을 하였다. 실피도 기분 탓인지 자랑스러워하는 얼굴이다.

나나호시만이 거북스러워하는 눈치였다.

"그럼…."

아리엘은 느릿느릿한 어조로 열세 명에 대해 이야기하였다.

어디 출신이고 어디서 자라서 어떤 경위로 아리엘을 만나게 되었는가.

어떤 성격이고 뭘 좋아하고 뭘 싫어했는가.

뭘 자랑스럽게 생각했는가. 어떤 대화를 하고 어떤 일에 웃고 어떤 일에 화내고 어떤 일에 울었는가. 누구랑 누가 사이가 좋고, 누가 누구를 좋아했는가, 누가 누구를 싫어했는가.

그리고 어떤 최후를 맞았는가.

각자의 드라마가 있고, 모두 살아 있던 인간이었다.

아리엘의 이야기만으로도 충분할 만큼, 한 명 한 명의 사람됨이 전해져왔다.

그리고 중간중간에 루크나 실피가 주석을 넣어주었다.

분명 이 세 명에게 같은 질문을 하면 비슷하게 긴 이야기가 돌아올 정도로 열세 명을 기억하는 거겠지. 이 자리에 없는, 그 하녀 두 명도….

미래의 일기에 따르면, 실피는 내가 망가져 버렸기에 아리엘을 따라갔다고 했다.

하지만 혹시 내가 그러지 않았더라도, 실피는 아리엘을 따라가지 않았을까. 그런 생각이 들 만큼 그들과의 유대는 강했다.

조금 질투가 나네.

하지만 자신을 위해 죽었다. 자신을 감싸고 죽었다.

그 무게는 나도 잘 안다. 실피가 그 무게를 아는 것은 좋은 일이다.

"이상입니다."

"그렇군요…."

하지만 아쉽게도 나는 그 열세 명의 이야기 안에서 왕의 요소라고 할 것에 대해 이거다 라고 느끼는 게 없었다.

어떤 의미로 그 유대야말로 왕의 증거가 아닐까 싶기는 하다.

아서왕의 원탁도 열세 개의 자리가 있었다고 하고.

아니, 아리엘의 주위에 살아남은 이를 포함하면 숫자가 안

맞지만.

"아, 아뇨, 중요한 사람을 잊었네요."

슬슬 나오려나.

"데릭 레드뱃."

그래, 왔구나! 그거야, 그거, 그걸 기다렸습니다.

"……."

하지만 아리엘은 눈썹을 찌푸리고 난처한 표정을 하였다.

"왜 그러십니까?"

"아뇨…. 사실을 말하자면 그에 대해 별로 아는 게 없다는 것을 깨달았습니다."

으음, 데릭이 죽은 건 아리엘과 사이가 좋아지기 전인가.

그건 문젠데. 본래 역사라면 함께 싸우고, 행동과 생사를 함께하면서 서로 신뢰하고 속마음을 털어놓기도 했겠지만… 그게 없다.

추억이 없다면 데릭이 어떤 인물인지 모르고, 어떻게 페르기우스를 설득했는지를 추측할 수도 없다.

"뭔가 없습니까? 사소한 일이라도 좋습니다. 소중한 사람이라고 말했으니까, 뭔가 있겠죠?"

고로 나는 아리엘에게 계속해서 그렇게 물었다.

"글쎄요…. 데릭은 뭐라고 할까, 고지식한 사람이었습니다."

아리엘이 말하는 데릭은 말하자면 보통 사람이었다.

어디에나 있을 만한 인텔리 마술사다.

잔소리가 많고, 한숨이 어울리는, 고생깨나 하는 사람. 아리엘이 멋대로 구는 것을 항상 씁쓸한 얼굴로 지켜보며 잔소리를 한다.

이미지로 따지자면 크리프와 비슷할까. 아니, 그보다는 지너스 수석교사일까.

아무튼 장래에는 잔소리 많은 할아버지가 될 듯한 느낌이 드는 인물이다.

"당시의 저는 왕에게 어울리는 일을 하나도 하지 않고 태만하게 지냈습니다. 왕이 된다는 생각도 없었습니다…. 그런 가운데 그 전이사건이 일어났지요. 마물이 나타나고 데릭은 저를 감싸고 죽었습니다. 마지막에 제게 왕이 되어 달라는 소망을 남기고… 그래서 저는 왕을 목표로 하기 시작했습니다."

"…그렇습니까."

하지만 아리엘의 말에서는 데릭의 생각이나 목표가 전해지지 않았다.

지금 이야기가 나온 열세 명은 충분하고 남을 만큼 전해졌는데.

이래서는 힌트가 되지 않는다.

뭔가 없을까. 아리엘에게서 데릭의 '이거다!' 싶은 부분을 끌어낼 수 있는 질문은.

"생각해 보면."

내가 끙끙대며 고민하는데, 의외의 인물이 입을 열었다.

"녀석은 아리엘 님을 다음 왕이라고 믿어 의심치 않았지. 일만 있으면 아리엘 님은 왕이 되실 분이라고 진언하였다."

루크다. 루크가 턱에 손을 대고, 꽤나 멋진 포즈로 말했다.

"어쩌면 그는 알았던 게 아닐까요. 왕에게 가장 중요한 요소란 무엇인가를. 그리고 아리엘 님이 그 요소를 가지셨기에 왕이 되시리라고 믿어 의심치 않았던 겁니다."

오오! 루크!

그래. 루크도 아리엘과 마찬가지로 데릭과 친한 인간이다.

아니, 하지만 루크의 발언에는 조심해야지. 인신에게서 조언을 받아 말했을 가능성도 있다.

루크의 제안에는 항상 위험이 도사린다고 생각하자.

그 자신에게는 악의가 없더라도.

"그래요. 분명히 그럴지도 모르겠네요."

아리엘은 크게 고개를 끄덕였다. 과거에 데릭이 했던 말을 납득할 수 있다는 듯이.

"하지만 그렇더라도 데릭은 고인."

루크의 말에 일동은 침묵에 휩싸였다.

지금 와서는 데릭이 무슨 생각을 했는지 알 방도도 없다.

"……."

분위기가 어두워졌다. 죽은 사람들을 너무 많이 떠올린 걸지도 모르겠다.

"으, 으음, 뭔가 힌트가 없을지 더 생각해 보죠."

그렇게 말하긴 했지만, 무거워진 분위기가 가벼워지진 않았다.

결국 그 날은 건설적인 의견이 더 이상 나오지 않는 채로 파장했다.

제6화　올스테드의 방안

"그런 느낌이었습니다."

아리엘과의 회합 후, 나는 곧바로 올스테드에게로 돌아와서 보고했다.

루크가 인신의 연락 담당이라면 나는 올스테드의 연락 담당이다. 미주알고주알 전부 보고.

무슨 밀고라도 하는 기분이다. 별명을 짓자면 밀고의 루데우스.

"과연, 가우니스의 정보인가…."

"어떻게 하죠?"

그렇게 물으면서도 내 머릿속에는 '조금은 알아서 생각하라는 대답이 올지도 모르겠다'는 말이 있었다.

아니, 나도 평소에는 이렇게 몇 번이고 남에게 물으러 오진 않거든?

내 재량으로 어느 정도 했으면 싶기도 하다.

하지만 지금은 올스테드의 부하가 되었다.

어느 정도까지가 내 재량으로 가능한지 아주 애매모호하다.

그 점을 잘 파악하기 위해서라도 이번에는 판단을 자주 물을 생각이다.

멋대로 무슨 짓을 한 거냐는 꾸지람을 듣고 싶지 않고.

물론 판단을 묻는다고 해도, 나도 남에게 답을 듣기만 하려는 건 아니다.

필요한 것은 정답이 아니라, 정답에 이르기 위한 정보다.

그렇게 정보를 모아서 판단력을 기른다.

또 일단 알아서 생각하라는 말에 대비하여 나도 방안을 생각하였다.

나와 올스테드가 전이마법진으로 아슬라 왕국의 도서관에 침입, 거기서 필요한 자료를 훔쳐낸다는 식의 방안이다.

올스테드가 아무 말도 하지 않으면 그걸 제안하고 실행할 생각이다.

"그럼 도서미궁에 가면 되겠군."

하지만 돌아온 것은 또다른 대답이었다.

"도서미궁?"

그건 또 뭐야?

"전 세계의 온갖 책이 복사되어 저장되는 미궁이다."

내 안색을 읽었는지 올스테드가 설명해 주었다.

전 세계의 온갖 책이 존재한다는 도서관. 그런 것이 있나….

"어떻게 복사되는 겁니까?"

"어느 책 애호가 마왕이 마안의 힘을 빌려서 베낀다."

내 머릿속에 키시리카와 바디와 아토페를 더해서 셋으로 나눈 듯한 녀석이 여섯 개의 손으로 각각 만화를 들고 낄낄 웃는 영상이 떠올랐다.

뭘 위해 그런 짓을 하나 했는데, 그래, 마왕인가. 마왕이라면 그런 녀석도 있을까.

"하지만 아주 편리하겠네요."

세계의 모든 책이 있다는 소리는 모든 정보가 있다는 뜻이다.

책으로 만들어지지 않은 정보도 있겠지만, 그래도 엄청난 양이겠지.

말하자면 마법의 위키○디아다. 문제가 있을 때 그걸 조사하면 웬만한 건 알 수 있겠지.

"그렇지는 않다. 일체 정리되지 않았으니까."

"아하, 과연…."

아무리 대량의 정보가 있어도 필요한 정보를 검색할 수 없으면 의미가 없다.

사전도 단어가 순서대로 잘 정리되어 있어서 알고 싶은 단어를 바로 찾을 수 있으니까 위대하다.

현재까지 존재한 모든 책이 난잡하게 놓인 도서관…. 책 한 권을 찾는 데에 시간이 얼마나 걸릴지 알 수 없다.

"하지만 그렇다면 가우니스의 정보도 못 찾는 것 아닙니까?"

"가우니스 프리앙 아슬라에 대해 기록된 책은 많고, 한 시기에 몰려 있다. 모든 자료를 다 모으기란 어렵지만, 그래도 아슬라 왕국의 왕립도서관보다는 풍부하겠지."

그런가. 마왕도 완전히 랜덤으로 베끼는 게 아니라 책이 만들어진 순서대로 베끼는 건가. 즉 오래된 책일수록 옛날 책장에, 새 책일수록 새 책장에 들어가는 거로군.

분명히 그렇다면 찾아내는 것도 불가능하지는 않겠다.

특히나 가우니스는 아슬라 왕국의 위대한 왕으로, 전쟁의 영웅 중 하나다. 책도 많이 있겠고.

"그래서 그게 어디에 있습니까?"

"마대륙, 하이레스 지방, 악령의 숲의 오지다."

"물론 이동은?"

"전이마법진을 쓴다."

이동은 모두 전이마법진. 편리해졌군. 루이젤드와 에리스랑 셋이서 마대륙에서 중앙대륙을 여행하던 무렵이 그립다.

"알겠습니다. 일단 아리엘 일행에게 제안해 보지요."

그렇다고 해도 내가 생각해 냈다고 하기에는 조금 부자연스러우니까, 올스테드에게서 정보를 얻었다는 느낌으로 말하게 될까.

올스테드의 이름을 대면 반대의 폭풍이 불겠지만, 그때는 내 교섭실력이 나설 차례다.

올스테드도 그런 역할을 기대하며 나를 끌어들였겠고.

"루데우스."

"예."

발길을 돌리려는데 그가 날 불러 세웠다.

"혹시 가우니스의 자료를 찾아도 답이 보이지 않을 것 같거든 이걸 찾아라."

그러면 넘겨받은 것은 책의 표지인 듯한 그림이었다.

아주 잘 그리긴 했는데, 혹시 올스테드가 그린 걸까.

"이건?"

"읽으면 안다. 가우니스의 자료로 충분하다면 필요 없는 것이다."

의미심장한 말이었다.

나는 일단 그림을 품에 넣고 그 자리를 뒤로 했다.

올스테드에게 보고를 마치고 공중성채로 돌아왔다.

시각은 이미 심야였다.

공중성채는 딱히 통금시간이 존재하지 않는지 평소처럼 아르만피가 안으로 들여보내 주었지만, 이미 페르기우스는 잠들었는지 성 안에서는 조용히 있으라는 충고를 들었다.

아마 아리엘도 이미 잠들었겠지.

나도 바로 공중성채로 가지 말고 한 차례 집에 돌아가는 게 좋았을지도 모른다.

하지만 와 버렸으니 어쩔 수 없다.

오늘은 공중성채에서 하루 묵고, 내일 아침에 바로 아리엘에게 도서미궁 이야기를 하기로 하자.

그렇게 생각하면서 객실로 이어지는 복도를 걸었다.

그런데 시야 구석에 뭔가 있는 게 보였다.

혹시 바퀴벌레인가. 이렇게 표고 높은 장소에도 있나. 페르기우스의 정령들이라도 놈들의 침입을 완전히 막을 수는 없나. 그러고 보면 쥐도 있었고…. 그런 생각을 했지만, 아무래도 창밖에서 움직였던 모양이었다.

창밖에는 달빛을 받은 밤의 정원이 아름답게 펼쳐져 있었다.

그리 밝은 것은 아니지만, 눈을 부릅뜨니 정원에 설치된 테이블 앞에 누가 앉아 있는 게 보였다.

이런 시간에 누구일까.

실바릴이 야근이라도 하는 걸까.

그렇게 생각하면서도 나는 왠지 모르게 정원에 나가보기로 했다.

"헤에."

건물에서 나가 정원에 들어가니, 내 시야에 아름다운 광경이 펼쳐졌다.

달빛을 받아 풀들이 희미하게 빛나며 길을 만들었다.

그 길을 걸어가니 낮에는 눈에 띄지 않았던 꽃이 달빛에 빛나며 낮에 보았던 것과는 다른 환상적인 광경을 보여주었다.

실바릴이 틈만 나면 자랑하는 것도 이해된다.

그리고 나는 정원에 있는 테이블에 도달했다.

아리엘과 페르기우스가 곧잘 다과회를 갖는 테이블이다.

거기에는 한 여성이 앉아 있었다.

가면은 쓰지 않았다. 그렇다면 답은 하나.

아니, 나나호시도 요즘은 별로 가면을 쓰지 않으니까 실질적으로는 둘 중 하난데….

아무튼 거기에 앉아 있는 사람은 이 일대에서 가장 아름답다는 평을 듣는 절세의 미소녀.

아리엘이었다.

그녀는 멍한 얼굴로, 바꿔 말하자면 마치 생기가 빠져나간 것 같은 얼굴로 환상적인 정원을 바라보고 있었다.

"아리엘 님?"

"어?"

말을 걸자, 그녀는 꿈틀 몸을 떨며 돌아보았다.

"아, 루데우스 님인가요…."

"이런 시간에 이런 곳에서 뭘 하고 계십니까?"

그렇게 묻자, 아리엘은 지친 얼굴로 시선을 돌렸다.

"잠이 오지 않아서 잠깐 나와 봤습니다."

"실피와 루크에게도 비밀로 하고요?"

"미안합니다. 잠깐 혼자 밤바람을 쐬고 싶었어요."

딱히 탓하는 건 아닌데…. 뭐, 아리엘은 생명의 위협을 받는 입장이고, 그녀 자신도 그걸 잘 이해하고 있다. 그렇기에 사죄

하는 거겠지.

"뭐, 누구든 그럴 때는 있지요."

"왕에게도 말인가요?"

"왕도 인간이니까요. 당연히 있겠죠."

"……."

왕은 약점을 보이지 않는 법. 그런 말을 들은 적이 있지만, 어디까지나 보이지 않는 것이다. 존재하지 않는 건 아니다.

마음이 약해져서 여러 생각에 잠기고 싶을 때도 있겠지.

"무슨 생각을 하고 계셨습니까?"

나는 일부러 자리에 앉았다.

그녀는 혼자서 밤바람을 쐬고 싶겠지만, 나는 나대로 말해 두고 싶은 게 있었다.

내일이라도 좋지만, 전할 거면 이른 편이 좋으니까.

"저는 왕에 맞지 않는 게 아닐까 하고."

그렇게 생각했는데, 아리엘에게서 별로 좋지 않은 말이 나왔다.

"내 눈에는 훌륭하게 보입니다."

"우리 왕족은 외면을 꾸미는 것에 능하니까 그렇게 보일 뿐입니다."

"그럼 내면 문제입니까?"

"…결국 저는 모두에게 미안하니까 왕이 되려는 것뿐. 사실은 왕과 맞지 않고, 예전처럼 루크와 저속한 이야기나 하면서 언젠가 정략결혼으로 어느 귀족에게 시집가는 게 어울리지 않나. 그런 생각이 자꾸만 드는군요."

아리엘은 기어들어가는 목소리로 그렇게 말했다.

지금까지 들어본 적 없는, 마음 약한 말이었다.

"그, 건⋯."

안 된다. 안 돼. 너무 마음이 약해져서 안 좋은 방향으로 가 버렸어.

이대로 왕을 포기하겠다는 말이 나오기라도 하면 곤란하다.

이미 올스테드는 아리엘을 왕으로 만드는 방향으로 움직이고 있으니까.

뭐, 그런 내 사정은 무시하더라도 말이지.

나는 이래 보여도 꽤 아리엘을 인정한다. 정략에 져서 나라에서 쫓겨나듯이 도망쳤는데도 포기하지 않고 처음부터 기반을 다지며 전력을 늘리려고 노력해 왔다.

5년, 6년이나 들여가면서.

나 같으면 분명 도중에, 아니, 나라에서 쫓겨난 시점에서 포기했겠지. 에리스에게 차였다고 생각했던 때처럼.

여기서 꺾이길 바라지 않는다.

분명 아리엘은 마음이 꺾였더라도 외면을 그대로 지킨 채로 아슬라 왕국으로 가겠지.

하지만 의욕이 없는 자가 어떻게 이길 수 있을까.

눈에 패기가 없는 자에게 누가 기꺼이 힘을 빌려줄까.

…분명 미래의 일기 속의 아리엘은 그랬겠지.

페르기우스의 협력 없이 아슬라 왕국에 가서, 배신을 당해서 죽었다. …라는 것은 내 억측에 불과하지만, 그런 마음은 여차할 때에 분수령이 된다.

근성론을 말하려는 건 아니지만, 정말로 아슬아슬할 때에는 마음이 승패를 가를 때도 있다.

"아리엘 님."

하지만 나는 뭐라고 해야 할지 몰랐다.

나는 왕이 될 마음이 없고, 왕을 보아온 것도 아니다.

아리엘의 지금까지의 자초지종을 본 것도 아니다. 내가 본 건 아리엘의 외면뿐이다. 무슨 말을 하든 수박 겉핥기에 불과하겠지.

"올스테드 님은 가우니스 프리앙 아슬라의 자료가 대량으로 있는 장소를 아시는 모양입니다."

"예?"

"자기가 왕에 맞는지 아닌지 고민하기 전에 일단 거기서 가우니스 왕의 자료를 찾아봄이 어떻겠습니까?"

아리엘은 눈을 크게 뜨고 내 쪽을 보면서 "올스테드 님이." 라고 작은 소리로 말했다.

아리엘이 꿀꺽 침을 삼키는 게 보였다.

"그 장소는?"

"도서미궁…이라고 불리는 장소로….."

"가겠습니다."

망설이는 기색이라곤 털끝만큼도 없는 레벨의 대답이었다.

"…빠르군요."

무심코 그렇게 말하자, 아리엘은 시선을 돌리려고 했지만 도중에 멈추고 곧 내 눈을 바라보았다. 강한 힘이 담긴 시선이었다.

"약한 모습을 보였습니다만… 포기하고 싶은 건 아닙니다."

"그렇군요."

겉으로는 약해서 부러질 것 같지만, 그래도 왕이 되려고 했던 인물.

근성은 있군.

"알겠습니다. 그럼 가지요."

그런 그녀에게 응하도록 나도 힘주어 고개를 끄덕였다.

사흘 뒤, 우리는 마법도시 샤리아 교외에 있는 건물에 있었다.

올스테드가 지내는 건물과는 또 다른 오두막이다.

거기에는 전이마법진이 번쩍거리는 푸른빛을 내고 있었다.

"이것이 전이마법진입니까."

그 옆에는 아리엘이 서 있었다.

그 뒤로 아리엘은 곧바로 실피와 루크를 깨워서 준비를 시작했다.

그래서 나도 서둘러 올스테드에게 돌아가서, 이 오두막 지하실을 정리하고 마법진을 설치했다.

이 마법진은 비활성 타입으로, 내가 마력을 넣으면 사용 가능한 형태가 된다.

말하자면 페르기우스가 곧잘 사용하는 것과 같은 타입이다.

"처음 보는 건 아닙니다만, 직접 이용한다고 생각하니 조금 긴장이 되네요."

아리엘은 흥미진진한 기색으로, 푸르게 빛나는 마법진을 보았다.

하지만 뭔가 깨달은 건지, 우아하게 주위를 둘러보다가 내게 시선을 멈추었다.

"그런데 올스테드 님의 모습이 보이지 않는 것 같은데요?"

"저주 때문에 괜한 문제가 일어나지 않도록 하기 위한 배려입니다."

"그렇습니까. 인사라도 한번 드리고 싶었는데요."

아마도의 이야기지만, 올스테드가 모습을 보이면 아무도 이 마법진을 쓰려고 하지 않겠지.

아리엘에게는 효과가 약한 모양이지만, 정면에서 똑바로 보면 어떻게 될지 모른다.

"아쉽네요."

아리엘은 정말로 아쉬운 듯이 그렇게 말했다.

무서운 줄을 모르는 건지, 아니면 무서운 걸 보고 싶어 하는 건지는 모르겠지만, 올스테드와 만나게 할 순 없다.

그 저주의 무서운 점은 정상적인 판단력을 잃는다는 것에 있다.

총명한 실피와 록시에게 그런 저주라고 말해도 아직 올스테드를 신용할 수 없는 모양인데 아리엘은 어떻게 될지 모른다.

아리엘도 지금은 괜찮은 모양이지만, 실제로 가까이서 보고 대화하면 분명 올스테드를 두려워하고 나를 피할 게 틀림없다.

나 정도 레벨로 올스테드와 대화해도 문제가 없다면 그게 제일이겠지만, 그게 아니라면 이 거리가 그래도 나은 거겠지. 무섭긴 해도, 그건 그거대로 이용할 수 있다고 생각 가능한 거리감이.

실제로 내가 올스테드의 제안이라며 도서미궁 이야기를 했는데, 아리엘은 딱히 수상하게 여기는 일 없이 응해 주었고.

물에 빠진 사람은 지푸라기라도 잡는 상황이니까 당연한 판단이라고도 생각되지만, 그게 불가능하게 되니까 저주다.

"하지만 이건 올스테드가 준비한 거지?"

"정말로 괜찮나? 갑자기 마물의 둥지로 날아가는 건 사양인데."

실피와 루크는 올스테드가 준비한 것이라는 걸 알아서인지 다소 미심쩍어하는 눈치다.

아직 이들은 올스테드를 신용하지 않는다.

아리엘도 실제로 올스테드와 대화하면 이렇게 되겠지.

그건 피해야만 한다.

"두 사람 다 그렇게 말하면 안 되지요. 루데우스 님이 실피를 위험에 빠뜨릴 리가 없겠죠?"

아리엘이 그렇게 말하고 힐끗 내 쪽을 보았다.

"물론 한 차례 확인해 보았습니다만."

저쪽에 문제는 없다. 먼지가 조금 많고 곰팡내가 날 뿐이었다.

미궁이라고 해서 깊숙한 곳까지 보진 않았지만.

"그럼 얼른 가지요…라고 말하고 싶습니다만."

아리엘은 마법진 앞에 서서 내 쪽을—정확하게는 내 뒤쪽으로 시선을 보냈다.

"그분들을 소개해 주시겠습니까?"

그 시선에 나는 뒤를 돌아보았다.

거기에 있는 것은 두 여자였다.

에리스 그레이랫과 길레느 데돌디어.

에리스는 내가 도서미궁에 간다고 말하자, "미궁?!"이라는 말과 함께 눈을 빛내며 동행을 희망했다.

책을 찾는 일에 에리스는 아무런 도움도 안 되겠지. 올스테드는 그리 위험한 장소가 아니라고 말하긴 했어도, 위험이 전혀 없다고 할 순 없다. 순수한 전투요원이 있는 편이 좋을 게 틀림없다.

거절할 이유도 없었기에 나는 허가했다.

이렇게 되었으니 길레느는 이 기회에 아리엘에게 소개해 주려는 생각으로 데려왔다.

사실은 조금 더 친목을 다진 뒤가 낫겠지만, 아리엘이 생각 외로 나를 높게 평가하는 모양이니까 이 기회에 해도 문제는 없으리라고 보았다.

아슬라 왕국에 가기 직전에 소개하면 신용해도 좋을지 고민 스러울 테니까.

이번 미궁탐색을 시금석으로 삼아보자는 계산이다.

거기에 대해 두 사람에게 말하자, 길레느는 예의작법 따위는 전혀 모르니까 소개를 해도 어떻게 될지 모른다고 선언했고, 에리스도 높은 사람과 만나는데 옷차림을 어떻게 해야 하는지 불안해하기 시작했다.

두 사람 다 평소에는 그런 소리를 안 하는 주제에.

그걸 도와준 것은 실피였다.

그녀는 한숨을 내쉬면서도 하나씩 설명해 주었다.

아리엘 님은 예의에 깐깐한 분이 아니다. 복장도 이상하지 않다. 신경 쓰이거든 지금부터 가르쳐 주겠다…라는 느낌으로.

그렇게 열심히 한 결과, 사흘 동안 두 사람은 완벽히 준비를 마쳤다.

소개라는 말에 에리스가 기다렸다는 듯이 앞으로 나오려고 했다.

하지만 나는 그걸 손으로 제지했다.

"…뭐야?"

잠깐, 잠깐, 좀 있어봐. 지금 소개할 테니까.

"아리엘 님. 이쪽이 에리스. 에리스 그레이랫. 아리엘 님도 아시겠지만, '광검왕'이라는 별명을 가진 검사입니다. 이번에는 나, 루데우스 그레이랫의 호위로 여행에 동행하겠습니다."

나는 거기까지 말하고 작은 목소리로 "자, 에리스."라고 불렀다.

에리스는 팔짱을 끼려다가, 가슴에 손을 대고 고개를 숙였다.

"에리스 그레이랫이야."

다소 무례하다고도 할 수 있는 태도였지만, 아리엘은 부드럽게 미소 지었다.

"처음 뵙겠습니다, 에리스 님. 아슬라 왕국 제2왕녀 아리엘 아네모이 아슬라입니다. 어렸을 적부터 소문은 익히 들었습니다."

"흥, 어차피 좋은 소문은 아니었겠지."

그 말에 아리엘은 조용히 웃었다.

"분명히 왕궁에서 떠돌던 것은 좋은 소문이 아니었습니다. 하지만 저는 소문으로 사람을 판단할 생각이 없습니다. 소문은 결국 소문에 불과하니까요."

"……."

"무엇보다 루데우스 님의 곁에 있는 것이 그 증거. 루데우스 님의 주위에는 다들 특색 있는 분들이 모이지만, 악인은 없으니까요."

에리스는 만족스럽게 끄덕이더니 팔짱을 꼈다. 그리고 다리는 어깨 넓이로 벌린, 평소에 흔히 취하는 포즈다. 이미 귀족 따님으로서의 인사법 따위는 다 잊어버렸겠지.

"그래, 루데우스는 대단해. 잘 알고 있잖아."

"예⋯. 아무튼 짧은 기간일지 모르지만, 잘 부탁드립니다."

아리엘은 선 채로 우아하게 인사했다. 에리스는 그걸 내려다보면서 흥 하고 콧방귀를 뀌더니 일단 답례하듯이 고개를 숙였다.

"어흠."

에리스의 태도에 귀 뒷부분을 긁적거리면서 실피는 헛기침.

그 헛기침에 에리스는 앗 소리를 내더니 팔을 풀었다. 그리고 조금 복잡한 표정을 하면서 뒤로 물러났다.

그걸 보고 나도 쓴웃음을 지으면서 길레느 쪽으로 손을 뻗었다.

"이쪽이 길레느. 길레느 데돌디어. 그 유명한 '검은 늑대' 길레느입니다. 이제부터 아리엘 님의 호위를 맡게 되어 소개를 시켜드리고자 데려왔습니다."

길레느는 한 발 앞으로 나와서 한쪽 무릎을 꿇었다. 그리고 그 외눈을 아리엘에게 향하며 날카로운 시선을 보냈다.

"길레느다."

"처음 뵙겠습니다, 길레느 님. 아슬라 왕국 제2왕녀 아리엘 아네모이 아슬라입니다. 피트아령에 계실 무렵에….”

“하나 묻지.”

아리엘의 말을 자르면서 길레느는 물었다.

“네 밑에 들어가면 사울로스 님의 원수를 갚을 수 있다고 들었다. 사실인가?”

갑작스럽게 무례한 질문을 던졌다.

사흘 동안 실피와 연습한 건 대체 어디로 간 걸까 싶을 정도로 무례하다.

하지만 길레느에게는 양보할 수 없는 선이겠지.

“사실입니다.”

아리엘은 이 무례한 질문에 즉시 대답했다.

사실을 말하자면, 이 질문에 대해서는 미리 준비를 해 두었다. 이미 실피를 통해서 길레느가 왜 호위가 되려는지 가르쳐 주었다. 길레느의 목적은 사울로스의 원수를 갚는 것이다.

“저와 함께 아슬라 왕궁에 가면 사울로스 님을 함정에 빠뜨린 상대… 실행범도 찾을 수 있겠지요. 아뇨, 제가 찾아내겠습니다. 그때는 마음껏 그 검을 휘둘러 주세요.”

아리엘은 그렇게 말하더니 어째서인지 의미심장하게 에리스를 쳐다보았다.

이 시선은 뭐지? 혹시 찍어둔다는 걸까. 아리엘 님이 에리스를? 아니, 분명히 에리스가 좀 남자답고 멋지긴 하지만, 어? 그런 거야?

아, 아니, 아니지. 생각해 보면 길레느의 목적은 사울로스의 복수.

하지만 길레느 이상으로 그의 복수를 바라는 인물이 존재한다.

에리스다. 다름 아닌 사울로스의 손녀니까.

아리엘은 아마도 에리스가 명목상 내 호위이긴 해도 실제로 그 목적이 길레느와 같다고 보았겠지.

에리스는 어떤 생각인지 모르겠지만, 뭐, 에리스도 원수를 갚을 수 있다면 갚고 싶겠지. 나도 그렇다. 일부러 상대를 찾거나 쫓지는 않더라도, 혹시 진짜로 그런 놈이 있어서 내 앞에 굴러들어온다면.

참고로 사울로스의 죽음 말인데, 4대 지방영주 중 하나인 보레아스의 힘을 꺾기 위해, 나아가서 제1왕자의 세력을 약하게 만들기 위한 모략의 결과라는 모양이었다.

짚이는 데가 너무 많아서 범인을 찍어낼 수 없는 모양이지만.

"부탁하지."

길레느는 그렇게 말하고 고개를 숙였다.

꼬리를 빙그르 움직이면서 실피에게 시선을 보냈다.

"그래서 난 뭘 하면 되지?"

"어어. 일단 이번에는 아리엘 님의 호위를 맡아 주세요. 아리엘 님에게 날아드는 불똥을 제거해 주세요."

"불똥? 불을 내뿜는 마물이 나오나?"

"예? 아, 아뇨, 아리엘 님에게 덤비는 놈들을 쓰러뜨리라는 소리입니다."

"그런 건가. 알았다…. 그리고 길레느라고 불러라."

길레느는 짧게 말하더니 한 걸음 뒤로 물러났다.

"그럼 여러분, 잘 부탁드리겠습니다."

아리엘은 다시 한번 우리 세 사람을 향해 인사했다.

내가 자연스럽게 답례하자, 시야 구석에서 에리스가 황급히 인사하는 게 보였다. 반대쪽을 보니, 길레느도 가볍게 고개를 숙이고 있었다.

지금은 일단 서로 안면 익히기 정도지만, 앞으로의 활약에 따라서는 신뢰 관계도 생기겠지.

나도 올스테드와 신뢰 관계를 쌓기 위해, 이 첫 일을 잘 수행해야만 한다.

"…자, 그럼 갈까요."

도서미궁으로.

제7화 도서미궁

전이마법진을 통과하자 잠에서 깨어나는 듯한 감각이 있었다.

이 꿈에서 깨어나는 듯한 감각이 몇 번째일까. 솔직히 별로 마음에 들지 않는다. 인신이 꿈에 나올 때가 떠오르기 때문이다.

주위를 둘러보니 대부분이 여우에게 홀린 듯한 얼굴을 하고 있었다.

평소에는 빠릿한 에리스도 입을 쩍 벌리고 주위를 두리번거렸다.

별로 변화가 없는 건 길레느 정도일까.

그리고 보면 길레느 이외의 멤버는 전이마법진의 초심자들 뿐이었던가.

그렇긴 해도 아리엘의 얼빠진 얼굴은 신선하군. 고개를 살짝 쳐들고 입을 반쯤 벌린 채로 눈도 초점이 맞지 않는다.

입에 손가락을 집어넣으면 야단맞겠고… 야단맞겠지. 주로 실피에게.

"헛!"

아리엘이 놀란 얼굴로 눈을 껌뻑이더니 고개를 내리고 입을 다물었다.

그리고 나와 눈이 마주쳤다.

"도착…한 건가요?"

"예."

주위는 이른바 용족의 유적 같은 느낌의 석조 바닥과 벽이다. 흔히 있는 용족의 유적. 전이마법진이라고 하면 이런 느낌의 장소다.

차이가 있다면 제대로 된 문이 존재한다는 것과 주위에 충만

한 곰팡이와 잉크와 종이 냄새일까. 서점이나 도서관 같다.

그 냄새가, 이 방에는 책이 없더라도 여기가 도서미궁이라고 확신하게 만들었다.

"위험은 없다고 들었습니다만, 그래도 미궁이라고 불리는 장소입니다. 주의해서 가지요."

그 말에 실피와 루크는 다시 긴장했다.

길레느는 평소처럼 무표정. 에리스는… 왠지 신이 난 얼굴이다.

"그럼 내가 선두로!"

에리스가 기운차게 그렇게 말하며 안으로 이어지는 복도에 발을 디디려고 했다.

"잠깐."

"꾸엑!"

하지만 나는 그 옷깃을 붙잡아서 막았다. 에리스가 돌아보며 무시무시한 눈으로 노려보았다.

"뭐 하는 거야!"

"에리스. 덫이 있을지도 모르니까 선두는 다른 사람. 싸움이 벌어지면 앞으로 보내줄 테니까, 일단 뒤에 있어."

"…알았어."

에리스는 입을 삐죽거리면서도 순순히 뒤로 물러났다.

그렇긴 해도 이 중에서 누가 선두에 서는 게 제일 좋을까. 미궁 경험자는 나와….

"음?"

길레느인가.

그녀를 선두로 세워서 걸으면 무슨 불행한 일이 일어나는지 기스 외 몇 명에게 자~알 들었다. 코가 밝으니까 치명적인 미스만큼은 피할 수 있지만, 아무튼 자잘한 덫에는 다 걸리고 마물에게 돌격한다. 선두에는 세우지 않는 편이 좋겠지.

"선두는 예견안을 가진 내가 서겠습니다. 이어서 에리스. 아리엘 님의 좌우를 길레느와 루크가 지키고, 후방 경계를 실피가. 이렇게 갈까 합니다만, 괜찮을까요?"

내가 생각했지만 좋은 편성이라고 여기며 묻자, 다들 조용히 끄덕였다.

"문제없습니다. 루데우스 님에게 맡기지요."

마지막에 아리엘의 말로 포메이션이 결정되었다.

남은 건 내가 척후를 맡을 수 있는가 하는 건데, 도서미궁은 미궁이라는 이름이 붙긴 했어도 진짜 미궁과는 조금 다른 건지 덫은 거의 존재하지 않는 모양이었다. 어떤 짓만 하지 않으면 안전하다고 올스테드도 말했다.

그 점에 대해서 모두에게 전하는 편이 좋겠지.

"여러분, 여기서는 불 마술을 절대로 쓰지 마세요."

"왜?"

"미궁 안에서 불을 쓰면 산소결핍이 되기 때문이야."

실피는 재빨리 대답했지만, 에리스는 '산소결핍이 뭐지?'라는 얼굴을 하였다. 지식의 차이가 나오는 모양이군.

하지만 이번에는 그것과 다르다.

"그것도 있지만, 이 도서미궁에 있는 마물은 책을 찢거나 태우거나 훔치려고 하면 화를 내며 공격해 와. 전투는 그리 없으리라고 생각하지만, 검을 휘두를 때에는 책에 닿지 않도록 조심해 줘."

"이상한 마물이네."

"마물이라기보다는 여기 오지에 있는 마왕의 사역마와 비슷한 거니까. 누구든 자기 물건을 다른 사람이 망가뜨리면 화내잖아?"

"그렇구나. 알았어!"

에리스의 씩씩한 대답.

이건 이해했을 때의 '알았어'다. 괜찮아.

"에리스만이 아니라 길레느와 루크도 조심해 주세요."

"그래."

"불가항력이라도 안 되나?"

루크는 다소 불안한 기색이었다.

"어디까지 괜찮은지 모릅니다. 나도 처음이니까요."

"그런가…."

루크는 허리춤의 검에 손을 대고 복잡한 표정을 지었다.

그는 검술 실력이 그다지 좋지 못하다. 좋지 않다기보다도 세간에서 일반적으로 볼 때 자기 몫을 한다는 레벨이긴 하지만, 에리스나 길레느처럼 완벽하게 컨트롤하는 레벨이 아니다.

휘두르다 보면 책에 맞을 가능성이 있다고 생각하는 거겠지.

"전투는 아마도 일어나지 않을 것 같습니다만….."

"네 말이니까 믿겠지만…. 가령 전투가 일어나면 나는 나서지 않는 편이 좋을지도 모르겠군."

"그 경우는 아리엘 님의 호위에 전념해 주세요."

그렇게 말하자 루크는 맡겨달라는 듯이 끄덕였다.

"아무튼 가지요."

최소한의 주의사항을 말한 뒤에 우리는 전이마법진이 있는 방의 문을 열었다.

"오오…."

방을 나선 순간 무심코 감탄사가 나왔다.

눈앞에 펼쳐진 것은 길게 이어진 복도였다.

하지만 그 복도의 모습이 너무나도 이질적이었다. 높이 3미터 정도의 석조 책꽂이가 벽 대신 한없이 계속되고 있었다. 물론 책꽂이 안에는 책들이 꽉꽉 차 있었다.

"과연, 이게 도서미궁인가."

별생각 없이 책꽂이로 다가가 보았다. 책이라고 해도 하드커버인 것도 아니고 대부분이 책자 같은 형태였다. 잘 보면 책자가 아니라 그냥 종이다발을 꽂아놓은 것도 많았다. 아니, 오히려 그쪽이 많은가. 종이다발 정도가 아니라 메모지 조각 같은 것도 많았다.

그런 잡다한 종이들이 꽂힌 책꽂이 가운데, 책등에 타이틀 같은 것이 적힌 것이 딱 하나 있었다. 그 타이틀은 '장부'. 마신어였다. 그 타이틀을 보면 내용은 마대륙의 어느 가게의 매상 기록이겠지.

"……."

옆 책꽂이를 보아도 비슷한 느낌이었다. 이런 종잇조각까지 모아놔서 어쩌려는 건지 진짜 모르겠다.

도서미궁이라는 이름에 부끄럽지 않게 미궁이라고 할 수 있겠지.

"루데우스, 왜 그래?"

"아니, 아무것도 아냐."

이 안에서 우리가 찾는 책을 발견하려면 정말 고생 좀 해야겠다.

정말로 가우니스 왕의 자료를 찾을 수 있을까…. 불안한데.

"갈까요."

한동안 이동이 이어졌다.

책꽂이는 한없이 계속되었다. 처음에는 직선으로 보이던 통로도 살짝 구부러져 있는 듯했다. 또 책꽂이 중간중간에 끊어지는 곳이 있어서 H자 모양의 갈림길이 존재했다.

일단 중간에 꺾이는 일 없이, 지면에 표식을 하면서 똑바로 전진했다.

도중에 몇 번 마물과 만났다.

복도 절반 정도 크기의 거대한 달팽이.

껍질 부분에서 촉수가 굼실굼실 나와서, 보기만 해도 등골에 차가운 게 좌악 흘렀다. 하지만 그 촉수가 무수한 책을 든 것을 보니 왠지 모르게 무서움이 사라졌다. 일단 이름을 모르니까, 로퍼 마이마이라고 하자.

그리고 검은 슬라임.

그들은 체내에 책을 넣고 복도 구석을 천천히 이동하고 있었다.

결코 빠르지 않지만, 그래도 목적지가 확실한 건지 망설이지 않는 발걸음으로 어딘가로 이동했다. 이쪽은 특징이 없기 때문에 일단 슬라임이라고 부르기로 했다.

또 무릎 정도 오는 크기의, 이족보행하는 검은 개미.

그들도 목적지가 확실한 건지, 곁눈질도 하지 않고 이동했다. 이쪽도 특징은 없다고 할까, 파티 안에서 통하는 호칭만 있으면 문제없으니까 일단 개미라고 부르기로 했다.

그들은 우리의 모습을 봐도 딱히 공격해 오는 일 없이 어딘가로 사라졌다.

뭐라고 할까, 마물이라면 공격해 오는 게 기본이었기에 김이

샜다.

마물을 보고 솔선해서 공격하려던 에리스와 길레느를 제지하느라 더 힘들었다.

게다가 덫들도 일체 없었다. 처음에는 꽤나 조심하면서 나아갔지만, 한 시간 동안 딱히 아무것도 없으니 조심하는 게 바보처럼 느껴졌다.

그와 동시에 올스테드의 정보가 정확했음을 알고 왠지 기뻤다.

날 속이는 게 아니었다.

이런 일이 계속되면 그를 신뢰할 수 있겠지만, 일단 신용을 얻어놓고 속이는 녀석도 있으니까…. 누구라고는 안 하겠지만 처음에 인 자로 시작해서 신 자로 끝나는 놈처럼.

"아, 막힌 곳이다."

한 시간 정도 걷자 간신히 길이 끝났다.

경계하면서, 또 책꽂이에 있는 책을 확인하면서 걸었다고는 해도 4킬로미터 정도 될까.

완만하게 구부러진 길이니까 아직 한 바퀴 돈 건 아니라고 생각하지만.

일단 이 복도에는 가우니스 왕에 관한 책이 없었다. 언어도 종류도 제각각이지만 일단 연대는 알았다. 이 주변은 제2차 인마대전이 종결되고 300년 정도 뒤인 모양이다.

"하나 전 갈림길까지 돌아가죠."

그렇게 말하고 온 길을 되짚었다.

H자 골목은 구부러진 방향 안쪽으로 두 개, 반대쪽으로 두 개 있었다.

가까운 것은 바깥쪽일까.

"저기, 루디. 일단 안쪽으로 이동하지 않을래?"

그렇게 생각하고 있는데 실피가 제안을 했다.

"호오, 그건 왜?"

"아까 힐끔 봤는데, 바깥쪽 책꽂이가 연대가 조금 더 오래되고, 안쪽은 더 가까운 연대였어."

그렇다면 계속 안쪽으로 들어가면 가우니스가 있던 시대. 라플라스 전쟁 시대의 책꽂이에 도달할 수 있는 걸까.

"알았어. 그렇다면 두 개 전 갈림길까지 돌아가자."

역시나 실피. 잘 관찰하고 있네.

또 한동안 이동이 계속되었다.

실피가 발견한 대로 안쪽으로 갈수록 연대가 나중 것이 되었다. 동시에 복도가 더 크게 구부러지고, 복도 한 면의 길이도 점점 짧아졌다.

즉, 중심에 가까워진다는 소리다.

중심에는 뭐가 있을까. 미궁이라고 할 정도니까 주인, 즉 수호자가 존재하는 걸까. 올스테드의 말로는 책을 좋아하는 마족이 책을 베끼고 있다고 그랬는데, 그와는 별개의 뭔가가 있을 가능성도 있다. 그게 하나라고만 할 수는 없다.

전이미궁에서의 일을 생각해 보면, 가능하면 싸움을 벌이고 싶지 않다.

일단 라플라스 전쟁은 400년 전이다. 중심까지 갈 필요는 없을 텐데….

"왠지 재미없어."

혼자서 긴장하고 있는데, 에리스가 뚱한 목소리로 말했다.

아아, 그렇구나. 재미없어할 때의 에리스다.

이럴 때의 에리스는 주의해야 한다. 재미없다면서 괜한 짓을 하려고 들기 때문이다.

"에리스, 한가하다고 이상한 짓을 했다간."

"알아…. 읏!"

에리스가 갑자기 검을 뽑았다. 한 박자 늦게 길레느도 검을 뽑았다.

"숫자는?!"

순간적으로 물었다.

루이젤드와 여행할 때, 이런 반응을 할 때는 대개 마물이 출현했다.

실피와 다른 이들도 경계에 들어갔다.

예견안에는 아무것도 안 비치는데.

"다음 골목, 왼쪽, 안."

에리스라고 생각할 수 없을 정도로 정확한 위치정보.

"숫자는 모르겠군. 아무튼 많이 있다."

길레느답게 대충인 숫자.

길레느, 숫자 세는 법을 벌써 까먹었나…? 그렇게 열심히 외웠으면서.

아니, 지금은 그럴 때가 아냐.

"내가 보겠습니다."

그렇게 선언하고 혼자서 전진. 발소리를 죽이고 H자 모양 골목에서 슬쩍 고개를 내밀고 안쪽을 보았다.

"……."

마물이 많이 있었다.

주로 슬라임과 개미다. 슬라임은 합체와 분열을 거듭하기 때문에 숫자를 판별할 수 없다.

다행이다. 길레느가 숫자 세는 법을 까먹은 게 아니구나.

하지만 이 녀석들은 뭘 하는 거지?

"벽을 파서… 책꽂이를 만들어?"

슬쩍 보기에는 개미가 길이 막힌 곳을 팍팍 파들어가고, 그렇게 나온 돌조각을 슬라임이 체내에 넣어서 분해, 분해한 돌조각을 성형, 그것을 벽으로 가져가서 토해낸다. 그렇게 만들어진 것이 책꽂이.

말하자면 이 도서미궁은 이 녀석들이 만든 미궁이란 소린가.

"위험하진 않겠어!"

그렇게 말하고 뒤에 있는 멤버들을 불렀다.

다른 멤버도 조심조심 다가와서 나와 마찬가지로 복도 안쪽을 구경하더니 안도의 숨을 내뱉었다.

"자기들끼리 책꽂이를 만드는 거군요….."

"올스테드도 여기 마물은 사역마 같은 것이라고 말했습니다. 역시 종래의 마물과는 다소 다른 거겠죠."

아리엘의 중얼거림에 그렇게 답하면서 갈 길을 서둘렀다.

네 시간 정도 이동했을까.

안쪽으로 이어지는 골목을 발견할 때마다 들어갔는데, 막힌 길이 나오거나 바깥쪽으로 가는 길만 나오는 경우도 있어서 좀처럼 중심부로 갈 수 없었다.

하지만 조금씩, 조금씩 새로운 연대의 책이 눈에 띄게 되어서 확실히 중심부로 다가가는 걸 알 수 있었다.

그러니 일단 휴식을 취하기로 했다.

실피와 루크는 아직이지만, 아리엘이 꽤나 지친 기색이었다.

이 세계의 인간들은 기본적으로 다리가 튼튼하지만, 아리엘은 걷는 것에 별로 익숙하지 않겠지. 진짜 공주님이니까.

"책만 있네. 미궁은 더 재미있을 줄 알았어."

원래 귀족집 아가씨였던 사람은 꽤나 지루한 눈치였다.

많이 걸어서 만족했다는 얼굴을 하는 길레느를 보고 배웠으면 좋겠다.

"에리스. 미궁이 재미있을 리 없잖아?"

"그래? 미궁이라면 대모험의 기본이잖아. 꼭 가 보고 싶었는데, 이래선 재미없어."

"그런가…."

나는 미궁에 별로 좋은 추억이 없다.

파울로가 죽은 것도 미궁이었다. 그런 괴로운 기억은 두 번 다시 사양이다. 앞으로도 꼭 가야 하는 게 아니라면 되도록 가고 싶지 않다.

에리스도 그걸 알 텐데, 뭐, 그녀가 가고 싶다고 말하는 거야 상관없지만.

"밀려드는 마물에 잠들어 있는 보물, 그리고 마지막에 기다리는 거대한 수호자!"

"에리스, 그 정도로 해. 루디는 미궁에서 아버지를 잃었으니까."

"어?"

실피의 말에 에리스는 순간 놀란 얼굴을 한 뒤에,

"아."

순식간에 얼굴이 창백해지고 입을 다물었다. 눈썹 끝은 축 쳐지고, 고개를 수그린 채로 작은 목소리로 말했다.

"…미안해."

"사과 안 해도 돼. 에리스가 미궁을 동경하는 건 예전부터 알고 있었고."

"정말?"

"다만 진짜로 위험한 미궁도 있다는 건 알아두도록 해. 소중한 이가 정말 순식간에 죽어."

"알았어."

에리스는 고개를 끄덕였다.

예전이었으면 이렇게 얌전히 사과하지 않았겠지.

어느 복도를 돌아들어갔을 때 트인 장소가 나왔다.

말도 안 되게 넓은, 사발 모양의 공간이었다.

책꽂이 안쪽으로는 높낮이차가 있고, 책꽂이와 책꽂이 사이에 계단이 존재했다. 무슨 로마의 콜로세움 관객석 같은 모양이다.

그리고 그 중심부.

거기에는 거대한 슬라임이 있었다.

탱탱한 부정형의 몸에서는 수십 개의 촉수가 나와 있었다. 촉수 끝에는 책과 펜 같은 것을 쥐고 뭔가를 고속으로 기록하고 있었다. 다만 촉수 중 하나는 똑바로 위를 향하고 있고, 그 끝에는 거대한 눈알이 있어서 천장을 노려보고 있었다.

딱 본 순간 알았다.

아, 이거 위험하다, 라고.

이 녀석은 틀림없이 이 미궁의 주인이고, 그리고 우리는 이 녀석의 킬존 안에 이미 발을 들여놓았다고.

그리고 그렇게 생각한 건 나만이 아니었던 모양이다.

내 뒤에서 모두가 경악했고, 에리스와 길레느는 눈을 치켜뜨면서도 검을 뽑아들고 있었다.

"뭐지, 저건⋯."

경악한 일동의 감상을 루크가 대표하여 말해 주었다. 고마워, 루크.

"이 미궁의 주인이겠죠. 책을 좋아하는 마왕이라고 들었습니다만⋯."

"바디 폐하랑은 또 다르네⋯."

실피의 말처럼 나도 바디 같은 녀석을 예상했는데, 생각 이상으로 슬라임이었다. 마족 중에는 정말로 다양한 종족이 있고, 슬라임 마왕이 있어도 이상하지 않겠지만⋯.

슬라임인데 책을 읽나.

아니, 차별은 좋지 않아. 슬라임도 책을 읽고 싶은 겁니다.

"마왕이라면 인사하는 편이 좋지 않을까?"

"이야기가 통할까요?"

마족 중에는 여러 녀석이 있지만, 개중에는 성대가 없기 때문에 말을 못 하는 녀석도 있다.

저 슬라임도 그렇게 보인다.

그리고 마왕이라는 놈들은 대개 남의 말을 듣지 않는다.

대개라고 할까, 내가 만난 마왕은 바디와 아토페 정도밖에 없으니까. 100퍼센트로 남의 말을 안 듣는 타입이다.

저 거대 슬라임이 어떤 인물인지는 헤아릴 수 없지만, 일단 접촉하지 않는 편이 안전하겠지.

"지금으로선 이쪽을 알아차리지 못한 모양이니까, 일단 들키지 않도록 조용히 행동하죠."

도서관에서는 조용히, 라고 한다.

우리는 큰 소리를 내지 않도록 이동을 재개했다.

이 주변에서는 권속인 듯한 작은 슬라임도 대량으로 움직이고 있었다.

지금으로선 완전히 무시하는 것처럼 행동하는데, 저 거대 슬라임에게 들키면 어떻게 될지 모른다.

슬라임도 개미도 강해 보이진 않지만, 하나하나가 얼마나 강한지 모르기 때문에 방심은 금물이다.

일제히 덤비기라도 하면 어떻게 될지 모르고.

"아."

그런 생각을 하고 걷는데 실피가 갑자기 그런 소리를 내었다.

"왜?"

무슨 일인가 싶으면서도 거대 슬라임에게서 시선을 떼지 않았다.

"루디. 찾았어. 이 근처야."

무슨 소릴까.

그렇게 생각하면서 흘낏 뒤를 돌아보자, 실피가 책꽂이로 손을 뻗고 있었다. 즉, 사발 공간의 바깥쪽을 따라서 주욱 설치된 책꽂이.

그녀는 책꽂이 중간 즈음에서 책 한 권을 뽑아들었다.

『가우니스 왕 ~그 궤적과 생애~』

가우니스 왕에 관한 자료였다.

거대 슬라임에게 정신을 빼앗겨서 몰랐는데, 아무래도 이 근처의 연대가 라플라스 전쟁 후에 기록된 것인 모양이다.

라플라스 전쟁 중기부터 말기 구역을 뛰어넘은 것도 같은데… 당시에는 전쟁 중, 그것도 절박한 상황이었다. 그런 상황의 인간들에게 타이틀이 있는 책을 낼 만한 여유는 없었겠지.

하지만 전쟁이 승리로 끝나고, 어느 정도 생활에 여유가 생기면 전쟁에 대해서 책으로 남기려는 사람은 나온다.

그런 사람의 작품이 이 부근부터 꽂히기 시작한 걸까.

"…그럼 조금 되돌아간 곳에 막다른 곳이 있었으니까, 거기에 캠프를 차릴까요."

"그래. 아무래도 저게 보이는 곳에서 머물고 싶지 않아."

"그래, 보고 있기만 해도 등골이 떨려온다…."

"그런가요? 지적인 분으로 보입니다만."

"저런 슬라임은 검으로 베어도 별로 효과가 없어."

"슬라임은 핵을 뭉개면 죽지만, 저 슬라임은 너무 거대해서 검이 닿지 않는다."

아리엘은 다소 엇나간 소리를 하고, 에리스와 길레느는 싸움을 전제로 한 이야기를 했다. 하지만 여기서 벗어나는 것에는 대략 동의를 얻었다.

무슨 생각을 하는지 모를 상대의 근처에는 되도록 있고 싶지 않다.

아무튼 긴 이동은 종료. 우리는 목적지에 도달했다.

캠프를 차린 지 7일이 지났다.

우리는 캠프와 가우니스 왕의 자료가 있는 장소를 왕복하면서 지냈다.

하루 종일 책을 찾았다.

처음에는 조심조심, 몰래몰래 책을 뽑고 보이지 않는 곳까지 이동한 뒤에 책을 뒤지고 메모를 한 뒤에, 원래 있던 곳에 되돌려놓는 작업을 거듭하였다.

하지만 사흘째 정도부터는 비교적 큰 소리를 내도 반응하지 않는다는 것을 알았기에, 점차 책꽂이 앞에서 작업을 하게 되었다.

그렇게 되자, 에리스와 길레느는 한가한지 검술 훈련을 하거나 산책이라는 이름으로 그 근처를 돌아다니게 되었다. 위험하니까 방심하지 않았으면 좋겠지만, 그 두 사람을 가만히 붙들어놓는 것은 어렵기 때문에 닷새째부터는 포기했다. 지금으로선 문제가 일어나지 않았다.

자, 가우니스의 자료 말인데, 역시나 승전국의 왕인만큼 대단히 풍부했다.

가우니스 왕은 라플라스 전쟁 당시에 왕이 아니라 일개 왕자였다.

자료에 따르면 형제가 수십 명이 있었다고 하기도, 삼형제의 막내였다고 하기도 하는데, 적어도 위로 형이 둘 있었던 건 틀림없는 모양이다.

무예에 뛰어난 장남과 지략에 뛰어난 차남. 그리고 문무를 겸비하여 가장 뛰어난 삼남인 가우니스.

실제로 형제가 몇 명이었는지는 모르지만 아이들용 책에는 삼형제라고 되어 있는 경우가 많고, 아리엘도 자세한 형제구성은 모르지만 그렇게 들었다는 모양이었다.

세 명의 우수한 왕자들은 쳐들어오는 라플라스의 군세에 대항하였다.

하지만 라플라스 군단은 강력했다. 장남의 무예도 차남의 지략도 통하지 않아서 두 사람은 죽었다.

그리고 중앙대륙 남부의 추세를 가르는 커다란 결전을 거치면서 드디어 그들의 아버지인 아슬라 왕마저도 쓰러졌다.

그렇게 가우니스는 젊은 나이로 왕위에 올랐다.

가우니스는 우수했지만, 무예로는 장남에게, 지략으로는 차남에게 뒤졌다.

두 사람만이 아니라 아슬라 왕마저도 쓰러뜨린 라플라스 군단을 가우니스가 이길 만한 요소가 있었을까.

있었다.

'그에게는 많은 친구가 있었다.'

용신 울펜, 북신 칼맨, 갑룡왕 페르기우스를 필두로 하는 수많은 영웅들이다.

가우니스는 그들에게 머리를 숙이고 부디 라플라스를 쓰러뜨릴 방법을 찾아달라고 부탁하였다.

일곱 명의 영웅들은 그 말에 응하여 라플라스를 쓰러뜨리는 여행을 떠난다….

라는 것은 예전에 읽었던 『갑룡왕의 전설』에도 나오는 흐름이다.

여기에 있는 자료도 가우니스 왕의 것보다 페르기우스 일행의 여행에 대해 적힌 이야기가 많았다.

가우니스 왕은 영웅들이 여행을 떠난 뒤에 아슬라 왕국에 전력을 집결시키고 라플라스 군단과 맞서 싸웠다.

방어에 이은 방어. 소모에 이은 소모. 하지만 가우니스 왕은 라플라스 군단의 맹공을 계속 억눌렀고, 결국 페르기우스 일행이 귀환할 때까지 나라를 지키는 것에 성공했다.

그야말로 '보이지 않는 공로자'다.

그런 가우니스 왕의 인물상이 어떻냐 하면, 사실 조금 어긋났다.

대부분의 자료에서는 가우니스 왕은 대단히 뛰어나고, 흠잡을 데 없이 훌륭하고, 압도적인 재능이 넘쳐나는 사람으로 그려졌다. 어떻게 뛰어나다, 어떻게 훌륭하다 하는 부분에 대해서는 모호한 자료도 많지만, 아무튼 칭송하는 내용이다.

아리엘도 아슬라 왕국에 전해지는 가우니스의 모습 그대로라고 만족스럽게 끄덕였다.

하지만 조사하다 보니까 아무래도 이상한 정보가 섞이기 시작한 것을 깨달았다.

가우니스는 술꾼이다, 아무런 재주도 없는 남자다, 재능 넘치는 형들이 전장에서 싸우는 동안 그는 몰래 시내에 놀러가서 매일 마시고 싸움을 해댄다, 그런 이야기였다.

아마도 가우니스 왕을 싫어하는 이가 쓴 중상모략이라고 생각했는데, 아무래도 그런 기록은 칭찬하는 것보다 구체적이거나 날짜가 확실히 기록되어 있든가 해서 신빙성이 높았다.

그래도 중간까지는 '아니, 그럴 리가'라고 부정했지만, 오늘 드디어 발뺌할 수 없는 것을 찾아냈다.

그건 라플라스 전쟁 시대 말기의 것이었다.

일기였다.

가우니스 왕, 본인의 일기.

왕이 되기 전, 아직 장남도 차남도 쌩쌩히 현역으로 활동하던 무렵의 가우니스 일기다.

그리고 그 일기에는 가우니스 프리앙 아슬라가 매일 무슨 생각을 하고, 무엇을 하며 살았는지 꼼꼼하게 기록되어 있었다.

그는 반푼이였다.

우수한 형들에게 둘러싸여서 아무런 기대도 받지 못하는 것에 짜증을 부렸다. 하지만 짜증을 내려고 해도 아무도 상대를 해 주지 않기에, 항상 성을 빠져나가서 시내로 나가곤 했다.

전시하의 시내라서 치안은 그다지 좋지 않다.

하지만 그렇기에 가우니스의 짜증을 터뜨리기에는 충분했다.

그는 술을 마시고 취해서 푸념을 늘어놓고 시비를 걸고 싸움을 벌였다. 시내의 불량배들은 가우니스가 화풀이를 해도 문제없는 상대였다.

당시의 가우니스를 한마디로 표현하는 말이 있다면, 그는 쓰레기였다.

그것을 읽은 뒤, 아리엘은 너무나도 큰 충격에 반나절 정도 드러누워 있었다.

지금도 책꽂이에 등을 기댄 채 무릎을 껴안고 앉아서 어두운 얼굴로 "정말로 이게 페르기우스 님이 원하는 왕의 모습일까…"라고 고민하고 있다. 실피와 루크가 어떻게든 도우려 했지만, 두 사람도 가우니스 왕의 진실에 놀랐는지 목소리가 떨렸다.

내가 생각하기에는 가우니스 왕이 위대한 왕이더라도 역시 인간이니까 그럴 수도 있겠거니 하는 느낌이었다. 오히려 친밀함이 느껴져서 호감이 생겼다.

왕답지는 않다고 생각하지만.

게다가 반대로 말하자면 그런 인간이라도 페르기우스는 힘을 빌려주었다.

그러니까 가우니스가 쓰레기였던 것은 힌트가 될 수 있지 않을까?

그렇게 생각하면서 책을 찾는데, 조금 흥미로운 책을 발견했다.

신의 아이에 대한 책이었다.

거기에는 당시 확인된 신의 아이에 대해서, 어떤 힘을 가졌고 어떤 인물이었는가 하는 것이 적혀 있었다.

뭐, 가우니스와는 전혀 관계가 없는 내용이지만….

아무튼 그중에 한 가지 신경 쓰이는 구절이 있었다.

'무력無力의 신의 아이'라고 불리는 인물의 내용이다.

그 말만 보면 '괴력의 신의 아이'인 자노바와 정반대, 파워가 전혀 없고 무력한 인상을 주는 이름이다.

하지만 그 능력은 아주 위험하게 간주되어서 곧바로 살해될 레벨이었다고 한다.

그는 다른 신의 아이의 능력을 무효화하는 힘을 가졌다.

이능력물 라이트노벨에서는 흔히 있는 능력이다.

대부분의 경우 이런 능력은 일반인에게 아무런 힘도 갖지 않기 때문에 별로 좋지 않은 입장에 놓이기 쉽고, 작중에서는 천대받는 일도 많다. 하지만 그런 작품의 주요 등장인물은 9할이 이능력자라서, 그런 그들을 일반인 레벨로 떨어뜨릴 수 있는 능력은 대단히 강력하다. 그러니까 그 능력을 가진 자는 대부분 주인공에 가까운 중요 캐릭터가 된다.

이 세계에서 신의 아이는 전세계에 열 명 정도 있을까 말까 할 만큼 희귀한 존재다.

그렇기 때문에 이 능력은 그리 강력하다고 할 수 없다. 오히려 약하다고 해도 과언이 아니겠지.

그런 녀석보다도 검신류 검사 한 명이 있는 쪽이 훨씬 쓸 만하다.

하지만 다른 신의 아이들은 나라의 중진이다.

마술로는 이루기 어려운 기적을 일으킬 수 있는 존재다.

실수로라도 혹시 능력이 사라지게 되면 나라에게 커다란 손해가 된다.

타국에서 보자면 방해, 자국에 있어도 도움이 되지 않고 타국에게 괜한 경계심을 줄 뿐.

그렇기 때문에 얼른 죽여 버렸다는 소리다.

하지만 그 힘에는 다소 흥미가 생겼다.

그럴 것이 그 능력은 '저주의 아이'에게도 통용될 것 같기 때문이다. 신의 아이와 저주의 아이는 같은 존재. 그 힘이 사람들에게 도움이 되냐 아니냐로 분류되는 것이니까 그리 이상한 이야기는 아니다.

그렇긴 해도.

신의 아이와 저주의 아이의 능력을 없앨 수 있다면 다른 것은 어떨까.

예를 들어서 '저주'.

물론 '저주'와 '저주의 아이'는 통하는 듯하지만 본질적으로 다른 것이다.

이 책에 나오지 않는 이상, 분명 '저주'는 그의 능력으로도 치료할 수 없었겠지.

하지만 시야를 조금 더 넓혀 보자.

신의 아이의 능력에는 정말로 여러 종류가 존재한다.

게다가 어느 것이고 다 이 세계의 법칙을 바꿀 수 있을 만한 힘을 숨기고 있다.

그렇다면 그중에는 '저주'를 없앨 수 있는 이나 시간을 되돌리거나 상태를 원래대로 되돌리는 자도 있지 않을까?

즉, 신의 아이의 힘을 동원하면 제니스의 기억도 원래대로 되돌릴 수 있을지 모른다.

그렇게 생각했다.

물론 단순한 희망적 관측에 불과하지만. 돌아가거든 올스테드에게 자세히 물어봐야겠군.

"아니, 이런 중요한 것은 일기에 잘 적어놔야지."

나는 책을 덮은 뒤 가방에서 일기장을 꺼냈다.

솔직히 일기란 것에는 그리 좋은 인상이 없다.

하지만 미래의 내가 쓴 일기는 나를 도와주었다.

나는 과거로 돌아갈 생각이 없다. 그렇게 되지 않도록 전력을 다한다.

하지만 과거는 아니더라도 누군가에게 일기를 맡기게 될지도 모른다. 내가 죽을 때, 누군가가 내 유지 같은 것을 이어줄지도 모른다.

그럴 때에 어떠한 힌트가 적혀 있으면 읽는 쪽도 도움이 되겠지.

"어어, 신의 아이의 힘에는 여러 종류가 있다는 걸 발견했다. 신의 아이 중에는 상대의 능력이나 저주에 관련된 것을 조작할 수 있는 자도 존재했던 모양이다. 어쩌면 그 힘을 쓰면 무리라고 생각되는 일도 가능할지 모른다…. 이 정도면 될까."

슥슥 기록하다가 문득 고개를 들었다.

그러자 사발 모양의 중심부에서 꿈틀대는 거대한 슬라임이 시야에 들어왔다.

처음에 보았을 때에는 꽤 놀랐지만, 며칠이 지나면서 익숙해졌다.

여전히 무시무시한 모습이지만, 이쪽을 공격하지도 않고 계속 천장을 바라보면서 책을 베끼는 모습을 며칠이나 보니 어딘가 지적인 느낌도 들었다.

그때 내가 쓴 문장이 떠올랐다.

"잠깐만? 무리라고 생각되는 일이라도 가능하다는 말은 너무 애매모호하지 않아? 더 구체적으로, 어디에 쓸 수 있을지도 모른다고 쓰는 편이 좋으려나…?"

지금까지 일기를 쓸 때, 그런 사소한 것을 신경 쓴 적은 없었다.

어쩌면 이 도서미궁이 나를 그렇게 만든 걸까.

좋아. 일기 일부를 다시 쓸까.

그렇게 생각하며 나는 일기 한 장을 찢고 다른 종이를 세팅한 뒤에 일기를 다시 썼다.

으음, 수정액 같은 게 있으면 좋겠네. 하지만 어떻게 만드는 걸까. 하얀 그림물감을 칠하면 되나?

"응?"

문득 보니 어째서인지 거대 슬라임의 촉수 중 일부가 페이지를 찢고 있었다.

"……."

그 움직임에는 묘한 감각을 느꼈다.

시험 삼아서 적당한 문장을 쓱쓱 써 보았다.

그러자 슬라임도 쓱쓱 뭔가를 썼다.

그 페이지를 시커멓게 칠해 보았다. 그러자 슬라임도 페이지를 시커멓게 덧칠했다.

혹시 내 흉내를 내는 건가…?

아, 아니, 흉내라기보다는… 내 일기를 베끼는 건가?

"…책을 좋아한다고 했으니까, 글자를 읽을 수 있겠지?"

그 슬라임은 입도 귀도 없다. 말은 통하지 않을지도 모른다.

하지만 커다란 눈이 붙어 있다.

그럼 글자라면 어떨까.

"시험해 볼까."

시험하기 전에 다른 사람에게 의논하는 편이 좋을까?

아니, 됐어. 어차피 아리엘도 더 이상 방법을 찾지 못해서 그냥 돌아갈까 하는 분위기가 흐르기 시작했다. 여기서는 일단 도박에 나서자.

"'안녕하십니까, 마왕님. 처음 뵙겠습니다, 루데우스 그레이랫입니다. 멋진 도서관이로군요.'"

그렇게 샤사삭 썼다.

그러자 거대 슬라임은 촉수를 꿈틀거리며 글자를 샤사삭 쓰다가….

우뚝 움직임을 멈추었다.

지금까지 없던 움직임. 내 일기를 베끼던 것만이 아니라 모든 작업이 멎었다.

사발 모양의 공간에 기이한 분위기가 흐르기 시작했다.

"너무 성급했나…?"

순간 움츠러 들었다.

하지만 때는 이미 늦었다. 거대 슬라임의 눈알이… 방금 전까지 계속 천장을 노려보던 눈알이 내 쪽을 향했다.

거대 슬라임의 거대한 눈.

거기에는 당황한 내 모습이 그대로 비치고 있었다.

거대 슬라임이 순식간에 수축했다.

순간 마치 가시라도 발사한 듯한 속도로 모든 방향으로 촉수를 뻗었다.

〈촉수가 내 앞으로 다가온다〉

예견안에 비친 광경에 '찔리는 건가?!' 싶어서 무심코 몸을 수그렸다.

하지만 촉수는 내 눈앞에서 멈추었다.

촉수 끝에는 종이 한 장이 쥐어져 있었다. 아니, 쥔 게 아니라 붙이고 있다고 해야 하나.

아무튼 내게 보여주듯이 내민 종이에는 이렇게 적혀 있었다.

'나는 넨 족의 마왕 베토베 토베타. 내 성에 잘 왔다, 미래의 책의 저자여.'

오…오오오! 접촉 성공!

아니, 어이, 진짜야? 별생각 없이 했는데 이렇게 잘 풀리다니. 어어.

'인사가 늦어서 죄송합니다. 만나 뵙게 되어 영광입니다, 폐하. 이번에는 어떤 사실을 조사하러 왔습니다. 잠시 동안의 체재를 허락해 주실 수 있겠습니까?'

'허락하마.'

휴우….

폐 속에 모으고 있던 공기를 주욱 내뱉었다. 이마의 식은땀을 닦았다.

아니, 잘 풀리고 있어. 하지만 하다못해 에리스가 곁에 있을 때에 해야 했나.

지금은 좀 성급했다.

하지만 음악으로 운명을 연주할 듯한 이 마왕님은 그리 못된 녀석이 아니라고 올스테드도 말했지. 결과가 좋으니까 잘 된 거야.

이제 어떻게 하지. 접촉한 뒤의 일은 별로 생각 안 했다.

일단 가우니스의 자료에 대해 좀 가르쳐 달라고 할까. 이 미궁의 주인이라면 그런 지식도 풍부하겠지.

'실은 어떤 책을 찾고 있습니다.'

'알아서 찾아라.'

즉답이었다. 실로 차갑다.

뭐, 하지만 갑자기 집에 찾아온 모르는 사람이 갑자기 뻔뻔한 소리를 하면 거절하는 게 당연하지. 쫓아내지 않는 것만 해도 다행이다.

'하지만 귀공은 나를 즐겁게 해 주었다.'

그런가 싶었는데, 아무래도 이야기는 끝나지 않은 듯했다.

다급히 일기에 대답을 썼다.

'…무슨 재미있는 말씀이라도 드렸습니까?'

'귀공은 미래에서 책을 가지고 나타났다. 그야말로 놀랍군. 그리고 그 내용도 그렇고, 지금 그 뒷이야기를 계속 쓰고 있는 이 상황. 재미있다고 하지 않을 수가 있을까. 즐겁다고 하지 않을 수가 있을까. 고로 나는 말하겠다. 나를 즐겁게 한 상으

로 소원을 한 가지 들어주겠노라고.'

미래에서 책…? 아, 그 일기 말인가.

내가 가져온 건 아니지만. 아무래도 그 일기도 이미 사본이 만들어졌나.

그리고 마왕님이 보기엔 분명히 내가 지금 쓰는 이 일기는 그 미래일기의 속편이라는 건가.

미래일기의 속편이 과거의 일기.

분명히 읽을 것으로서는 재미있을지도 모르겠다.

그렇긴 해도 마왕에게 좋은 일을 하면 소원을 들어주는 비율이 높군.

아토페처럼 바라지도 않는 소원을 들어주는 녀석도 있지만.

그런 문화일까.

'소원? 뭐든지 되겠습니까?'

'이 베토베 토베타가 이룰 수 있는 것이라면 마음에 드는 책을 찾아주는 정도다.'

뭐, 커다란 부를 가지거나 영원한 생명을 줄 수 있을 만한 외모는 아니군.

아무튼 그런 거라면 어떤 책으로 할까. 책 한 권을 지정하라고 해도 정말로 필요한 책의 타이틀을 모른다.

가우니스와 관련된 건 꽤 조사했지만, 어느 것이고 결정타는 안 되는데….

그래, 아예 가우니스와 관련된 책은 치우고, 제니스의 상태를 회복시킬 수 있는 방법이 적힌 책을 찾아달라는 건 어떨까. 어쩌면 이 수많은 책꽂이들 중에는 제니스의 치료법에 대해 적힌 책이 있을지도 모른다. 물론 없을지도 모르지만.

아니…. 아니, 그러면 안 돼.

나는 지금 그런 걸 위해 이 미궁에 온 게 아니다.

아리엘이다. 아리엘을 도우러 온 것이다.

제니스 문제는 마음에 걸리지만, 지금은 진정하자. 목적을 그르치면 안 돼.

올스테드에게 여차할 때에 못 써먹을 녀석이라는 인식을 줘서 버림받기라도 하면 인신에게 가족이 다 죽게 될지도 모른다. 그것만큼은 피해야만 한다.

제니스도 소중하지만, 아무튼 지금은 아니다. 잊어버려.

"아, 그렇지."

그때 나는 내 주머니 안에 넣어두었던 종이 한 장을 떠올렸다.

출발할 때 올스테드가 건네주었던 것이다.

거기에는 책의 표지 그림이 그려져 있었다.

아마도 올스테드는 이런 일도 있을 거라고 예상했겠지.

이런 흐름이 되거든 이걸 보여주라는 의미겠지. 아마도. 분명히 미래예지 같은 게 가능하다고 그랬고.

'그럼 이런 표지의 책을 부탁드립니다.'

'알겠다.'

나는 책 표지가 그려진 종이를 베토베에게 건넸다.

베토베는 그 종이를 받더니, 바로 본체 근처에 있는 책꽂이에서 책 한 권을 꺼냈다.

그 책, 의외로 최근에 쓴 책인가 보다.

베토베는 그 책을 체내에 넣었고, 그 책은 체내를 꾸물꾸물 이동하면서 내 앞에 있는 촉수 끝에서 주르륵 튀어나왔다.

그걸 받아보니 점액으로 끈적…거리는 일 없이 말끔했다.

역시나 책을 좋아하는 슬라임인 만큼 서적 관리에도 능한가 보다.

그렇게 생각하면서 받아든 책을 보았다.

표지는 빨간색 가죽으로 덮였고, 나무에 과일 같은 게 열린 그림이 그려져 있었다. 꽤나 두껍고, 파라락 넘겨 보니 성실한 느낌의 글자가 빼곡하게 적혀 있었다.

'소원은 이루어 주었다. 느긋하게 탐독하거라.'

베토베는 그렇게 말하더니 스르륵 촉수를 거두고 책을 베끼는 작업으로 돌아갔다.

혹시 같은 표지의 다른 책이라면 어쩌지…. 쿨링오프 가능한가?

뭐, 뒷표지 구석에 적힌 작은 낙서도 재현되어 있으니까 이게 틀림없겠지만.

"아무튼 읽어 볼까."

그렇게 말하면서 나는 그 자리에 앉아서 표지를 넘겼다.

그리고 첫 문장을 보고 깨달았다.

"이건…!"

이게 어떤 힌트가 될지는 알 수 없다.

하지만 서둘러 아리엘에게 보여주어야 한다는 것은 틀림없었다.

내가 돌아오자, 아리엘은 아직 무릎을 껴안고 앉아 있었다.

실피와 루크 그리고 에리스는 자료를 찾으러 갔는지 모습이 보이지 않았다.

대신 길레느가 곁에 서 있었다. 집 지키는 개처럼.

나는 아리엘의 앞에 섰다.

스커트로 다리를 감싸고 앉은 탓인지, 그녀의 하얀 그게 보이지만 못 본 걸로 했다.

아무리 실피와 에리스가 없다고 해도, 봐도 되는 게 있고 안되는 게 있다.

이건 안 되는 거다.

"아, 루데우스 님…."

"수고하십니다, 아리엘 님."

"아, 죄송합니다. 이런 모습을."

아리엘은 날 알아차리자 자세를 바로하여 우아하게 고쳐 앉았다. 안녕, 고귀한 하얀 그대.

뭐, 그런 건 됐다.

"아리엘 님, 좋은 것을 찾아왔습니다."

"좋은 것? 어떤 건가요?"

"아리엘 님이 기뻐하실 만한 것입니다."

"제가…. 뭘까요. 건국시대의 관능소설일까요?"

그게 기쁜 거야?

"아, 실례했습니다. 그래서 어떤 것인가요?"

왠지 아리엘은 궁지에 몰리면 이상한 말이 마구 새어나와서 재미있군. 한동안 이대로 두어도 좋지 않을까?

아니, 출발까지 한 달도 안 남았다. 장난치고 있을 때가 아냐.

"이겁니다."

책을 건네자 아리엘은 표지에 그려진 그림을 보고 놀란 듯이 눈을 크게 떴다.

"나무에 매달린 박쥐 문장."

아, 그거 과일이 아니라 박쥐구나.

"읽어 보시죠. 관능소설보다 훨씬 기쁜 내용이 적혀 있습니다."

아리엘은 의아한 얼굴을 하면서도 책을 꼼꼼히 살피다가 표지를 넘겼다.

"…아."

그녀도 몇 줄 읽기도 전에 깨달은 모양이다.

그것이 데릭 레드뱃의 일기라는 것을.

일기란 것은 별거 아닌 나날을 기록한 것이다.

나날의 일을 적당히 줄여서 기록하고 당시의 감정을 기록한다.

그래, 일기에 적힌 것은 결코 그 날에 무슨 일이 있었는가 하는 정보만이 아니다.

일기란 감정의 기록이다.

열 받았던 일, 울 뻔했던 일, 웃은 일, 쾌감, 고통, 편견, 고독, 유쾌, 갈망, 희로애락.

그런 것이 모호하면서도 극명하게 기록된다.

데릭의 일기에는 그의 이름이 나오지 않았지만, 아리엘과 루크와 보낸 나날이 나열되어 있었다.

대수롭지 않은 일기였다.

어디에나 있을 만한 일기였다.

그렇기에 그의 본심도 적혀 있었다.

그의 본심에서는 내가 생각하는 이상으로 자랑스러운 뭔가가 느껴졌다.

뭐라고 할까, 이렇게까지 아리엘을 높게 치는 녀석이 있다는 것에 놀라움을 감출 수 없었다.

아리엘이 상당한 카리스마를 가진 것은 잘 알고 있었지만 말이다.

그런 일기를 아리엘은 읽기 시작했다.

조용히, 천천히, 한 줄 한 줄 곱씹듯이 읽기 시작했다.

나는 그녀가 그걸 다 읽을 때까지 기다리기로 했다.

책을 읽는 아리엘을 보고 있으니 다른 이들이 돌아왔다.

실피, 에리스, 루크.

그들은 대량의 책을 품에 안고 있었다. 아무래도 다른 책꽂이에서 가우니스의 자료들을 발견한 모양이다.

실피와 에리스는 아리엘을 가만히 바라보는 나를 보고 순간 뜨한 얼굴을 하였다.

하지만 동시에 아리엘의 분위기도 알아차렸는지 표정을 되돌리고 조용히 내 옆에 앉았다.

"루디, 어떻게 된 거야?"

"조금 재미있는 책을 찾았기에 아리엘 님에게 읽어 보시라고 드렸어."

"헤에, 어떤 책?"

"데릭 레드뱃의 일기."

그렇게 말하자 루크가 놀란 얼굴을 하고 아리엘 쪽을 보았다.

"그러고 보면 데릭은 매일처럼 일기를 썼지…."

"루크 선배도 나중에 읽어 보면 좋을 겁니다."

"…음, 그래. 뭐, 나에 대해서는 별로 좋은 말이 없겠지만."

그 말에 나는 어깨를 으쓱이는 걸로 답했다.

그거야 직접 읽어 보시지요.

"그렇긴 해도 용케 찾아왔네, 루디."

"최근에는 일기하고 인연이 좀 있나 봐."

이 자리에서는 올스테드의 지시라고 하지 않고 일단 그렇게 대답했다.

하지만 진짜로 인연은 있는 모양이다.

미래의 내가 쓴 일기, 가우니스가 쓴 일기, 그리고 데릭 레드뱃의 일기.

전부 일기니까.

잠시 뒤에 아리엘은 일기를 다 읽었다.

탁 하는 작은 소리를 내며 책을 덮었다.

그 표정은 아주 조용한 무표정… 하지만 조금 흥분한 건지 얼굴이 발갛게 물들었고 눈은 젖어 있었다.

"아리엘 님."

루크가 무심코 달려가서 그녀의 옆에 무릎을 꿇었다.

"아, 루크. 당신도 읽어 보도록 하세요."

"…예."

아리엘은 그렇게 말하며 루크에게 책을 건네고 내 쪽을 보았다.

그 눈동자에서는 망설임이 완전히 사라져 있었다.

틀림없이 그녀는 뭔가를 얻었다. 외부인인 나는 알 수 없는 뭔가를.

원래는 데릭이 살아 있어서 아리엘에게 주었을 뭔가를.

"아리엘 님…. 어떠십니까?"

"예. 루데우스 님, 아주 좋은 걸 찾아주셨네요."

모든 것을 이해한 얼굴로 그녀는 말했다.

"답을 알았습니다."

그 강한 눈동자에 나는 묵묵히 고개를 끄덕였다.

그 뒤로 철수 준비를 시작했다.

나와 실피는 빌렸던 책을 반납하고, 에리스와 길레느, 루크가 캠프를 접었다.

반납구가 있는 게 아니니까, 책을 원래 있던 자리로 되돌려놓는 것은 꽤 힘들었다.

저쪽에 갔다가 이쪽에 갔다가 하면서 책을 반납하는데, 가끔씩은 우리가 실수한 건지 슬라임이 와서 책을 회수하여 원래 자리로 가져다 놓았다.

그냥 슬라임에게 다 맡겨도 되지 않나 싶지만, 원래 있던 자리에 돌려놓지도 않고 책을 늘어놓는 것은 명백히 매너 위반이겠지.

책을 찾기 힘든 도서관이지만, 정보 자체는 아주 많다. 또 이용하는 날이 오겠지. 그럼 매너 나쁜 행동은 삼가야지.

마왕 베토베의 눈에 들면 또 원하는 책을 검색해 줄지도 모르고.

그렇게 생각하면서 간신히 책들을 다 돌려놓고 캠프 위치로 돌아왔다.

캠프에서는 이미 철수 준비가 다 끝났는지, 짐을 다 꾸려놓은 모습으로 다들 한가하게 있었다.

재미없는 눈치로 다리를 뻗고 앉아 있는 에리스, 가부좌를 틀고 명상에 잠긴 길레느, 루크의 옆에서 우아하게 앉아 기다리는 아리엘.

그리고 데릭의 일기를 읽으며 당장이라도 울 것 같은 얼굴을 한 루크.

"아니…. 이런 일이 있었다니…."

루크는 눈썹을 잔뜩 찌푸린 채로 떨리는 손으로 페이지를 넘기며 글자로 시선을 주었다.

"나는… 바보였다…."

"루크, 우리는, 이라고 해야겠죠."

"아리엘 님…."

아리엘의 미소에 루크는 감격한 건지 펑펑 눈물을 흘리기 시작했다.

아리엘은 그런 루크를 쓴웃음과 함께 바라보았다.

나도 일기를 읽었으니까 데릭이 루크를 어떻게 생각했는지 안다.

데릭은 루크를 겉으로는 안 좋게 썼다. 아리엘에게 못된 짓만 가르치는 악동이라고 썼다.

하지만 그 문장에서 느껴지는 것은 아리엘을 향한 것과 비슷할 정도의 친애의 마음이었다.

어렸을 적의 루크에게서 보이는 훌륭한 대인 관계, 그것이 여성만을 향하지 않고 남성에게도 향한다면, 혹은 높은 지위에 올라서 부하를 두게 된다면, 그런 성장에 대한 기대.

그래, 데릭은 루크에게 큰 기대를 두고 있었다.

여자 생각만 하는 루크에게 진력을 내면서도 한 꺼풀 벗고 크게 성장할 거라고 생각하였다.

아, 데릭이 살아 있었다면 아리엘과 루크는 지금만큼 열심히 왕을 목표로 하지 않았을지도 모른다. 하지만 지금 아리엘과 루크라면 데릭은 기꺼이 힘을 빌려주었겠지.

그러면 실피가 있을 자리는 없지 않았을까.

그렇게 생각될 만큼 데릭은 두 사람을 좋게 보았고, 장래를 기대하고 있었다.

"……."

옆을 보니 실피가 살짝 복잡한 얼굴로 두 사람을 보고 있었다.

데릭 문제는 그녀에게 별로 재미있는 이야기가 아니겠지.

처음부터 함께였다고 생각했는데, 사실 자기는 초기 멤버가 아니었고.

실피에게는 내가 있다는 마음으로 안아주고 머리를 쓰다듬고 위로해 주려고 했는데, 그것도 좀 아닌 것 같았다.

그렇게 생각하는데 실피는 작게 "좋아."라고 중얼거리더니 결심한 것처럼 두 사람에게 다가갔다.

그리고 두 사람 앞에 웅크려 앉았다.

"저기, 두 사람."

"실피….."

실피에게 아리엘과 루크도 다소 어색한 얼굴을 하였다.

결코 나쁜 짓을 한 건 아니지만, 마음은 이해한다.

그들도 실피를 처음부터 함께 한 동료로 여겨왔겠지.

실피는 무슨 말을 하려는 걸까. 잘 상상이 안 간다. 가슴이 벌렁댄다.

실피가 상처 입고 돌아올 때를 대비하여 팔을 넓게 벌리고 기다릴까.

그렇게 생각하면서 지켜보는데, 실피는 다소 긴장한 목소리로 말했다.

"저기, 돌아가거든 데릭이라는 사람에 대해서 나한테도 가르쳐 줘. 두 사람에게 그렇게까지 노력하겠다는 마음을 준 사람을 나도 알고 싶어."

"…물론이지. 오히려 너야말로 알아주었으면 해. 아리엘 님의 진가를 제일 먼저 알아본 남자에 대해서."

루크는 힘주어 고개를 끄덕이며 그렇게 말했다.

아리엘은 말하지 않았지만, 맞는 말이라는 듯이 아름다운 미소를 지었다.

실피도 그 대답에 기쁜 듯이 빙그레 미소를 지었다.

"……."

그 광경에 나는 무심코 내 입에 손을 댔다.

왠지 가슴이 찡해졌다.

부에나 마을에서 괴롭힘당하고 외톨이었던 실피의 모습이 머릿속에 떠올랐다.

친구가 나밖에 없어서, 내가 없어질지도 모른다는 말에 울먹거리던 실피가 떠올랐다.

그런데, 아아, 봐라, 루데우스 그레이랫.

그런 그녀에게 이렇게 좋은 친구가 생겼다.

나는 전혀 돕지 않았다. 아리엘과 루크는 실피가 직접 만든 친구다.

으음, 나만의 실피가 아니게 되는 건 쓸쓸하지.

하지만 이러면 됐다. 이거면 되는 거야. 이게 좋아.

예전에는 그렇게 생각하지 않았지만, 사실은 이래야만 한다. 누군가가 실피를 보호하는 관계면 안 된다. 나와의 관계도, 두 사람과의 관계도 대등해야 한다.

실피는 내가 모르는 곳에서 확실히 그런 관계를 쌓았다.

나와도 쌓으려고 한다.

이러면 나도 힘써야지.

친구와의 대등한 관계…. 말하자면 크리프나 자노바일까.

"저, 저기, 루데우스…."

그 목소리 쪽을 보니 에리스가 내 옆에 서서 팔꿈치로 툭툭 내 팔꿈치를 찌르고 있었다.

뭐지? 내가 실피만 보니까 질투를 하시는 걸까.

괜찮아. 에리스랑도 사이좋게 지낼게.

부부라서가 아니라, 제대로… 응?

에리스의 시선, 왠지 통로 쪽을 향하고 있네. 뭘 보….

"켁."

그때 간신히 깨달았다.

복도가 대량의 슬라임과 개미로 가득했다.

게다가 그들은 몸 중심이나 눈이 뻘겋게 빛나고 있었다. 화났다는 느낌의 색깔이다.

"…럽…다…."

"더…혔…."

개미와 슬라임들은 몸 어딘가에서 소리가 나는 건지 모르지만, 아무튼 그런 신음소리를 내면서 천천히 이쪽으로 다가오려고 했다.

뭐지? 왜 화내는 거지?

책은 잘 반납했어. 데릭의 일기는 원래 장소를 모르니까 마지막에 마왕에게 인사하러 가면서 돌려줄 생각으로 아직 반납하지 않았지만.

"더…혔…."

"…럽…다…."

더, 럽, 혔, 다?

더럽혀? 뭘? 책을?

"아."

딱 하고 오는 게 있어서 루크 쪽을 보았다. 루크는 마물의 대군세를 보고 혼란스러운 표정이었지만, 무언가 깨달은 얼굴로 자기가 든 책으로 시선을 내렸다.

거기에는 루크의 눈물로 글자가 흐려져서 읽을 수 없게 된 데릭의 일기가 있었다.

"아, 미, 미안⋯!"

루크는 다급히 사과하면서 품에서 손수건을 꺼내어 책을 닦았다.

"아, 안 돼, 루크! 그런 짓을 하면!"

실피가 다급히 제지했지만 때는 이미 늦었다.

눈물은 번져서 글자를 더욱 망가뜨리고, 또 수분으로 약해진 종이가 찌익 하고 찢어졌다.

"어이이—!"

개미 뒤에서 엄청난 기세로 로퍼 마이마이가 돌진하기 시작했다. 개미들이 턱을 벌리고, 슬라임들이 몸을 수축시켰다.

분노로 제정신을 잃었다는 느낌의 그 태도에 에리스가 무심코 앞으로 나섰다.

"죄, 죄송합니다, 불가항력입니다!"

내가 그렇게 외쳐도 멈추는 자는 아무도 없었다.

슬라임이 일제히 뛰어올라서 에리스와 길레느가 베어 버렸다.

단칼에 슬라임 여섯 마리의 핵이 두 동강 나고, 철퍽 소리와 함께 지면에 떨어져서 얼룩을 만들었다.

에리스가 이쪽을 돌아보며 외쳤다.

"루데우스!"

편의를 봐준 마왕에게는 제대로 인사를 하고 싶었고, 책을 더럽힌 사죄도 하고 싶었다. 변명을 하고 싶었다.

하지만 이미 마물들의 분노는 정점에 달했다.

이쪽의 말을 들을 생각은 전혀 없다.

"…도망치겠습니다!"

그렇게 외치며 짐을 들었다.

다른 이들도 아주 빠르게 움직였다.

추태를 저지른 루크는 순간 움직임이 늦었지만, 그래도 이런 철수전에는 익숙하겠지. 재빨리 짐을 손에 들더니 허리에서 검을 뽑아 아리엘의 호위에 임했다.

그걸 보고 나도 외쳤다.

"실피!"

"응! 내가 앞장설게! 다들 따라와!"

이름을 외친 것만으로 실피는 이해해 주었다.

호흡이 딱딱 맞는군. 우연일지도 모르지만, 조금 기쁘다.

"길레느는 실피의 호위! 루크는 아리엘 님의 호위! 에리스는 나랑 함께 최후미!"

"최후미란 게 뭐야?"

"제일 뒤!"

그렇게 외치면서 나는 슬라임들을 향해 지팡이를 들었다.

베토페 님, 죄송합니다. 루크도 악의는 없었습니다!

뭐, 루크는 인신의 사도일지도 모르니까, 어쩌면 인신이 지시한 것일 가능성… 아니, 그건 아무래도 아닌가! 아무튼 죄송합니다!

"프로스트 노바!"

지팡이 끝에서 안개 형태의 물과 냉기가 시간차로 나왔다.

그걸 맞은 마물은 순식간에 그 몸이 얼었지만, 움직임이 완전히 멎는 정도는 아니었다. 둔해질 뿐이다. 저항하는 걸까.

하지만 둔해졌으면 그걸로 충분했다.

"가아아아아!"

검은 늑대가 달려가서 진행방향의 적을 순식간에 베었다.

슬라임을, 개미를, 차례로 베었다.

그녀는 그대로 적진을 돌파하려고 하다가 로퍼 마이마이에게 막혔다.

그 커다란 달팽이의 껍질은 그녀의 참격을 받아낸 것이다.

게다가 곤봉 같은 촉수를 수축시켜서 공격해 왔다.

그야말로 전차 속에 숨어서 창을 공격하는 듯한 그 전법에 길레느는 회피를 택할 수밖에 없었고….

"아이스 랜서!"

거기에 재빨리 실피가 치고 들었다.

로퍼 마이마이는 껍질 안에 틀어박혀서 고개를 내밀지 않았지만, 아래쪽에는 껍질이 없다.

지면에서 솟구친 실피의 얼음창은 로퍼 마이마이의 안에 꽂혀서 꿰뚫었다.

"가자!"

"그래!"

그대로 실피는 선두를 달리면서 마물 집단을 돌파했다. 길레느도 뒤따랐다.

이어서 아리엘과 루크가 달려가려고 했지만, 프로스트 노바의 범위 밖에 있던 개미가 천장으로 돌아와서 위에서 공격해 왔다.

"합!"

당연하게도 에리스가 그걸 저지했다.

개미는 머리와 몸이 쪼개져서 지면에 떨어졌다.

"스톤 캐논!"

그걸 놓치지 않고 내가 스톤 캐논으로 뭉갰다.

곤충형 마물은 머리가 떨어져나가도 움직이니까 확실히 마무리한다. 전투의 철칙이지만, 이쪽의 편의를 봐준 마왕의 사역마를 없앴다고 생각하니 미안한 마음이 가득했다.

"재미있어졌네!"

"나는 위장이 아파!"

에리스에게 그렇게 대답하면서 나는 앞을 달리는 아리엘 일행을 쫓아갔다.

"제길, 얼마나 솟아나는 거야!"
마물의 무리는 우리를 집요하게 쫓아왔다.
각각의 개체는 외모와 달리 상당한 힘을 가졌다.
슬라임은 겉보기 이상으로 잽싸서 메O슬라임급의 속도로 우리를 추격했다.
그들에게 잠깐이라도 발이 묶이면, 단단한 암석도 부수는 턱을 가진 개미가 공격해 왔다.
귀찮은 것은 전방에서 공격해 오는 로퍼 마이마이다.
녀석들의 껍질은 에리스와 길레느가 혼신의 일격을 하지 않는 한 벨 수 없고, 게다가 베어도 즉사하지 않고 곤봉 같은 촉수를 휘두르며 반격해 왔다.
물론 도서미궁에는 방이 없고 모두 통로의 형태이기 때문에, 앞뒤를 장악하고 있으면 그리 쉽게 포위섬멸당할 리도 없다.
앞에는 실피와 길레느, 뒤에는 나와 에리스.
내가 프로스트 노바로 움직임을 계속 늦추고, 길레느가 슬라임과 개미를 베어 버리고, 로퍼 마이마이는 실피가 밑에서 아이스 랜서를 쏘아서 쓰러뜨리고, 남은 상대는 에리스가 모두 정리한다.
앞길을 열면서 뒤에서 오는 적의 접근을 막는다.

지금으로선 적의 숫자에 진절머리가 나긴 해도 순조롭게 나아가고….

"앞!"

길레느의 날카로운 목소리가 들려왔다.

재빨리 앞을 보니 슬라임 대군이 밀려들고 있었다.

그리고 그 슬라임이 착착 모여서….

순식간에 하나의 거대 슬라임이 되어서 길을 막았다.

"어이어이."

킹○라임이냐….

"하아아압… '토네이도 임팩트'!"

"가아아아!"

실피가 마술을 쓰고 길레느가 베었지만, 벽이 된 슬라임은 상처를 순식간에 수복하고 다시 길을 막았다.

"루디! 나로는 안 돼!"

"알았어!"

실피의 외침에 응하여 나는 전위로 이동했다. 동시에 실피도 후위로 물러났다.

순식간에 스위치 완료.

자세히 말하지 않아도 의도를 순식간에 이해하고 행동해 주는 실피.

생각해 보면 그녀와 함께 뭔가와 싸우는 건 이게 처음이 아니었나.

생각 이상으로 상성이 좋다고 느꼈다.

아니, 난 딱히 아무것도 하지 않았다. 그녀가 내 생각을 읽고 순식간에 이해하여 행동해 주는 것이다.

"……"

엇갈릴 때 그녀와 순간 시선이 교차했다. 실피는 필사적인 표정을 하고 있었지만, 나와 시선이 엇갈린 순간에는 살짝 표정을 펴고 귀를 움찔거렸다.

어쩌면 그녀도 나와 같은 생각을 한 걸지도 모른다. 기쁘고 부끄럽고.

아니, 그럴 상황이 아냐.

그렇긴 해도 정말로 큰 슬라임이다.

그 마왕도 이렇게 만들어졌을까.

아니, 이 슬라임은 거대한 몸 속에 핵이 대량으로 존재한다. 어디까지나 집합체다.

그렇다면 그걸 무너뜨리려면….

"…길레느. 센 걸로 한 방에 흩어 버릴 테니까, 작아졌을 때에 최대한 쓰러뜨려 줘요."

"알았다."

길레느에게는 자세히 지시.

그녀가 가만히 보고만 있을 리는 없겠지만, 내 마술과 동시에 돌진하기라도 하면 큰일이니까.

"후우…."

심호흡을 한 번. 마력을 오른손에 모은다.

벽이 된 슬라임에 바람구멍을 내는 것에 적합한 마술.

아니, 실피가 쓴 '토네이도 임팩트'는 드릴처럼 회전하는 바람덩어리를 쏘는 상급 마술이다. 하지만 그걸로는 구멍이 났어도 흩어 버릴 정도는 아니었다.

그럼 점이 아니라 면으로 파괴. 그것도 실피에게는 불가능할 정도로 위력이 센 놈.

"'소닉 붐'!"

오른손에서 날아간 것은 형태 없는 충격의 덩어리.

중급 마술 '소닉 붐'과 이름이 같은, 하지만 파괴력을 늘린 발전형 마술.

폭음을 동반한 그것은 눈에 보이지 않지만 엄청난 속도로 슬라임과 부딪쳐서… 쿵 하는 소리와 함께 관통하고 퍼엉 소리와 함께 슬라임을 날려 버렸다.

"하아아압!"

그 충격음으로 찡찡 울리는 통로에 대항하듯이 길레느가 고함을 지르며 달렸다.

그리고 순식간에 수십 마리의 슬라임의 핵을 베어내고….

"?!"

깨달았다.

벽슬라임의 뒤. 거기에 기다리는 듯한 놈들이 있었다.

로퍼 마이마이. 그것도 다섯 마리.

그 녀석들은 내 소닉 붐의 여파로 순간 움직임을 멈추었지만, 곧 꿈틀꿈틀 움직여서 돌진을 개시했다.

길레느의 옆을 지나치듯이 내 눈앞으로 다가왔다.

"하아압!"

길레느가 날듯이 돌아와서 첫 놈에게 혼신의 일격을 날렸다.

정통으로 맞았는지 로퍼 마이마이는 그 일격으로 날아가서 책꽂이에 격돌. 책에 파묻혀서 움직이지 않게 되었다.

"⋯⋯!"

동시에 나도 두 번째, 세 번째 놈을 향해 스톤 캐논을 날렸다.

스톤 캐논은 키잉 하는 날카로운 소리를 내면서 날아가서, 거의 저항 없이 껍질을 돌파. 내부를 짓이기면서 관통. 그 속살을 뿌리면서 뒤쪽으로 날아갔다.

하지만 아직 끝나지 않았다. 터져 버린 세 번째 놈의 체액을 뒤집어쓰면서 네 번째 놈이 돌진해 왔다.

길레느가 내 앞을 가로막듯이 서서 거기에 맞섰다.

또 하나는?

"!"

그렇게 생각한 때에는 늦었다. 내 예견안에는 네 번째 놈의 옆에 숨듯이 이동해 온 녀석의 곤봉이 시야에 가득 비치고 있었다.

요격은 불가능. 어떻게든 회피하려는 마음에 상반신을 힘껏 뒤로 움직였다.

"꾸엑?!"

충격은 옆구리 쪽으로 왔다. 곤봉은 회피했지만, 그대로 돌진해 온 로퍼 마이마이에게 부딪쳐 날아간 것이다.

"커헉!"

책꽂이에 부딪쳐서 폐의 공기를 모조리 뱉어냈다.

이런. 돌파당했다.

그렇게 생각했을 때에는 이미 그놈이 아리엘의 눈앞에 와 있었다.

그녀는 나름 싸울 마음이었겠지. 작은 검을 손에 든 채 눈을 치켜뜨고 로퍼 마이마이와 대치하려고 하였다.

아주 좋은 각오지만 몸이 떨리진 않았다.

분명 이런 습격은 몇 번이나 체험했겠지.

그렇긴 해도 로퍼 마이마이는 폭주하듯이 촉수를 휘두르면서 그녀를 향해 돌진했다.

막을 수 있을 걸로 보이지 않았다.

나는 재빨리 오른손을 들어 로퍼 마이마이를 조준했다.

스톤 캐논을. 괜찮아. 안 늦었어.

그렇게 생각했지만, 나는 동시에 시야 구석에서 다른 것을 보았다.

슬라임이다. 로퍼 마이마이의 출현 때문에 해치우지 못했던 무수한 슬라임이 로퍼 마이마이의 옆을 지나서 아리엘을 향해 쇄도하고 있었다.

길레느는 아직 네 번째 놈을 쓰러뜨리지 못했다.

하지만 순간의 갈등은 내 행동을 조금도 늦추지 못했다.

"스톤 캐논!"

내 스톤 캐논은 로퍼 마이마이를 향해 정확하게 날아가서, 파캉 하는 익숙한 소리를 내면서 그 거구를 분쇄했다.

동시에 슬라임이 길레느의 옆을 지나서 아리엘에게 쇄도했다.

그때 그녀의 앞에 한 남자가 버티고 섰다.

루크다.

루크는 원래 로퍼 마이마이와 대치하려고 했지만, 그 녀석이 죽자 그 즉시 표적을 슬라임으로 바꾸었다.

슬라임의 숫자는 열 마리.

그중 둘은 책꽂이 옆에 무릎을 꿇은 내 쪽으로, 세 마리는 방향을 바꾸어 길레느의 뒤를 노렸다.

나는 예견안으로 두 슬라임의 행동을 보고 냉정하게 대처하면서 시야 구석으로 루크 쪽을 보았다.

루크는 다가오는 다섯 마리의 슬라임을 상대로 선제공격을 하여 하나를 죽였다.

하지만 동시에 다른 네 마리에게 둘러싸였다. 하나가 그의 다리에 부딪치고, 다음 놈이 그의 배에 부딪치고, 무릎을 꿇었을 때 세 번째 놈이 그의 검에 매달렸고, 네 번째 놈이 무방비한 머리를 때렸다.

"크헉?!"

루크는 머리에 무거운 일격을 맞고 이마와 코에서 피를 흘렸지만 그래도 멈추지 않았다.

왼손으로 허리에서 단검을 뽑아 검에 달라붙은 녀석을 쓰러뜨렸고, 자유로워진 검으로 아리엘 쪽으로 가려는 두 놈을 쓰러뜨렸다.

"아리엘 님에게는 손가락 하나 못 댄다!"

하지만 마지막 하나가 아직 남아 있었다. 루크의 머리에 일격을 가한 놈이다.

그놈은 등을 돌린 루크를 향해 날카롭게 도약했다.

그의 뒷머리를 노린 일격. 부드러워 보이는 외견과 달리 철구를 후려치는 듯한 일격.

잘못 맞았다간 두개골이 깨지는 위력을 가진 일격.

하지만 그 일격은 루크에게 닿지 않았다.

아리엘이 작은 검으로 멋지게 슬라임의 핵을 찔렀기 때문이다.

핵을 찔린 슬라임은 주르륵 녹듯이 형태가 무너지고 지면에 철퍼덕 떨어져서 얼룩이 되었다.

"…아리엘 님."

"루크. 저는 이런 때까지 장식이 될 생각이 없어요!"

아리엘이 그렇게 말하며 웃었을 때 간신히 앞쪽이 정리된 모양이었다. 길레느가 험악한 얼굴로 이쪽을 보았다.

"전진!"

나는 치유 마술을 쓰면서 일어나 전방으로 가라고 그녀에게 신호를 보냈다.

멋진 장면에 젖어 있는 때에 미안하지만, 뒤에서도 대량의 적이 오고 있다.

얼른 전진하도록 하자.

그 뒤로 우리는 적을 정리하면서 출구를 향해 달렸다.

그들은 정말로 수많은 방법으로 우리를 막으려고 했다.

벽 같은 슬라임에 대량의 로퍼 마이마이, 천장이 갑자기 붕괴하면서 개미의 대군이 출현하는 일도 있었다.

그런 터라서 아무래도 적을 놓치는 장면도 나왔지만, 루크가 죽을 각오로 아리엘을 지켰고 아리엘도 스스로 작은 검과 마술을 써서 적을 격퇴했다.

결과적으로 우리는 거의 멀쩡하게 마법진까지 돌아올 수 있었다.

모두 잘 싸운 결과겠지.

단순히 아리엘이 보호만 받는 공주님이었으면, 루크가 인신의 사도로서 본성을 보여서 우리 중 누군가를 뒤에서 덮쳤으면, 분명 어딘가에서 전선이 붕괴했을 게 틀림없다.

뭐, 그렇긴 해도… 실수를 저질렀군.

설마 눈물을 흘린 정도로 화낼 줄은 몰랐다.

일이 있으면 와서 정보 수집용으로 활용할까 했는데….

이래선 무리겠지. 사역마를 그렇게나 죽이고, 철수할 때 책도 망가뜨렸다.

그 사역마들은 인간이라기보다는 인형, 기계처럼 무기질적으로 움직였다는 게 그나마 다행이었다.

기계라고 해도 망가뜨린 건 사실. 무슨 얼굴을 하고 그곳을 또 이용할 수 있을까. 사죄의 편지를 쓴다고 해도 용서해 주지 않으리라고 생각하는 게 좋겠지.

하지만 루크는 인신의 사도가 되어도 죽을 힘을 다해 아리엘을 지키려 한다는 것을 알았고, 아리엘은 페르기우스의 질문에 대한 답을 얻었다.

알아야 할 것은 알았다. 목적 달성이다.

일단 잘된 일로 치자.

제8화   갑룡왕과 제2왕녀

공중성채 케이오스브레이커, 알현실.

그곳에 늘어선 열두 정령.

공허의 실바릴.

광휘의 아르만피.

속죄의 율즈.

통찰의 칼로완테.

시간의 스케어코트.

굉뢰의 클리어나이트.

파괴의 도트바스.

파동의 트로피모스.

생명의 하켄메일.

대진의 가로.

광기의 퓨리어스파일.

암흑의 파르테무트.

그리고 제일 안쪽에 앉은 자는 이 성의 주인이자 정령들의 주인. 갑룡왕 페르기우스 도라.

그 앞에 선 것은 아슬라 왕국 제2왕녀 아리엘 아네모이 아슬라.

그녀는 늘어선 정령들 앞에서 겁먹지 않고 서 있었다.

"……."

아리엘은 미궁을 나온 직후에 실바릴을 통해서 페르기우스에게 면회를 청하였다.

실바릴은 한 시간 뒤에 알현실로 오라고 대답했고, 아리엘은 그동안에 복장을 가다듬었다. 실피와 루크도 거기에 맞추어서 의상을 바꾸었다. 아슬라 왕국 제2왕녀와 그 호위라는 지위에 부끄럽지 않도록 아름답고 멋진 복장으로.

나는 올스테드에게 받은 로브 차림이다. 아름답다고는 할 수 없지만, 이것은 올스테드에게 빌린 것. 말하자면 제복 같은 것이니까 문제없겠지.

"……."

아리엘은 기합이 들어간 표정으로 열두 정령 앞을 나아갔다.

집중된 시선을 아랑곳 하지 않으며 페르기우스의 앞에 서서 우아하게 인사했다.

거기에 맞추어서 실피와 루크가 무릎을 꿇었다. 물론 이번에는 나도 무릎을 꿇었다.

"이번에 알현 자리를 마련해 주셔서 진심으로 감사드립니다."

"서론은 됐다. 오늘은 무슨 일이지? 차림새를 보아하니 차나 마시자는 소리는 아닌가 본데…."

페르기우스는 농담하듯이 말했다.

이미 실바릴에게 이번 용건에 대해 전했다. 모를 리가 없다.

즉, 이 말은 시치미 뚝 떼고 던지는 말이다.

뭐, 이런 자리를 만들고 문답을 하는 것도 형식의 일부겠지.

"페르기우스 님에게 제가 아슬라 왕국 국왕이 되기 위한 조력을 부탁드리고자 왔습니다."

아리엘은 페르기우스의 연기에 움직이지 않고 똑바로 정면에서 말했다.

"호오…. 그럼 거듭 묻지."

페르기우스는 옥좌에 팔꿈치를 짚고, 고개를 기울이듯이 하여 손으로 그 턱을 받치며 질문을 던졌다.

"왕으로서 가장 중요한 요소란 무엇이지?"

아리엘은 그 질문을 받고 고개를 들었다.

"왕으로서 가장 중요한 요소, 그것은···."

나는 그 대답을 듣지 못했다.

아리엘은 답을 알았다고 말했지만, 그게 정답이라는 보증은 없다. 물론 그걸 듣는다고 하더라도 나로서는 정답인지 알 수 없지만···.

그래도 확실히 틀렸는지 확인하기 위해서라도 들어두는 게 좋았을지도 모른다.

아니, 여기선 아리엘을 믿도록 하자.

그렇게나 자신을 가졌으니까, 완전히 빗나갈 가능성도 적겠지.

"'유지를 잇는다'는 것입니다."

조용한 알현실에 말이 울렸다.

이 자리에 열일곱 명이나 있다고 생각되지 않을 만큼 고요한 알현실에.

"호오."

페르기우스는 숨을 내뱉듯이 그 말에 반응했다.

표정은 변함없어서, 적어도 안색으로는 정답인지 판단할 수 없었다.

'유지를 잇는다'.

아리엘이 그 답에 도달하기까지의 생각의 흐름은 이해할 수 있다.

아리엘의 왕에 이르는 길은 죽음에서 시작되었다.

데릭으로 시작해서 종자 열세 명의 죽음이 그녀를 지금 이 장소까지 밀어올렸다.

그들이 어떤 인물이었는지, 어떤 미래를 바랐는지. 나는 그것을 전해 들었다. 데릭에 대해서도 들었다.

그들은 죽어서도 자신의 유지를 아리엘에게 맡겼다.

그 외에도 수많은 이들이 그녀에게 유지를 맡겼겠지.

그리고 그것이 아리엘이 왕이 되는 근간이 되었다.

그리고 페르기우스의 벗 가우니스 프리앙 아슬라는 전쟁 속을 살았다.

조사한 결과, 그는 원래 쓰레기 같은 인간이었다.

하지만 뒤집어보면 친구처럼 편하게 어울릴 수 있는 왕족이었다는 소리도 된다.

매일 시내로 가서 술을 마시고 모험가나 용병과 싸움을 벌인다.

그렇긴 해도 그도 인간이라면 기분 좋은 날도 있겠지. 술을 마시고 기분 좋게 취해서 모험가와 용병에게 왕족과 귀족에 대한 푸념을 늘어놓는다. 모험가들은 그의 말에 쓴웃음을 지으면서도 들어 주고, 때로는 뭔가 돕기도 한다. 반대로 가우니스도 그들의 부탁을 들어 주는 일도 있었겠지.

거듭되는 가혹한 전쟁 속에서 버려지는 모험가나 용병, 하급 병사들.

가우니스는 그들에게 다가가서, 그들의 마지막 소망을 들어준 게 아니었을까.

그런 그가 왕이 되었다. 왕이 될 수밖에 없었다.

분명 귀족이나 기사들은 그가 왕이 된 것을 좋게 생각하지 않았겠지.

하지만 모험가나 용병들은 달랐다. 그에게 힘을 빌려주었다.

페르기우스와 다른 이들은 라플라스를 쓰러뜨리는 여행에 나서고, 멋지게 라플라스를 쓰러뜨리기에 이르렀다.

그것은 분명 그만이, 왕족, 귀족 중에서 오직 그만이, 격심한 싸움속에서 죽어간 이름도 없는 병사들의 유지를 이을 수 있었기 때문이 아닐까.

그리고 그동안 가우니스는 훌륭하게 나라를 지켜냈다.

물론 모험가나 용병들만으로는 버텨낼 수 없었겠지.

모두가 일치단결하지 않으면 라플라스의 맹공을 막아낼 수 없었을 것이다.

귀족이나 기사들도 언젠가부터 가우니스를 따랐을 게 틀림없다.

그것은 싸우다 죽어간 인물의 유지를 이었기 때문이 아닐까. 두 사람의 형이나 아버지인 아슬라 왕의 유지를 이었기 때문이 아닐까.

나라를 지킨다는 유지를.

일단 맥락이 이어지는 것처럼 느껴지는 대답이다. 그래서 이 대답이겠지.

하지만 과연 어떨까. 개인적으로는 너무 값싼 대답이 아닐까 싶기도 한데….

"…홋. 유지를 잇는다, 라."

페르기우스는 아리엘을 내려다보며 웃었다.

"즉, 네가 왕이 되고 싶다는 마음은 결국 남에게 좌우되는 것이란 소리다. 그러한 자를 진정한 왕이라고 할 수 있을까?"

비웃는 듯한 어조였다. 그렇다면 이 대답은 틀린 걸까.

하지만 아리엘은 흔들리지 않았다.

"예, 그렇습니다. 페르기우스 님, 제 뜻 따윈 결국 남에게 좌우되는 것. 세간이 일반적으로 생각하는 진정한 왕과는 거리가 멀겠지요. 하지만…."

아리엘은 숨을 들이마시고 의연한 태도로 말했다.

"저는 유지를 맡겨준 이들에게 왕일 수 있다면, 진정한 왕이 아니라도 상관없습니다."

"호오…."

페르기우스는 재미없다는 눈치였다. 퉁명스럽게 손으로 턱을 짚은 채로 계속해서 질문을 던졌다.

"즉, 나더러 우둔한 왕에게 힘을 빌려주라는 소린가?"

"예. 우둔하기에 조력을 부탁드리는 바입니다."

"하핫!"

이건 별로 좋은 흐름이 아닐지도 모른다.

아리엘의 대답은 좋았다고 생각한다.

진정한 왕 같은 형태도 없는 것에 얽매이지 않고, 자신에게 충성을 다해 준 이들에게 답한다.

그러기 위해 왕이 된다.

그들을 위해 정치를 하고, 그들이 바라는 왕이 된다.

정답인지는 몰라도, 훌륭한 뜻이라고 생각한다.

하지만 이건 페르기우스가 원하는 답과는 너무 멀지 않을까.

"그래서, 그 대답으로 나에게 정말로 힘을 빌릴 수 있을 거라고 생각했나?"

"아뇨, 페르기우스 님. 하지만 이건 제 진정한 마음. 아리엘 아네모이 아슬라가 왕이 되려는, 거짓없는 마음가짐입니다."

아리엘은 강한 시선으로 페르기우스를 바라보았다.

"그걸 거절하신다면, 페르기우스 님의 힘 따위는 필요 없습니다."

부정의 말.

페르기우스는 눈을 크게 떴고, 열두 정령들에게도 동요가 일었다.

실피도, 루크도 놀랐다. 나도 놀랐다. 페르기우스가 없으면 못 이긴다는 것은 알고 있다. 거절당하면 곤란하다.

"왕이 되기 위해서 내 힘은 필요 없다고 말하는가?"

"제 이상과 페르기우스 님의 이상이 너무나도 동떨어진 것이라면, 오히려 족쇄가 되겠지요."

페르기우스는 턱을 받치던 손을 내리고 천천히 일어섰다.

그 표정은 분노일까. 입가는 굳었고, 눈은 크게 떴다. 주먹을 쥐진 않았지만, 어깨를 떠는 것으로도 보였다.

그는 스윽 손을 들었다.

순간 페르기우스가 열두 정령을 시켜서 아리엘을 죽이려는 건가 싶었다.

하지만 아니었다.

"훌륭하도다! 아리엘 아네모이 아슬라여! 너의 신념, 똑똑히 들었다!"

나는 지팡이를 움켜쥐고 마력을 넣으려다가… 그 말에 움직임을 멈추었다.

"이 갑룡왕 페르기우스 도라. 너에게 힘이 될 것을, 지금은 없는 벗 가우니스 프리앙 아슬라에게 맹세하지!"

페르기우스는 계속해서 외쳤다.

"전이마법진을 준비하라! 당장이라도 왕궁으로 돌아가서 자리를 마련해라. 그리고 나를 부르도록 해라!"

"감사합니다."

페르기우스의 말에 아리엘은 감사의 뜻을 전했고, 실피와 루크 또한 거듭 고개를 숙였다.

나는 지팡이를 쥔 채로 굳어 있었다. 혼란스럽기도 했다.

틀린 답이었다. 아리엘은 페르기우스의 마음에 들지 않는 선택을 했다. 그런 것 같았다.

하지만 페르기우스는 아리엘에게 힘을 빌려준다고 했다.

그는 아리엘과의 문답 안에서 무엇을 보았을까. 무엇을 생각했을까. 전혀 모르겠다.

"그럼 실례하겠습니다."

아리엘을 선두로 알현실에서 물러났다.

그녀는 태연한 얼굴인 채로, 실피와 루크는 뭔가를 달성한 듯한 얼굴을 하고.

아무튼 페르기우스는 아리엘 측에 서겠다고 선언했다. 아리엘의 막료가 되었다.

올스테드에게 받은 미션은 성공이다.

"……."

나는 그들을 따라가려다가 발을 멈추고 옥좌 쪽을 보았다.

거기에는 열두 부하에게 둘러싸여서 당당히 서 있는 페르기우스의 모습이 있었다.

페르기우스는 방에서 나가는 이를 바라보고 있어서, 당연히 나와 눈이 마주치게 되었다.

"왜 그러지, 루데우스 그레이랫?"

"아뇨…."

나는 몸을 돌려서 그대로 아리엘을 따라가려다가, 아무래도 마음에 걸렸다. 역시 물어보고 싶었다.

"결국 왕으로서 가장 중요한 요소란 것은 그게 정답이었습니까?"

페르기우스는 콧방귀를 뀌고 말했다.

"내가 바라는 답은 아니었다."

"그럼 왜?"

내 질문에 페르기우스는 유쾌한 듯이 웃었다.

"과거에 우리 모두는 가우니스야말로 진정한 왕이라고 생각했다. 유연하면서 신중, 호방하면서 섬세. 낭비를 사랑하고 낭비가 필요하기에 일체 낭비가 없고, 낭비가 없기에 사람들을 보고 사람들을 살리고 성장시킬 수 있는 남자. 녀석이야말로 전란의 시대에 사람들의 정점에 서기에 어울리는 인간이라고."

페르기우스는 꽤나 그리운 듯한 어조였다.

그 말의 내용은 우리가 조사한 가우니스와는 다소 다르지만… 실제로 본 사람의 말이니까 분명 이게 정확하겠지. 추억 보정도 있겠지만.

"아리엘 아네모이 아슬라는 가우니스와 전혀 다르다. 하지만 아리엘의 말, 아리엘의 행동을 보니 문득 떠올랐다. 과거에 가우니스가 말했던 '이상적인 왕'은 이러한 자가 아니었을까 하고 말이다."

"가우니스 님이 말씀하셨던 '이상적인 왕'?"

"음, 녀석에게 자신의 존재는 이상과 동떨어졌던 모양이더군. 젊었을 적에 주점에서, 전쟁 중의 야영지에서, 아슬라 왕이 된 뒤에도 녀석은 항상 '이상적인 왕'에 대해 말했었다."

페르기우스는 그때 내 쪽을 보았다.

"'모두가 목숨을 걸 만한 자야말로 이상적인 왕이다'라고."

아하, 과연. 그런 건가.

아리엘이 했던 말은 '유지를 잇는 자'.

실제로 아리엘을 위해 열 몇 명의 부하가 목숨을 잃었다. 목숨을 걸고 그녀를 지켰다. 왕이 될 수 있을지 없을지 모르는 상태에서, 오히려 희망이 희박한 상태에서, 아무런 대가도 없이.

아리엘은 '목숨을 걸 만한 가치가 있는 자'였다.

말하자면 아리엘은 페르기우스가 이상으로 삼는 왕과는 다르지만, 가우니스가 이상으로 삼는 왕에 가깝지 않느냐는 소린가.

사람마다 각자 이상은 다르다.

"그렇군요. 이해했습니다. 페르기우스 님의 기량에 감복할 따름입니다."

나는 인사를 하고 그 자리를 떠나려고 했다.

"루데우스 그레이랫."

그러려고 했는데, 이번에는 페르기우스가 날 불러세웠다.

돌아보니 페르기우스는 일어서서 다른 입구로 나가려 하고 있었다.

"나도 네게 한 가지 묻지."

"어떤 것입니까?"

"너는 왜 올스테드의 이름을 꺼내지 않았지? 나는 녀석을 싫어하지만, 그래도 녀석의 이름을 무시할 수 없다. 그 자리에서 올스테드의 이름을 꺼냈으면 더 편하게 이야기를 진행시킬 수 있었을 텐데?"

올스테드는 페르기우스에게 부탁했다가 거절당했다고 했다.

내가 올스테드의 이름을 꺼내 봤자 좋은 결과로 이어지리라고는 생각되지 않는다.

이건 나를 시험하는 걸까? 슬쩍 돌리는 대답이 필요한가?

"저나 올스테드 님이 왕이 되는 것도 아니니까요."

"하지만 녀석은 아리엘이 왕이 되기를 바라지? 너는 거기에 동조하고 있지 않나? 그럼 목적을 위해 올스테드의 이름을 최대한 사용하는 게 좋겠지."

"그렇더라도 역시 왕이 되는 건 아리엘 님이고, 거기에 협력하는 건 페르기우스 님입니다. 저나 올스테드 님은 거들기는 할지언정 결국은 제3자. 필요 이상으로 이름을 꺼내며 이야기를 억지로 몰아가도 후환이 남겠지요."

후훗. 멋지군. 내가 생각해도 멋진 말이었어.

응, 역시 당사자들끼리의 일이니까, 당사자들의 이야기로 결론을 내리는 것이 바람직하지.

나는 아리엘이 왕이 된 뒤에 딱히 뭘 할 마음이 없다.

아니, 요구할 게 전혀 없다. 올스테드가 어쩔 생각인지는 모르지만….

아무튼 꽤나 무책임한 입장이니까 별로 세게 나갈 수 없지.

"너의 그 생각, 너무 무르군."

페르기우스는 쌀쌀맞게 말하더니 방에서 나갔다.

"……."

나도 남은 열두 정령의 시선을 견디다 못하여 그 자리를 뒤로 했다.

조금 창피하네.

입으로만 적당히 떠들어 대선 안 된다는 소리다.

알현실을 나서서 곧바로 아리엘의 방으로 돌아갔다.

조금 늦은 것을 사과하면서 문을 열었다.

"죄송합니다, 늦….."

투명할 정도로 새하얀 어깨가 눈에 들어왔다.

아리엘은 실피의 도움을 받아 화려한 옷을 벗고, 속옷 차림으로 코르셋을 조이는 중이었다.

"아! 안 돼! 루디!"

"괜찮아요. 루데우스 님은 이번 공로자. 어떤 때라도 방에 들어올 때 허가를 얻을 필요는 없습니다. 제 몸이 보상이 된다면 값싼 것 아닌가요."

"어, 하지만 아리엘 님….."

"아…. 배려가 부족했네요. 루데우스 님, 죄송하지만 나가 주시면 고맙겠네요."

그런 말이 나왔을 때 나는 이미 밖에 나가서 문을 닫기 직전이었다. 아리엘이 무슨 착각을 하는지는 모르지만, 나는 옷 갈아입는 도중이란 걸 알면서도 그 자리에 남아 있을 만큼 파렴치한이 아니다.

하지만 아리엘은 몸매가 좋군.

에리스도 몸매가 좋지만, 그녀가 훈련 끝에 만들어진 몸인 것과 달리 아리엘은 선천적으로, 노력도 없이 저런 체형이 되었다는 느낌이다. 유전자의 신비인가.

물론 밸런스라는 점에서는 실피도 지지 않는다. 그녀는 가슴도 엉덩이도 전부 작아서 슬림하니까. 참 밸런스가 잘 잡혔다. 나는 그런 그녀를 좋아한다.

록시는 신이니까 비교할 것도 없겠지.

"다음부터는 제대로 노크할까…."

노크 없이 문을 열면, 땀내 나는 남자가 인형을 안고 있는 경우가 많다.

그런 경험으로 노크는 중요하다고 배웠을 텐데, 나도 학습이 부족하군.

어라? 그런데 방 안에 루크가 있었지? 그 녀석은 괜찮나? 괜찮겠지.

아리엘에게 누가 제일 안전하냐면 분명 루크겠고.

"루디, 이제 됐어."

잠시 뒤에 실피가 문 틈새로 얼굴을 내비쳤다.

시키는 대로 안에 들어가려고 하자, 실피가 다소 뚱한 얼굴을 하였다.

"아리엘 님, 봤어?"

"팬티는 흰색이었지."

실피의 뺨이 불룩해졌다.

참고로 그녀의 팬티도 흰색이다. 어젯밤에 갈아입을 때에 확인했으니까 틀림없다.

나는 불룩해진 실피의 뺨을 찔러주고서 방 안에 들어가려고 했다.

그러는 도중에 엉덩이를 꼬집혔다.

"실피에트 씨."

"뭔가요, 루데우스 씨."

"러브러브는 집에 돌아간 뒤에 할까요."

"…우우!"

실피는 내 엉덩이를 철썩 때리고 토라진 얼굴인 채로 방 구석에 있는 의자까지 가서 난폭하게 앉았다.

얼굴이 빨개서 참 귀엽구나.

뭐, 그건 그렇고.

방 안에는 옷을 다 갈아입은 아리엘이 앉아 있었다.

평상복도 공주님이란 느낌인 것은 입고 있는 옷의 가치와 관계가 있을까. 아니면 옷을 입고 있는 게 진짜 공주님이기 때문일까.

아니, 그건 됐어. 일단 사과하자.

"방금 전에는 실례했습니다."

"아뇨…. 어땠나요?"

"어떠냐뇨?"

"제 몸에 대한 감상 말입니다."

그걸 말해야만 하는 걸까. 나중에 분명히 실피가 화낼 텐데….

아니, 분명히 이것도 시험이다.

오늘은 시험을 치르는 날이군. 이번의 나는 선택지를 틀리지 않는다.

"멋졌다…고 말하고 싶습니다만, 개인적으로는 실피가 좋습니다."

"그랬습니까. 눈을 더럽혀드렸군요."

아리엘은 가볍게 웃고, 실피는 "무슨 소릴 하는 거야…."라면서 얼굴을 붉혔다. 루크도 어깨를 으쓱였다.

페르기우스의 설득에 성공한 덕분인지 분위기가 가볍군.

"앉으시지요."

의자에 앉자, 그녀가 진지한 얼굴이었기에 나도 분위기를 바꾸었다.

"루데우스 님 덕분에 다음 단계로 나아갈 수 있었습니다."

"아뇨, 나는 딱히."

"겸손은 필요 없습니다. 루데우스 님이 그 도서관에 데려가

주신 덕분입니다."

대답을 얻어서 페르기우스를 설득한 것은 틀림없이 아리엘의 힘이라고 생각하는데.

뭐, 지금은 페르기우스를 설득했다는 데릭이 없고, 일기에 따르면 아리엘은 페르기우스의 도움을 받을 수 없었다고 했으니, 내 도움을 받은 것도 사실인가.

여기서는 순순히 내 공적으로 할까.

뭐, 절반 이상은 올스테드의 생각을 따른 거지만.

"그래서 다음 이야기입니다만. 페르기우스 님은 당장이라도 왕궁에 돌아가서 자리를 마련하라고 말씀하셨습니다. 저는 그 말에 따라서 아슬라 왕궁으로 돌아갈까 합니다."

"자리를 마련하라는 건?"

"말 그대로의 의미입니다."

나는 그 말의 의미를 모르겠는데.

아니, 묻기 전에 스스로 생각해 보자.

일단 이야기를 종합하면, 페르기우스는 우리와 함께 걸어서 아슬라 왕국에 갈 생각은 없다. 그러니까 먼저 아리엘이 돌아가서 페르기우스의 등장에 어울리는 장소를 만든다.

예를 들어서 귀족이 많이 모이는 파티장.

그런 것을 준비한 뒤에 다시 페르기우스를 부른다.

그러면 댕~댕~ 하고 징 울리는 소리와 함께 페르기우스와 열두 정령이 등장한다.

귀족들은 경천동지, '게엑, 페르기우스' 같은 놀람과 함께 파팟 엎드린다.

그런 느낌이겠지.

"…그렇게 서두르지 않아도 되지 않습니까? 준비에 더 시간을 들이면?"

"그럴 수 없습니다. 아바마마가 중병이라는 정보도 들어왔기에."

아리엘은 태연한 얼굴로 충격적인 소식을 전했다.

그런가, 역시 아리엘은 이미 그 정보를 얻었나.

그 정보는 평범하게 얻었을까, 루크가 인신에게서 얻었을까….

뭐, 후자겠지….

아니, 잠깐. 애초에 아리엘이 직접 인신에게 정보를 얻었을 가능성도 있나.

즉, 아리엘이 사도일 가능성 말이다.

혹시 아리엘이 사도라면 목적의 대전제가 무너질 것 같다.

그렇게 되면 무서운데.

아리엘이 사도일 가능성에 대해서는 올스테드에게 물어봐야 하겠군.

"그 얼굴을 보면 루데우스 님은 알고 계셨던 모양이로군요."

"예?"

"역시나 용신의 밑에 들어가신 분. 아슬라 왕이 와병 중이라는 소식을 듣고도 안색 하나 변하지 않으시다니."

"아…. 루크 선배의 갑작스러운 부탁이나 아리엘 님이 서두르시는 모습을 보고 무슨 일이 있었을 거라고는 예상했기에."

그렇게 말해 두자.

아리엘도 만족했는지 끄덕였다. 문제없다.

"루데우스 님도 예정이 있으실 테니까…. 그렇군요. 14일에서 15일 정도면 준비하시는 데에 문제없을까요?"

아리엘은 2주일 정도 뒤에 출발할 생각인 모양이다.

올스테드에게서 첫 명령을 받은 지 이미 12일이나 13일 경과했으니까 딱 한 달 정도인가. 결국 올스테드의 예상은 정확했다는 소리군.

"다행스럽게 페르기우스 님께서 전이마법진을 준비해 주시면 이동시간은 그리 걸리지 않을 테니까, 시간적 여유는 있습니다. 하지만 아바마마가 쓰러지셨다면 지금 당장이라도 돌아가지 않으면 늦을 수도 있습니다. 오라버니들이 기반을 다지기 전에 돌아가고 싶습니다."

이야기의 흐름을 보면 이 병으로 국왕은 틀림없이 죽는다. 그리고 다음 왕이 탄생한다. 너무 꾸물대다간 아리엘은 승부에 참가할 수도 없다.

그런 건 알겠지만, 걱정이 있다.

올스테드도 말했지만, 아슬라 왕국에는 또 한 명의 귀찮은 인물이 있다.

다리우스 실바 가니우스라는 상급대신이다.

올스테드의 말로는 녀석이 있는 한 아리엘의 승산은 희박하다고 한다.

그렇기 때문에 다리우스의 아킬레스건이 될 수 있는 인물, 트리스티나와 접촉할 필요가 있다.

트리스티나가 있으면 다리우스를 실각시킬 수도 있기 때문이다.

페르기우스의 협력을 얻었으면 일국의 상급대신 따위는 두려워할 것 없다! 라고 생각하고 싶지만, 그렇다면 올스테드가 일부러 말하지 않았겠지.

페르기우스의 협력으로 제1왕자파와 거의 호각. 다리우스를 실각시키면 유리해진다는 느낌이겠지.

승리를 확실하게 만들기 위해서라도 여기서 다시 손을 써야만 한다.

"아리엘 님. 전이마법진 말입니다만, 아슬라 왕국의 국경 부근으로 나갈 수 있도록 해 달라는 게 좋지 않겠습니까?"

"호오, 그건 왜입니까?"

"일국의 왕녀 정도 되시는 분이 국경도 지나지 않고 국내로 들어가면 문제가 생기지 않을까 하는 생각이 듭니다. 하물며 전이마법진은 금기로 간주되는 것. 그것을 이용했다면 괜한 트집을 잡힐지도 모릅니다. 하다못해 국경에서 수도까지는 직접 이동을 하면서 국민에게 아리엘 님의 모습을 보여주는 편이 좋을 듯합니다."

"그렇군요, 일리가 있습니다."

좋아. 이렇게 하고 나중에 적당한 이유를 날조해서 트리스가 있다는 조직과 접촉하면 된다.

접촉 방법은 생각하지 않았지만, 그런 불법적인 조직과의 교섭은 기본적으로 돈만 있으면 어떻게든 된다.

"저는 반대입니다."

대화에 끼어든 것은 루크였다.

"폐하가 와병 중이시라면 도중에 제1왕자, 제2왕자의 입김이 닿은 자가 기다리고 있을지도 모릅니다. 전이마법진은 금기입니다만, 나오는 장소만 들키지 않으면 어떻게든 변명할 수 있습니다."

"일리 있군요. 계속해요."

"이전과 달리 이번에는 루데우스도 있습니다. 전력면에서 불안 요소는 없겠죠. 하지만 소문에 따르면 제1왕자파가 북제를 검객으로 맞아들였다고 합니다. 왕궁 안이라면 몰라도 도중에 북신류의 숙련검사와 마주치는 것은 위험하다고 생각합니다."

루크의 말에서는 두려움 비슷한 것이 느껴졌다.

"자객과 만나는 것은 피하고 싶네요…."

표정을 보니 아리엘과 실피도 심정적으로는 루크에게 기운 모양이다. 이 세 사람은 아슬라 왕국을 탈출할 때 정말 죽을 듯이 싸웠고, 몇 명이나 죽었다.

위험천만한 여행은 두렵겠지.

하지만 그게 어쨌단 말인가.

무슨 이유를 대고 나만 먼저 이동하여 트리스와의 접촉을 꾀할까.

아니, 그 사이에 아리엘 일행에게 문제가 생기면 재미없다.

루크가 인신의 사도라는 의심은 풀리지 않았다.

이 제안도 인신의 조언일지도 모른다.

"루데우스 님의 의견도, 루크의 의견도 모두 일리가 있습니다만…. 실피는 어떻게 생각하나요?"

아리엘은 고민하면서도 실피에게 화제를 돌렸다.

"글쎄요. 저는 국내로 전이하는 편이 좋다고 생각합니다. 아슬라 왕국 안의 어디로 전이할지는 모르겠지만, 국경을 통과하지 않는 것으로 제1왕자의 뒤통수를 칠 수 있다면 그게 제일일까 합니다."

어차, 실피도 루크에게 기운 의견인가.

"게다가 우리는 나올 때도 대대적이지 않았습니다. 그러니까 돌아갈 때도 몰래 가는 게 좋으리라고 생각합니다. 국경에서 수도까지는 한 달 이상 걸리고… 이동시간은 아까우니까요."

역시나 실피, 논리정연하고 납득할 수 있는 의견이다. 여기에는 반론하기 어렵다.

"그렇습니까…. 알겠습니다. 그럼 예정대로 아슬라 왕국 안으로 전이하지요."

내가 고민하는 사이에 아리엘이 결정했다.

이 경우 역시 실피에게 정보를 제공하지 않았던 내 실수라고
해야 할까.

으음, 어쩐다….

나만 별개 행동을 취해서 트리스와 접촉할까, 아니면 다른
사람에게 부탁해서 움직이게 할까.

길레느…는 교섭에 맞지 않는다.

엘리나리제…는 임신한 몸. 그렇다고 크리프를 데려갈 수도
없다.

그럼 교섭에 능하고 신뢰할 수 있는 사람이 누굴까.

자노바도 교섭으로는 별로일 것 같지만, 진저를 동행시키
면….

아니, 타국의 왕자를 부려먹으면 큰 문제가 될지도 모른다.

그런 생각을 하는 사이에 누가 똑똑 문을 두드렸다.

"들어오세요."

"실례하겠습니다."

들어온 자는 실바릴이었다. 그녀는 방 안을 주욱 둘러보더니
등의 날개를 살짝 움직이고… 말했다.

"방금 전에 아슬라 왕국 안의 전이마법진이 모두 파괴된 것
이 판명되었습니다."

"예?!"

갑작스럽게 나온 말. 전이마법진의 파괴.

"그게 무슨 소립니까?"

"예, 자세하게 설명을 드리자면….."

실바릴은 담담하게 설명했다.

페르기우스는 그 알현 뒤에 곧바로 마법진을 기동시키라고 실바릴에게 명령했다나 보다.

이 공중성채에는 아슬라 왕국의 곳곳으로 전이하기 위한 마법진이 존재한다.

실바릴이 그 마법진이 있는 곳으로 가 보았더니 전이마법진은 효력을 잃고 침묵 중.

이상하다고 느낀 실바릴이 아르만피를 현지조사로 보냈더니, 현지의 마법진이 파괴되어 있음을 알았다는 모양이다.

아르만피가 더 조사해 보니 아슬라 왕국 안에서 페르기우스가 사용하는 마법진은 족족 파괴되었다고 한다.

고로 실바릴은 말했다.

"아슬라 왕국 안으로 전이하는 것은 불가능합니다."

제일 가까운 마법진은 아슬라 왕국의 국경 부근. 거기서부터 걸어서 이동하게 된다고.

"……."

분명히 누군가의 작위적인 짓.

확실히 누군가가 무슨 짓을 했다.

그것은 인신일까, 올스테드일까. 내일이라도 올스테드에게 물어보면 알 수 있겠지.

하지만 이 자리에 어떤 것이 생겨났다.

그것은 나를 향한 불신감이다.

그런 대화 직후, 마치 내 제안을 통과시킬 수밖에 없는 듯한 상황.

루크의 의심 어린 시선. 너 뭔가 알고 있으면서 입 다물고 있는 거냐? 라는 듯한 얼굴.

실피조차도 불안한 시선을 보내고 있다. 올스테드의 짓인지 의심하는 거겠지.

다만 아리엘만큼은 움직이지 않았다.

"그렇다면 어쩔 수 없지요. 루데우스 님의 제안대로 가지요."

"하, 하지만, 아리엘 님."

루크의 당황한 목소리를 묵살하듯이 아리엘은 담담하게 말을 이었다.

"루크는 엘모어와 클리네에게 전달. 두 사람과 협력하여 여행 준비를 시작해 주세요. 실피는 저와 함께 라노아 왕국의 사람들에게 인사를 다니지요. 루데우스 님은 뜻대로 부탁드립니다. 각자 지인과의 인사는 마쳐두세요."

"…예."

루크는 조용히 고개 숙였다.

다소의 불안감을 품고 그 자리는 일단 해산했다.

제9화   아슬라 왕국에 가기 전에

샤리아 교외의 오두막.

나는 올스테드와 세 번째로 회합을 가졌다.

"그렇게 해서 아리엘은 페르기우스 님의 설득에 성공했습니다만, 아슬라 왕국으로 가는 마법진을 쓸 수 없게 되었다는 사실이 발견되었습니다."

"그런가."

일련의 일을 전달하자 올스테드는 히죽 웃었다.

사악한 웃음이다. 아니, 그냥 평범하게 웃는 것이겠지만.

"그런가, 수고했다."

뭔가 꿍꿍이가 있는 듯한 얼굴에게 칭찬을 들었다. 아니, 그냥 평범한 얼굴이겠지만.

"하지만 도서미궁에는 두 번 다시 안 가는 게 좋겠지. 그 마왕은 집념이 깊다."

"우우…. 예."

실패에 대해서는 질책을 들었다.

무서운 얼굴이 아니라 기막힌 얼굴인 것 같다.

왜 일이 그렇게 되었지? 라는 얼굴이다.

하지만 어쩔 수 없잖아. 루크가 그렇게 울 줄은 몰랐으니까.

"사죄를 받아들여 주지 않을까요?"

"헛수고다. 마왕에게 상식은 안 통한다."

조금 대화해 본 느낌으로는 의외로 말이 통할 것 같았는데,

무리인가.

뭐, 좀 심하게 날뛰긴 했지.

도망칠 때도 책꽂이를 많이 망가뜨렸고.

도서미궁은 어쩔 수 없다. 한마디 정도 사과를 하고 싶었지만, 이제 가지 않도록 하자.

두 번 다시 얼굴을 보이지 않는 것이 제일 큰 사죄일지도 모르겠다.

아니, 그 마왕에게 사죄할 거면 오히려 일기를 꼬박꼬박 쓰는 게 좋을까.

매일…은 무리일지도 모르지만, 최대한 착실히 쓰도록 하자.

아무튼 그쪽은 이 정도로 하고.

"전이마법진에 대해서 어떻게 보십니까?"

마법진 쪽으로 순간이나마 의심을 샀지만, 곧 의혹이 풀렸다. 그래도 뭔가 숨기고 있다는 의심은 생겼겠지.

"인신의 짓이겠지. 녀석은 이번에 첫 수를 잘못 둔 모양이다."

올스테드는 혼자 납득한 기색이었다.

기분이 좋은가 보다. '이걸로 한 명 남았다' 같은 소리를 중얼거린다. 뭐가 한 명인지 좀 가르쳐 주었으면 싶은데.

"가능하면 인신이 무슨 실수를 했는지 알려주시면."

"음, 그렇군."

올스테드는 의자에 고쳐 앉고선 나를 노려보았다.

눈빛이 너무 세다. 조금만 힘을 주면 눈이 반짝 빛나는 기색이다.

"페르기우스는 전이마법진을 사용할 수 없다고 확인했지?"

"예, 두목."

"두목이라…. 아슬라 왕국에 있는 전이마법진은 그리 많지 않다. 대부분이 왕족, 귀족이 궁지에서 탈출하기 위해 준비한 것이다. 그중 다수가 이미 효력을 잃었고, 페르기우스는 그걸 이용하고 있다."

호오, 왕족의 탈출용으로.

"즉, 그런 것이다."

과연, 그런 것인가. 모르겠어!

"무슨 소린가요. 조금 더 자세히! 자세히 좀 부탁합니다!"

엎드려 빌었다. 고개를 숙이고 부탁하니 올스테드는 무서운 얼굴을 했다.

아니, 무섭지 않다. 보통 얼굴이다.

"…즉, 전이마법진이 존재하는 장소는 일반시민이 드나들 수 없는 영역에 있다. 위병이 지키는 장소도 많다. 그곳에 들어가서 마법진을 정지시킬 수 있는 것은 상당한 권력을 가진 왕족, 혹은 상급귀족뿐이다."

"오오, 과연, 그럼?"

"…조금은 자기 머리로 생각을 해 봐라."

"예."

상응한 권력을 가진 왕족, 혹은 상급귀족.

그런 자가 갑자기 자기 생명선이라고 할 수 있는 전이마법진을 정지시켰다.

게다가 페르기우스가 사용할 가능성이 있는, 정지 상태인 마법진까지 파괴했다.

그렇다면 이건 인신의 지시일 가능성이 지극히 크다. 보통 사람에게는 정지중인 마법진을 파괴할 이유가 없겠고.

다시 말해 인신의 사도가 된 것은 왕족, 혹은 왕족에게 진언할 수 있는 인물이라는 소리다.

그런 인물 중에서 특히나 가능성이 큰 것은….

"인신의 사도는 제1왕자 그라벨, 혹은 다리우스 상급대신…?"

"그렇지. 그리고 아슬라 왕국 전체에 다소 광범위하게 퍼진 모든 마법진을 정지시켰다면, 그건 광범위하게 사병을 뿌리고 있는 다리우스 상급대신의 짓일 게 틀림없다."

오오, 과연. 사병을 뿌렸다는 건 나는 몰랐지만, 과연!

"즉, 인신의 사도는 다리우스 상급대신으로 확정이다?"

"그래. 제1왕자일 가능성도 있지만… 어느 쪽이든 상관없다. 양쪽 다 죽여야 할 상대다."

제1왕자는 아리엘에게 적이기도 하니까 죽이나.

왕자를 죽여도 되나 싶기도 하지만… 어느 쪽이든 좋아.

해야 할 일이라면 하자.

"앞으로 한 명 남았나."

"앞으로 한 명입니까…. 그럼 루크도 확정인가요?"

"틀림없다."

"아리엘일 가능성은?"

"없다."

그런 농담은 됐고.

"그 근거는?"

"인신이 조종할 수 없는 자가 있다."

"아리엘이 그 조종할 수 없는 자라고 하면, 그 판별 방법은?"

"…내 오랜 감이다."

감이냐~ …하지만 좀 생각한 뒤에 말한 걸 보면 확실하긴 한데 말로는 할 수 없는 증거라도 있을지 모르겠다. 그 이유에 관해서는 지금은 묻지 않기로 하자. 질문해야 할 건 달리 있다.

"감이 빗나가서 아리엘이 사도였을 경우는 어떻게 하지요?"

"그 경우는 내가 책임을 지고 처리한다."

죽일 건가. 모처럼 요 몇 주 동안 친해져서 옷 갈아입는 광경까지 보여주게 되었는데 너무하네….

아무튼 그렇게까지 말한다면 아리엘이 사도일 가능성은 제외하고 생각하자.

흐음, 그럼 아리엘에게는 올스테드의 정보를 제시하는 편이 좋을까.

아리엘은 올스테드의 저주가 잘 안 듣는 것 같고, 인신의 사도가 아니라면 모든 것을 밝히고 협력을 얻으며 루크를 주의하라고 하는 게 좋을까…?

…아니, 그만두자.

실피도 그랬지만, 그녀들은 루크를 믿고 있다. 루크가 자기를 파멸로 이끌 리가 없다고 생각한다. 루크 자신도 아리엘을 위한 것이라고 생각하고 행동하겠지.

거기에 인신의 이야기를 들먹여도 아무런 도움이 안 된다.

애초에 루크 자신은 아리엘의 적이 되지 않는다.

인신에게 조종당한다는 것은 그런 것이다. 자기 딴으로는 좋은 것이라고 생각하고 한 일이, 그 자리에서는 좋은 수라고 생각하고 행한 것이, 사실은 나쁜 결과로 돌아온다.

지금으로선 올스테드는 루크가 연락 담당이라는 역할을 가지고 있다고 생각한다.

루크의 일은 내 동향을 인신에게 전하는 역할. 아리엘에게 직접 해를 끼치지 않는다.

하지만 여차하면 인신의 조언에 따라, 언뜻 보면 아리엘에게 이익이 되면서도 파멸로 이끄는 수를 둘 가능성이 있다.

실로 귀찮다. 올스테드가 곧바로 죽이려는 것도 이해가 된다.

"…올스테드 님."

"뭐지?"

"일단 인신과의 싸움에서는 이런 식이면 된다는 정도를 확인해 두고 싶습니다만, 괜찮을까요?"

"…? 알았다."

나는 말했다. 인신과 올스테드와의 싸움의 개요를.

일단 인신은 미래시를 가지고 있다. 상당히 광범위하고 정밀한 미래를 본다.

그리고 누군가를 조종해서 그 미래를 변화시키는 힘을 가졌다.

하지만 올스테드와 관련된 미래는 보이지 않는다. 인신의 미래시보다 용신의 비술 쪽이 강하기 때문이다. 올스테드가 얽혔을 경우, 인신은 그릇된 미래를 보게 된다.

그 미래에 위화감을 느꼈을 때, 혹은 미래에 명확한 변화가 있었을 때, 인신은 올스테드의 관여를 안다.

하지만 올스테드가 뭘 어떻게 해서 그 미래를 바꾸었는지는 볼 수 없다. 예측할 수밖에 없다. 그러니 올스테드의 목적이나 뭘 준비하는가를 깨닫지 못하면 인신은 자기가 바라는 미래로 유도하는 확실한 수를 둘 수 없다.

지금까지 사람들에게 미움을 받는 저주 때문에 올스테드는 인신에게 자기 수를 거의 들키는 일 없이 행동할 수 있었다. 하지만 그 저주 때문에 쓸 수 있는 수는 대단히 한정되고, 할 수 있는 일은 적었다.

하지만 내가 거기에 끼어들면서 그 폭이 넓어졌다.

지금의 나라는 존재는 인신에게 보이지 않는 말이다. 하지만 그 말이 너무 멋대로 행동하면 올스테드의 의도를 알 수 있게 된다.

고로 나는 조심스럽게 움직인다.

루크―인신의 시점이 되는 자에게 정보를 주지 않기 위해서. 그리고 루크를 신용하고 질문에 답할 아리엘과 실피에게도 정보를 주지 않는다.

사람의 입에 자물쇠를 채울 수 없으니까, 최대한 아무에게도 말하지 않는다.

올스테드의 목표나 동향에 관해서는 최대한 숨긴다.

그러면 이번처럼 수상하게 여겨질 수도 있지만, 승리로 향하는 길로도 이어진다.

인신에게 이쪽의 의도를 들키지 않고, 인신의 사도를 쓰러뜨리고, 목적을 달성한다.

나는 죽을 때까지 그 일에 종사하고, 백년 뒤의 올스테드를 승리로 이끈다.

"…라는 식이면 되겠지요?"

"음, 그렇다."

올스테드는 크게 고개를 끄덕였다.

그럼 나의 지금까지의 행동은 틀리지 않았다…고 생각한다.

페르기우스에게는 무르다는 소리를 들었지만, 아무튼 지금은 목적을 향해 나아가자.

일단 인신의 사도일 가능성이 큰 것은 루크와 다리우스. 이렇게 둘이다.

"마지막 한 명은 누구일까요."

"모른다. 하지만 지금까지 인신의 패턴을 추측하면 무술이나 마술에 뛰어난 자일 가능성이 크겠지."

"무술이나 마술에 뛰어난…."

어어, 내 가족일 가능성은 없겠네.

에리스와 실피는 아니다.

그러고 보니 일기에서는 아슬라 왕국에 북제와 수신이 있다고 그랬나. 아리엘도 제1왕자가 북제를 맞아들였다고 말했고.

"북제나 수신일 가능성은?"

"오베르와 레이다인가…. 분명히 그럴 가능성은 크지. 아슬라 왕국에 가도 계속 조심해라."

"올스테드 님은 따라와 주시지 않습니까?"

"물론 네 뒤를 따라가게 될 거다. 행동을 함께하진 않겠지만."

따라온다는 말을 들으니, 정말로 뒤에서 조종하는 느낌이로군.

뭐, 일이 있을 때마다 의논할 수 있다고 생각하면 나쁘지 않다.

"알겠습니다. 그럼… 루크와 다리우스와 오베르와 레이다. 그 넷에게 주의를 기울이면 되겠군요."

"그래. 다리우스와 오베르, 레이다는 죽여도 상관없다. 루크는… 상황을 보고 판단하여, 필요하다면 죽여라."

"내 판단으로 죽여도 됩니까?"

"그래, 네가 판단해라."

이 사람은 진짜로 내가 그런 판단을 할 수 있다고 생각하는 걸까. 그런 거겠지.

올스테드를 상대할 때, 의외로 진심으로 죽이려고 싸웠으니까….

"그리고 출발할 때까지 뭘 할까요?"

"준비를 한다."

준비라. 준비라고 해도 뭘 하면 좋을지.

"뭘 준비하면 좋을까요."

"일단은 네 장비다. 아슬라 왕국에서는 아마 인신의 사도와 싸우게 될 거다. 너라면 맨몸으로도 충분하겠지만, 방어구는 있는 편이 좋겠지."

올스테드는 그렇게 말하고 오두막 밖을 보았다.

거기에는 파츠별로 분리된 마도갑옷이 존재했다.

현재 자노바가 수리해 주었지만, 시내에는 둘 만한 장소가 없기 때문에 여전히 여기에 놓여 있다.

"저건 투신의 갑옷에 아득히 못 미치지만, 아주 좋은 물건이다. 저만한 것을 만드느라 고생했겠지."

"뭐…. 인신에게 꽤 조언을 들어서."

"그런가…. 녀석도 자기 무덤을 팠군. 그래서 이름은 뭐라고 하지?"

"이름 말입니까?"

"저 갑옷의 이름 말이다."

"마도갑옷입니다."

"그런가…. 재미없는 이름이군. 내가 새로 지어 줄까? 그렇다면…."

"아뇨, 괜찮습니다."

올스테드는 눈을 가늘게 뜨며 웃었다. 이 인간, 웃는 얼굴도 무섭다.

이름은 몰라도 성능을 천하의 용신 올스테드가 칭찬했다고 하면 자노바나 크리프는 어떻게 생각할까.

"저걸 앞으로도 쓸 거면 다소 개량하는 편이 좋겠지. 저래선 단번에 모든 마력을 다 쓰게 된다."

"그렇다고 해도 소형화하려면 2주로는 시간이 부족합니다."

"그럼 이번에는 포기할까…."

올스테드는 그렇게 말하고 턱에 손을 대며 끄덕였다.

혹시 제작을 거들어 주려는 걸까. 내 갑옷에 용신회의 마크가 찍히는 걸까.

"하지만 투기를 쓸 수 없으면 귀찮군. 일단 네가 쓸 수 있을 만한 마력부여품도 몇 개 준비해 보마."

"아, 예. 감사합니다."

최고의 환경, 최고의 봉급, 최고의 장비. 올스테드는 모든 것을 준비해 줄 생각인가.

로브도 곧바로 준비해 주었고.

휙 내던지는 인신의 시커먼 느낌과는 하늘과 땅 차이다.

"그러고 보니 투신의 갑옷이란 말을 최근에 자주 들었는데,

그게 대체 뭡니까?"

"마룡왕 라플라스의 최고걸작이자 최악의 실패작이다."

라플라스의 최고걸작이라면 그걸 만든 건 라플라스인가.

"그 표면은 마력으로 황금색으로 빛나고, 장착한 자에게 최강의 힘을 준다. 하지만 너무나도 마력이 큰 탓에 자아를 가져서 착용자의 의식을 빼앗고, 죽을 때까지 싸움에 몸을 던지게 한다. 저주받은 갑옷이다."

저주받은 갑옷이라니…. 아, 용족은 그런 걸 만드는 게 특기인가.

라플라스는 저주받은 것만 만든 것 같다. 스펠드족의 창도 그렇지, 갑옷도 그렇지…. 제대로 된 걸 못 만드나.

"물론 지금은 링스 해의 중심. 바닷속 깊은 곳에 잠들어 있지만."

올스테드는 정말 뭐든지 다 아는군.

너무 든든하다.

하지만 계속 의지하기만 해선 안 된다. 내가 할 수 있는 일을 찾아야지.

그렇긴 해도 남은 건 14일에서 15일인가. 시간은 짧고, 할 수 있는 일은 적다.

올스테드가 뒤에 있다고 기고만장할 수는 없다. 그는 다소 찰나적이라고 할까, 이번이 안 되면 다음에 한다는 식으로 생각하는 구석이 있다. 어쩌면 내 일기를 읽고 과거로 돌아가는 마술을 개발할 방법을 찾은 걸지도 모른다.

어쩌면 이미 그 자신이 타임슬립을 경험했든가…. 그래, 생각해 보면 '다음'이란 말을 쓸 때 올스테드는 '아차' 하는 얼굴을 한 것 같다. 한두 번이 아니라 여러 차례 타임슬립을 거듭했을 가능성도 있다.

왜 말을 하지 않는 건지는 모르겠지만, 말하지 않는 걸 보면 물어봐도 대답해 주지 않겠지.

가령 올스테드에게 다음이 있다고 해도, 내게는 다음이 없다.

인생은 한 번뿐이다…라고 내가 말해도 설득력은 없지만…. 나는 미래에서 온 내 이야기를 듣고 그 최후를 보고 일기를 읽었다. 후회로 점철된 인생을 피부로 느꼈다.

리셋할 수 있으니까 괜찮다는 마음은 들지 않았다.

…그렇다기보다도. 그런 생각으로 있으면, 지금까지의 나를 배신하는 것 같다.

그러니까 열심히 노력하자는 마음이다.

그럼 구체적으로 뭘 할까.

신체의 강화. 마술의 단련. 이런 건 물론 하지만… 하지만 이제 와서 연습량을 늘린다고 갑자기 강해지는 것도 아니다. 뭔가 강렬한 방법이 있으면 채용하고 싶지만, 있을 리도 없고, 있더라도 2주일의 벼락치기가 될 뿐이겠지. 지금까지처럼 꾸준하게 하는 게 중요하다. 계속하는 게 중요하다.

다만 그와는 별도로 모의전을 할 기회를 만들기로 했다.

지금까지 뭔가 부족하다고 생각하였다. 훈련이나 연습은 중요하지만, 연습한 기술을 싸움 속에서 효율 좋게 사용하려면 역시 모의전이 필요하다. 복싱에서의 스파링. 격투 게임에서의 연습 배틀. 그런 것은 모의적이지만, 실전 경험이 된다.

상대는 에리스다.

에리스는 검왕이고, 이미 근접전에서 나보다 압도적으로 강하다. 부족함 없다.

뭐, 내가 에리스를 상대하기에는 부족하긴 하지만.

매드풀이나 딥 미스트 같은 술수를 다용하는 식으로 싸워서 에리스에게 경험이 되는 쪽으로 애써 볼까 한다. 그녀는 이러니저러니 해도 속임수에 약한 것 같고.

장비 쪽으로는 자노바와 크리프에게 마도갑옷의 수복과 개량을 부탁한다.

소형화와 효율화. 성능면으로는 약해지겠지. 이건 2주일 정도로는 완성되지 않을 테니까, 조금 장기적으로 가자. 올스테드도 기술을 제공해 준다고 했고, 몇 년 이내로 어떻게든 되겠지.

올스테드도 앞으로 필요에 따라 장비를 지급… 대여해 줄 모양이다.

그러니까 장비면으로는 일단 문제없다.

자, 단련과 장비 강화는 계속해 가는 걸로 하고, 그 외에 대해 생각하자.

짧은 시간 동안에 일을 처리하려면 예정이 중요하다. 그래서 2주 동안의 예정을 세워보았다.

일단 가족에게는 장기출장을 간다고 보고. 록시의 출산 타이밍과 겹치지 않을까 무섭지만, 말해야만 한다.

그리고 크리프에게 연락을 한다. 그에게는 마도갑옷의 강화 외에도 한 가지 부탁을 하고 싶다. 주로 올스테드에게 걸린 저주에 대한 실험이다.

…그리고 보니 올스테드는 제니스의 상황에 대해 알고 있을까.

"그러고 보니 올스테드 님."

"뭐지?"

나는 제니스의 상황을 설명하고 또 도서미궁에서 저주를 치료하는 신의 아이에 대한 자료를 발견했다고 말했다.

"그 신의 아이는 이미 없는 모양이지만… 그와는 별도로 치료방법 같은 걸 아십니까?"

"……."

올스테드는 잠시 생각했다. 그 뒤에 천천히, 나를 달래듯이 말했다.

"분명히 '무력의 신의 아이'의 힘을 쓰면 원래대로 돌아올 가능성도 있다. 다만 신의 아이의 힘은 대체할 수 있는 게 아니다. 억지로 원래대로 되돌리려고 하면 오히려 원래 상태에서 멀어지겠지."

악화될 가능성이 크단 소린가.

뭐, 그 상황에서 제니스가 살아 있었던 것만 해도 대단한 거지. 괜히 나서서 악화될 가능성이 크다면 지켜보는 게 현명할까. 지금으로선 생명에 지장이 없는 모양이고.

역시 느긋하게 지켜볼 수밖에 없나.

"아무튼 알겠습니다. 아슬라 왕국으로 출발하는 것을 가늠하면서 준비를 시작하지요."

좋아! 현황도 확인했으니 열심히 해 보자.

다음날.

나는 예정대로 가족회의를 열었다.

최근 가족회의를 많이 하는 것 같다.

아무튼 의제는 아슬라 왕국으로 가는 것에 대해서.

기간은 서너달 정도. 실피의 일 문제로 아리엘을 돕는다.

그렇게 말했을 때 가족들의 반응은 담백했다.

"그래, 열심히 해. 아, 정원용 흙을 다시 만들어 주면 좋겠는데."

이건 아이샤의 말이다. 나보다 흙을 걱정하나.

"아리엘 님, 자퇴하는구나…. 송별회 같은 거 하려나…?"

노른은 노른대로 학교 일을 신경 썼다.

이상하네. 전에는 더… 슬픈 분위기였는데.

그때처럼 감동적으로 헤어지고 싶다. 울상을 한 아이샤와 노른을 안아주고 '아 월 비 백' 같은 소리를 하고 싶다.

"저기, 아이샤, 뭐라고 할까, 어쩌면 이번에 못 돌아올지도 모르는데…."

"응? 오빠는 매번 '못 돌아올 거야…' 같은 소리를 하고선, 잘만 돌아오잖아."

매번 죽을 고생을 했는데, 여동생들의 눈에는 그렇게 비쳤나.

아니면 내가 안심하고 출발할 수 있도록 배려해 주는 걸까.

아무튼 내가 애쓴 덕에 아이샤와 노른이 불안 없이 살 수 있다면 그걸로 충분할까.

"그리고 여자가 늘어나는 겁니다."

"맞아, 걱정해 봤자 손해라니까. 특히나 이번에는 실피 언니랑 에리스 언니도 같이 가니까, 안심이야."

에리스 언니도, 라는 말에서 알 수 있지만, 에리스는 이야기를 들은 순간 자기 방에 돌아가서 여행 준비를 시작했다. 아슬라 왕국에 간다고 선언한 순간 "그래? 그럼 나도 갈래."라면서 나섰다.

망설임이 전혀 없었다.

"그보다 노른 언니, 이번에는 어떤 사람일 거라고 생각해?"

"모르겠지만, 아리엘 님의 시녀 중 누구 아닐까? 엘모어 선배나, 클리네 선배…."

아까부터 좀 심한 말이 계속되는데… 더 안 늘어납니다. 엘모어 씨나 클리네 씨랑은 거의 이야기한 적도 없었으니까.

그렇게 소리 높게 주장하고 싶지만, 나도 내 하반신을 신용할 수 없다.

…하지만 이번에는 아니라고 생각하는데. 실피와 에리스도 같이 가고.

그렇다마다. 지금까지는 혼자였으니까 잘못이었어. 혼자였으니까 그렇게 좌절했지. 혼자였으니까 휩쓸렸어. 휩쓸리지 않기 위해서는 둑이 필요하다. 실피에트댐과 에리스댐에게 부탁하면 된다. 그러면 갑작스러운 홍수에도 대처할 수 있다.

"무운을 빌겠습니다."

리랴와 어머니는 평소와 같았다.

"리랴 씨, 저기, 루시를 잘 부탁드립니다."

"예, 마님. 전부 맡겨주세요."

실피는 미안하다는 듯이 리랴에게 고개를 숙였다.

"저기, 아이를 두고 가는 건, 좋지 않은 일이라고 생각하지만, 이번에는…."

"문제없습니다. 그걸 위해 메이드가 있는 거니까요."

최근 루시는 단어를 말할 수 있게 되었다. '어마', '아샤', '랴랴', '로시', '비비', '지로'처럼 집에서 자주 들려오는 단순한 단어를.

열심히 소리 내어 말하는 모습은 보고 있으면 감동적이기까지 하다.

'아빠'라고 불러주지는 않는다. 가끔 '루데'라고는 하는데, 아빠는 아니다.

최근 놀아주지 못했고, 분명 내 이름을 제일 마지막에 외우게 되겠지.

그런 아이를 놔두고 양친이 나란히 출장.

나도 그렇지만, 우리는 아직 부모라는 자각이 부족한 것 같다.

언제쯤에야 싹틀지 모르겠지만.

루시는 귀엽다. 천사 같다. 하지만 그것만으로는 안 되겠지….

"앞으로 넉 달인가요. 쓸쓸해지겠군요."

록시만은 쓸쓸한 기색이었다.

아이와 임산부를 놔두고 출장이라는 게 미안하다.

"글쎄요, 최대한 늦지 않게 돌아오고 싶습니다만."

"천천히 와도 됩니다. 출산이라고 해야 리랴 씨와 아이샤가 있으면 루디는 필요 없고…. 대신 선물을 부탁하겠습니다. 아슬라 왕국의, 과일을 말려서 설탕에 절인 새콤달콤한 그 과자를 먹고 싶습니다. 그건 좋은 거지요."

록시는 평소처럼 무표정했다.

첫 출산이라서 불안하겠지만, 그것이 전혀 느껴지지 않았다.

"한심한 얼굴을 하고 있네요, 루디. 뭐가 불안한 건지는 모르겠지만, 남자는 사냥을 나가고 여자는 집과 아이를 지킨다. 미굴드족에게는 상식이지요."

록시는 가슴을 펴고 그렇게 말했다.

그녀는 든든하다. 맡겨두면 괜찮겠지만, 이대로 가도 되는 걸까.

"하지만 모처럼 장기휴가를 받았는데 조금 아쉽네요. 한동안 루디와 느긋하게 지낼 수 있다고 생각했는데."

"예, 그렇군요."

출산까지는 록시도 휴가를 얻은 모양이다.

이 나라의 상식으로는 임신, 출산, 육아에서는 일을 그만두는 게 보통이지만, 록시는 계속 교사 일을 하고 싶어 했으니까 지녀스 수석교사를 설득하여 장기휴가를 얻었다고 한다.

그때 내 이름을 썼다는 소리를 들었다. 사후승인이 되었지만, 내 이름을 써서 록시가 하고 싶은 일을 할 수 있다면 얼마든지 쓰라고 하자.

앞으로 출발까지 남은 시간 동안은 록시와 보내는 시간을 늘리기로 했다.

그 날 밤 에리스의 방에서 이야기를 주고받는 소리가 들려왔다.

실피와 에리스의 목소리였다.

뭔가 말하는 실피, 에리스가 받아치는 목소리. 에리스의 "왜!", "어째서!" 같은 소리만 꽤 크게 들렸지만, 실피가 냉정하게 뭔가 말할 때마다 에리스의 목소리가 확 낮아지고, 최종적으로는 "알았어."라고 중얼거리는 소리가 들렸다.

그리고 밤늦은 시간에 에리스가 내 방에 왔다.

나는 마침 자려는 참이라서 침대 안에 있었다.

"⋯⋯."

그녀는 뚱한 기색으로 침대 안에 들어왔다.

그대로 무슨 인형처럼 날 껴안았다.

에리스의 가슴에 있는 것이 닿았다.

밤의 침대에서 이런 걸 들이대다니, 신사적인 태도라고 할 수 없군요.

물론 나도 밤의 신사. 딱히 상관없습니다만.

하지만 그런 걸 하기 전에 일단 물어보자.

"⋯실피랑 싸웠어?"

"안 싸웠어."

"그래."

치고받는 소리는 들리지 않았고.

지금 당장 침대를 뛰쳐나가 에리스의 방에 가 보면 기절한 실피가 있을 가능성도 있지만, 여기선 에리스를 믿자.

"내일부터 실피랑 같이 움직일게. 길레느랑 같이 여행 준비를 거든다고."

아리엘은 이미 출발 준비에 착수하였다.

학교를 중퇴하고 성으로 돌아가는 거니까, 짐도 아주 많아진다. 인사도 다녀야 하니까, 에리스도 호위로 거드는 모양이겠지.

"그러니까 루데우스는 조금이라도 록시랑 같이 있는 시간을 늘려달라고."

"실피가 그런 소리를?"

"했어."

그래서 그랬나. 록시를 신경 써 준 건가. 내 부담이 줄어들면 록시와의 시간이 늘어난다…는 건 아니지만. 실피도 여러모로 생각하는 바가 있겠지.

그렇긴 해도 실피, 용케 에리스에게 얻어맞지 않고 설득했구나.

아니, 에리스도 성장했다. 예전처럼 무차별로 상대를 때리는 애가 아니다.

논리정연하게 말하면 분명히 알아듣는다.

"그러니까 오늘은 내 차례래."

그렇게 생각했는데, 교환조건이 있었나 보군. 하지만 그걸로 납득하다니 에리스도 성격이 원만해졌네. 예전에는 더 고집을 부렸던 것 같은데.

그런 모습은 사라지고, 짜증은 모습을 감추고, 움켜쥔 주먹은 두 번 다시 누군가를 때리는 일이 없다. 방약무인한 아가씨는 죽었다. 산원숭이도 죽었다. 늑대도 죽었다. 이빨을 가진 에리스는 사라진 것이다….

아니, 이번뿐이겠지만.

하지만 조건이라고 하자면 실피 차례라도 이상하지 않은데.

일단 자기는 한 발 뒤로 물러난 걸까…. 뭐, 여행 도중에는 최대한 잘 해 주자. 그러자.

그렇게 생각하면서 나는 에리스를 안아 주었다.

그러자 에리스는 엄청난 속도로 움직여서 내 옷을 벗기기 시작했다.

"여행 도중에 임신이라도 하면 큰일이니까, 오늘은 좀 얌전히…."

"그때는 그때야!"

그날도 무진장 당했다.

에리스의 사전에 가족계획이라는 말은 존재하지 않는 모양이다.

그 다음날, 마침 크리프가 찾아왔다.

"여어, 루데우스. 오늘 밤에 시간 있거든 외식이라도 안 하겠어?"

식사 제안이었다. 나와 크리프와 자노바, 셋이서만.

남자들만 모이는 건 처음일지도 모르겠다. 평소에는 실피나 엘리나리제, 기타 등등이 따라붙는 일이 많으니까.

그러면 이번에는 조금 그런 가게에 가는 걸지도 모르겠군.

혹은 여자가 있으면 말하기 힘든 화제로 꽃을 피우는 걸까.

"알겠습니다."

일단 나는 곧바로 승낙했다.

거절할 이유도 없고, 마침 크리프에게 부탁하고 싶은 것도 있었으니, 잘된 일이다.

해가 지기 시작할 저녁 무렵.

나는 약속장소에 가서 크리프 & 자노바와 합류했다. 따라간 곳은 평소보다 조금 고급스러운 가게였다.

들어갈 때 슬쩍 가게 간판을 확인했는데, '붉은 독수리'라는 가게였다.

마법삼대국에서는 독수리의 이름을 붙인 가게는 요리를, 매의 이름을 붙인 가게는 술을, 박쥐의 이름을 붙인 가게는 여자를, 말의 이름을 붙인 가게는 숙박을 제공하는 경우가 많다.

물론 어디까지나 '그런 경우가 많다'라는 정도라서 꼭 그런 것만은 아니다.

처음에는 맛있는 술을 제공하는 가게였는데, 어느 틈에 주인의 요리 실력이 늘어서 요리를 메인으로 하게 된다는 패턴도 자주 있다. 어디까지나 일반적인 기준이 그렇다는 소리다.

'붉은 독수리'는 크리프가 고른 만큼 고급스러운 가게였다.

손님층도 하급귀족이나 돈 좀 있는 상인이 중심.

우리가 안내받은 곳도 고급스러워 보이는 방이었다.

점원의 설명에 따르면, 이 가게에서 세 번째로 좋은 방이라는 모양이다. 루데우스 님이 오실 줄 알았으면 더 좋은 방을 준비했을텐데요, 라는 사과를 들었다. 사과 안 해도 되는데.

아니, 여기는 요정이로군. 식사하러 온다고 그러기에 평소처럼 연회를 하는 분위기라고 생각했는데, 말 그대로 제대로 된 '식사 자리'인 모양이다.

우리는 사각형 테이블의 한 변에 각각 앉아서 얼굴을 맞대었다.

"자, 루데우스. 왜 이런 자리를 마련했는지 알겠어?"

크리프는 지극히 진지한 얼굴로 말했다. 왠지 화난 것 같은데. 짚이는 데야 있지만.

"오늘은 크리프 선배의… 생일이었습니까?"

"내 생일은 이미 지났지."

크리프는 재미없다는 듯이 그렇게 말했다. 크리프는 올해 스물이었던가, 아니면 스물하나였든가. 크리프는 동안인 탓도 있어서 열다섯 살 정도로 보이지만, 이쪽 세계에서는 이미 어엿한 성인이다. 사람에 따라서는 자식이 두셋 있어도 이상하지 않다.

"그게 아니지."

"예."

나는 자세를 바로했다. 진지한 이야기인 모양이다.

"실은…."

크리프의 이야기. 올스테드의 문제겠지. 귀환 보고를 했을 때 자세한 이야기는 나중에 하겠다고 한 뒤로 끝이었다. 더는 못 참겠다고 나섰더라도 이상하지 않다.

"엘리나리제와의 아이 이름을 남자라면 크라이브, 여자라면 엘레아클라리스로 할까 하는데, 어떻게 생각해?"

…이름? 어라, 오늘은 그런 이야기였어?

내가 착각한 거야?

"그러니까 남자라면 미리스풍으로, 여자라면 엘프풍으로 한다는 소리야. 루데우스는 어떻게 생각해?"

"어어…. 크라이브는 아주 현명하고 좋은 정치가가 될 것 같지만, 하지만 조금 까다로운 인상을 줄 것 같군요. 엘레아클라리스는 나쁘지 않다고 생각합니다. 어감도 좋고, 좋은 이름이네요. 하지만 도둑에게 중요한 것을 도둑맞을지도… 마음이라든가."

솔직한 의견을 말하자, 크리프는 "역시나 그런가."라면서 천장을 올려다보았다.

그리고 고개를 이쪽으로 돌리더니 진지하게 말했다.

"…사실 이건 농담이야. 이름은 이미 결정했어. 네 의견을 들은 건 좋지만, 오늘 하려는 이야기는 그게 아니지."

아하, 농담인가. 알기 어렵군. 농담이라면 더 웃기는 소리를 하라고.

아까부터 아무도 안 웃잖아?

"너도 알겠지, 루데우스. 최근 네 행동에 대한 것이야."

크리프가 나를 가리키자 자노바도 고개를 끄덕였다. 그도 다소 화내는 듯했다.

"스승님. 저는 스승님이 뭘 하시든지 따라갈 생각입니다. 하지만 최근 스승님은 신비주의가 너무 심한 것 아닙니까?"

"그래?"

"갑자기 그런 엄청난 갑옷을 만들게 하나 싶더니, 도중에 꽤나 고도의 기술을 몇 개나 일러주었죠. 마지막에는 무엇과 싸우는지 끝까지 비밀로 하는구나 했더니 바로 그 칠대…."

자노바가 말하려는 순간, 방의 문이 열리는 바람에 자노바는 흠칫 몸을 떨었다.

들어온 것은 가게 점원. 마실 것을 가져온 것이었다.

자노바는 입을 다물고, 점원이 일을 마치고 나가길 기다렸다. 점원이 나간 뒤에 자노바는 다시 입을 열었다. 일단 비밀 이야기라서 일부러 방을 고른 것이겠지만… 올스테드를 무서워하는 게 역력하게 드러나는 태도였다.

"상대는 저 칠대열강의 용신 올스테드. 게다가 스승님이 진심으로 싸운 탓인지 숲이 하나 사라지지 않았습니까!"

"아니, 절반 정도는 남아 있어."

"게다가 그 군문에 들어가서…."

"그럴 수밖에 없었으니까."

"그 갑옷을 입고 전력으로 싸운 스승님을 죽이지 않고 무력화하다니, 괴물이라고밖에 생각되지 않습니다."

뭐, 올스테드는 괴물의 일종이겠지.

원거리에서의 마술은 무효화되고, 접근전에서는 상대도 안되었다.

나는 스스로 강하다고 생각하지 않지만, 그래도 이길 수 있다고 생각했다.

"스승님이 비장한 모습이 아니었기에 의외로 괜찮은 녀석일까 생각했는데…. 녀석은…."

자노바는 바들바들 몸을 떨면서 고개를 숙였다.

그리고 확 고개를 쳐들며 소리쳤다.

"녀석은… 완전히 악마 아닙니까! 저번에 그 모습을 직접 본 것만으로도 녀석이 적이라고 확신했습니다!"

자노바는 지난 주에 올스테드를 상대했다가 잠드는 마술에 걸렸던가.

그때 올스테드와 만나서 저주에 당했군….

응? 하지만 그때까지는 그리 나쁜 녀석이라고 생각하지 않았어? 그렇다면 역시 실제로 만날 때까지는 저주가 발동하지 않나. 돌이켜 생각하면 아이샤나 노른도 올스테드에 대해 악감정을 품지 않았었다.

간접적이라면 저주도 괜찮은 걸까.

"그런 자의 밑에 들어가다니 제정신이라고 생각할 수 없습니다…."

자노바는 영문 모르겠다는 듯이 고개를 내저었다.

한 번 보았을 뿐인 상대를 이렇게까지 말하다니, 저주의 효과가 대단하군.

"나는 올스테드를 실제로 보지 않았으니까 모르겠군."

그때 크리프가 뒤를 따르듯이 입을 열었다.

"하지만 자노바도, 실피도, 록시도, 다들 올스테드를 위험시하고 있다. 그들의 의견이 일치한다면 악한 인물이겠지."

남의 말을 듣지 않는 크리프라고 생각할 수 없는 발언이다.

하지만 이렇게 열거하고 보면 역시 크리프는 저주의 효과 밖에 있는 것으로 보인다.

"그런 녀석의 밑에 붙다니, 총명한 루데우스라고 생각할 수 없는 짓이다."

나는 딱히 총명하지 않지만.

하지만 큰일인데. 각 방면에서 이렇게 올스테드의 밑에 들어간 것을 반대하면 앞으로는 아무래도 움직이기 어려워지겠다.

"하지만… 그 마도갑옷을 고친다는 말을 들으니 확 떠오르는 게 있더군."

크리프는 다 안다는 어조로 말하고, 도전적인 눈으로 나를 보았다.

"다시 한번 붙어보려는 거지? 용신 올스테드와."

"…예?"

"일단은 밑에 들어간 척하고서 틈을 보아서 쓰러뜨린다. 그런 작전이겠지?"

"아뇨, 올스테드와는…."

"끝까지 말 안 해도 돼."

크리프는 손바닥을 내게 보였다.

"마력 소비량을 억누르도록 개량해 달라…란 소리는 우리라
도 쓸 수 있게 하라는 소리지? 즉, 언젠가 우리에게 함께 싸워
달라고 부탁할 생각이었다…."

크리프는 의기양양한 얼굴로 히죽 웃었다.

"아닌가?"

아닌데요.

그렇게 말하고 싶지만, 그냥 이대로 가도 될 것 같군.

언젠가 싸울 거다. 이건 그때를 위한 준비다. 라고 해 놓고,
사실은 올스테드가 나쁜 녀석이 아니라고 차츰 알아간다는 느
낌.

"…크리프 선배."

다만 이렇게까지 친절하게 대해 주는 상대에게 그런 거짓말
을 계속하는 것은 좋지 않다. 믿지 않을지도 모르지만, 하다못
해 한 번은 사실을 말해 두자.

"뭐지?"

"사실 올스테드는 저주에 걸려 있어서 모두가 그를 싫어합니
다, 라고 말하면 믿어줄 겁니까?"

"어? 그래?"

"나는 어떤 악신에게 속아서 그런 올스테드와 싸우게 되었다고 하면 믿어줄 겁니까?"

"악신? 그 팬티나 피 묻은 천을 모신 것 말인가?"

"너 죽여 버린다."

"어, 어라? 미, 미안. 그건 아닌가. 응, 알았어. 계속해."

이런, 무심코 진짜로 화냈네.

하지만 남의 신앙에 뭐라고 하면 안 된다. 록시는 선신이다. 그건 넘어가고.

"올스테드와 만난 결과. 그 저주가 어째서인지 나한테는 효과가 없고, 올스테드와는 대화로 화해. 용서해 주는 대신, 올스테드와 함께 그 악신과 싸우게 되었다, 라고 말하면 믿어줄 겁니까?"

"으음…."

"저는 안 믿습니다."

자노바가 안경을 반짝 빛내며 단언했다.

"그 올스테드가 누군가와 함께 싸우자는 말을 할 남자라고는 도저히 생각되지 않습니다."

"으음, 자노바가 이런 말까지 하다니."

자노바가 고집스럽게 굴기에 크리프도 혼란에 빠졌다. 팔짱을 끼고 고민했다.

"반대로 생각해 주세요. 자노바가, 인형에게밖에 흥미가 없는 자노바가 남에게 이렇게까지 고집을 피웁니다. 그건 이상하다고 생각되지 않습니까? 이게 저주의 효과인 거죠."

"어, 듣고 보니…. 아니, 하지만 자노바는 네 문제라면 제대로 생각도 하고, 너무 이상한 상대라면 걱정 정도는 하잖아."

그런가. 걱정해 주시는 거로군.

그건 고맙지만…. 이번만큼은 순수하게 기뻐할 수 없다.

분명히 올스테드도 나에게 뭔가 숨기고 있고, 완전히 신용해선 안 될지도 모른다. 그렇더라도 나도 올스테드와 인신 사이를 오가면서 박쥐 짓을 했으니 양쪽 다 적으로 돌리는 우행은 피하고 싶다.

…어쩔 수 없지. 지금은 거짓말을 하자.

"알았습니다…. 그럼 크리프 선배의 설로 가지요."

"내 설이라니, 무슨 소리지?"

어흠 하고 헛기침.

"크리프 선배의 말이 맞습니다. 올스테드를 조만간 쓰러뜨릴 겁니다. 하지만 지금은 때가 무르익지 않았습니다. 그러니 지금은 참으며 그의 말을 따르겠습니다."

"어? 그게 맞는 거야? 아까 한 말은 뭔데?"

"아까 한 말은 그랬으면 좋겠다 하는 내 바람입니다."

크리프도 실제로 올스테드를 보면 자노바처럼 되겠지.

그럼 그런 걸로 해 두자.

"그런 방향으로 크리프 선배와 자노바에게는 앞으로도 협력을 부탁하고 싶습니다."

"맡겨주십시오, 스승님. 다음에는 줄리도 장비할 수 있을 만한 갑옷을 만들어놓겠습니다."

"응, 부탁해."

아무리 그래도 줄리를 싸우게 하진 않겠지만, 그 정도의 기개를 가져주는 편이 좋지.

"그리고 크리프 선배에게는 달리 부탁할 게 있습니다."

"뭐지?"

여기서 오늘 부탁하려고 했던 것을 말하였다.

하지만 좀 다른 식으로 말해야 할까. 어어, 어쩐다….

"실은 올스테드는 어떤 결계의 보호를 받고 있습니다."

"결계? 결계마술 같은 건가?"

"아뇨, 저주 같은 겁니다."

저주라는 말에 크리프는 얼굴을 찌푸렸다.

"올스테드의 그 모습을 보면 모두가 몸이 움츠러들어서 진짜 힘을 낼 수 없게 됩니다."

"그런가?"

"예. 나도 그 때문에 졌습니다. 자노바도 그렇지?"

"저는 뭐가 뭔지 알기도 전에 당했다는 느낌입니다만, 듣고 보니 분명히 몸이 마음대로 안 움직였던 것 같군요."

그건 진짜로 기분 탓이지만 말하진 않겠다.

"그래, 그 저주는 귀찮군…."

"예. 그건 귀찮습니다. 그러니까 크리프 선배께서 올스테드의 저주를 어떻게 해 주셨으면 합니다."

"하지만 내 연구는 엘리나리제 전용이야. 올스테드에게 통할 지는…."

"뭐, 안 통하면 안 통하는 대로 다른 방법을 찾지요. 엘리나리제 씨도 임신 중이니까 연구는 중단 상태겠고. 그 동안에 효과를 좀 약하게 하는 정도로 시험해 보시죠."

크리프는 저주의 전문가가 되려고 한다.

아직 완벽하진 않지만, 엘리나리제의 저주를 가볍게 하는 데에도 성공했다.

그런 그에게 올스테드의 저주를 억제하는 연구를 부탁하면, 어쩌면 공포의 저주도 완화되지 않을까…라는 계획이다.

"하지만 올스테드가 그런 연구에 동의할까? 어떻게 속이지?"

"올스테드는 싸움에 굶주린 늑대 같은 남자니까요. 사실 그저주도 좀 짜증스럽게 여깁니다."

"정말로? 그 덕분에 싸움을 유리하게 가져갈 수 있는데?"

"그가 이렇게 말했지요. 한 번 정도는 저주로 움츠러든 상대가 아니라 전력인 상대와 싸우고 싶다고."

새빨간 거짓말이다.

하지만 다음에 크리프 앞에서 그렇게 말해 달라고 부탁하자.

이유는 나중에 갖다 붙이는 법, 패를 모아서 대박을 터뜨리는 거다.

"정말로⋯?"

"예, 정말입니다. 그러니까 크리프 선배도 걱정하지 말고 올스테드를 연구해 주세요."

"으음⋯. 알았어. 사람을 속이는 건 내키지 않지만, 네가 그렇게 말한다면 해 보지!"

아자! 크리프 선배 멋져! 엘리나리제 씨, 그를 안아줘요!

좋아, 이런 방향으로 실피와 다른 사람들도 설득할까. 저주만 어떻게 하면 그 뒤는 간단하지.

하지만 왠지 죄악감이 드네⋯.

나는 왜 이런 거짓말만 하게 되었을까.

거짓말을 하는 게 나쁘다는 게 아니다. 때로는 거짓말을 하는 게 좋을 때도 있다.

하지만 크리프도 자노바도 실피도 록시도 에리스도. 다들 진지하게 나를 걱정해 준다.

그런 그들에게 거짓말을 하는 건 배신하는 기분이다.

언젠가 올스테드의 저주가 풀리거든 이 거짓말을 웃음거리로 삼을 수 있을까.

"그렇게 되었으니까, 자노바, 크리프 선배⋯ 부탁하겠습니다."

"음, 스승님께 확실한 생각이 있어서 안심했습니다."

"알았어. 중요한 일이로군. 맡겨줘."

두 사람이 그렇게 고개를 끄덕였을 때 요리가 나왔다.

진수성찬이 테이블 위에 차려지고 술잔이 나와서 연회 준비가 끝났다.

나는 술이 든 잔을 들었다.

"좋아. 중요한 이야기는 끝났지! 건배하고 먹을까."

"그럴까요."

자노바가 잔을 들었다.

"뭐에 건배할까?"

크리프도 잔을 들면서 의문을 말하였다.

"오늘은 여자도 없고, 남자들끼리의 우정에…라는 거면 어떨까."

늙은이 같은 소리일까?

하지만 나는 안다. 크리프도, 자노바도, 여차할 때에 나를 배신하지 않는다.

그 일기에도 적혀 있었다. 크리프는 설령 자기 모국을 적으로 돌리더라도 나를 도와준다. 설령 내가 한심해지더라도 자노바만큼은 나를 따라와 준다.

둘도 없는 친구다.

이번에는 거짓말을 했지만, 나도 죽을 때까지 이 녀석들의 편을 들어주고 싶다.

그렇게 생각하니 살짝 눈물이 나올 것 같다.

늙은이 같더라도 좋아. 나도 체감 나이로는 나이깨나 먹은 놈이니까.

오히려 나이에 어울리는 거지.

"그럼 우리의 우정에."

"우정에."

"건배!"

쨍 하고 잔이 부딪쳐서 술이 살짝 흘렀다.

"하지만 남자들의 우정이라…. 이럴 때는 무슨 이야기를 하지."

"야한 이야기라도 할까요?"

"야한… 아, 그러고 보니 루데우스, 너 또 새 아내를 얻었다던데."

"예, 에리스라고, 일단 소꿉친구 같은 사람입니다만."

"에리스 님입니까. 옛날 생각이 나는군요. 그 광견이라고 불리던 분이 어떻게 되셨는지…. 다음에 인사드리러 가겠습니다."

자노바가 추억에 잠긴 듯이 눈을 가늘게 떴다.

실론 왕국에서 자노바와 에리스는 그다지 대화를 나누지 않았지만, 뭐, 그래도 기억은 하나. 에리스라는 강렬한 존재를 잊을 수 있을 리가 없지.

"어라? 그러고 보니 크리프 선배는 에리스를 알고 있었나요? 예전에 만났다든가?"

"음. 예전에 잠깐 안면을 익혔을 뿐이야. 지금은 아무런 마음도 없어."

그런가, 예전에 잠깐이라…. 어쩌면 에리스는 크리프를 잊어

버렸을지도 모르지.

에리스니까 어쩔 수 없나.

"그런 것보다 너 말이다, 루데우스. 전에도 말했지만, 여성은 수집품이 아냐. 그렇게 몇 명이나 데리고 있는 건…."

그 뒤로 크리프 선배의 설교가 계속되었다.

셋이서 적당히 취했을 때 자노바가 야한 이야기를 시작했다.

물론 자노바가 한 차례 결혼했던 상대의 이야기로, 중간부터는 호러가 되고 마지막에는 여자는 인형을 이해하지 못한다는 식의 푸념으로 변했다.

그 뒤로 나와 크리프가 이야기를 했다. 에리스와 엘리나리제의 침대 위에서의 야수 같은 면에 의기투합. 하지만 둘이서만 이야기하고 있으니 자노바가 재미없어하길래, 마도갑옷 이야기로 화제를 변경했다.

마도갑옷을 입고 올스테드와 싸운 이야기를 하자, 두 사람은 눈을 빛냈다.

거대 로봇 VS 대괴수의 싸움은 역시 재미있나 보다.

그리고 내 팔이 부활한 이야기로 넘어가고, 자리프의 의수가 필요 없어져서 아내의 가슴을 마음껏 주무를 수 있는 반면, 순수한 완력이 떨어져서 지금까지 의수 덕분에 할 수 있었던 일을 할 수 없게 되었다는 이야기를 했다.

"흠, 스승님, 그런 것이라면 좋은 아이디어가 있습니다."

거기서 제안한 것은 자노바.

어쩌면 취해서 그런 것일지도 모르지만, 아무튼 그는 말했다.

"그 의수는 저도 평소에 사용하고 있습니다. 이렇게 주먹을 쥐고 안에 넣으면 **손이 있더라도** 기동하니까요. 하지만 팔이 묘하게 길어진 느낌이라서 쓰기 불편할 수 있습니다. 조금 더 짧게, 그렇군요, 이를테면 팔토시 같은 느낌이라면."

"호오."

"스승님의 손도 돌아왔고, 이 기회에 토시 형태로 다시 만들어 보지요!"

"좋아, 만들까!"

갑자기 일어서서 그렇게 소리친 건 크리프였다.

"지금부터 만들자!"

크리프는 그렇게 소리치더니 나와 자노바를 끌어당겼다.

"음, 지금부터 말입니까?"

"그래, 어차피 곧 폐점이야! 내 방에서 계속 마시면서 새로운 의수를 만들자!"

"좋아! 가자!"

나도 기운차게 동의하여 일어섰다.

"하하하, 어쩔 수 없군요!"

우리는 폐점 직전인 가게에서 나온 후 도중에 또 술을 사서 크리프의 방으로 달려갔다. 집을 지키고 있을 엘리나리제의 모습은 없었지만, '그레이렛 저택에 다녀올게'라는 메모도 남아 있으니까 걱정은 없다.

우리는 크리프가 연구용으로 쓰는 방에 술을 가져가서 술병을 한손에 들고 이러쿵저러쿵 떠들면서 새로운 의수를 만들기 시작했다.

"그~러~니~까 그렇게 얇으면 강도가 못 버티잖아! 어, 어, 이 거 봐, 쪼개졌잖아! 그러니까 말했잖아! 더 두껍게 해야 해!"

"아니, 스승님의 흙 마술이면 괜찮습니다! 스승님의 흙 마술이라면!"

"좋아, 그럼 한번 보여줄까, 내 마술의 진수를! 우오오오오!"

"어이, 아까랑 다른 게 없잖아!"

"후후, 보기론 그렇지. 하지만 강도는 달라. 시험해 봐."

"…갈라졌는데?"

"어라?"

"자, 설계도를 다시 그리죠. 요는 내부에 손가락을 넣으면 되는 거니까, 손바닥 쪽을 조금….."

"아, 자노바, 잠깐만."

"자, 자, 스승님, 그럴 때도 있습니다."

"한 번만, 한 번만 더 기회를."

"하하하, 그럼 한 번뿐입니다."

의수 제작은 아주 난항이었다.

전원이 고주망태가 될 때까지 마신 탓도 있겠지. 아무도 정 상적인 판단을 할 수 없어서 대담해졌는데, 작업 자체는 지극 히 정밀하게 이루어졌다…고 생각한다.

아무튼 셋이서 신나게 마시고 이러쿵저러쿵 떠들면서 함께 뭔가를 만드는 것은 즐거운 시간이었다.

무엇보다도 기분이 좋다.

또 기회가 있으면 이렇게 셋이서 마시고 싶다.

그렇게 생각하는 동안에 날이 밝았다.

루데우스가 남자들끼리 취할 때까지 술을 마시면서 '마누라가 다 뭐냐'라고 소리칠 무렵.

루데우스 저택의 2층 침실.

거대한 침대 위에서는 잠옷을 입은 세 여자가 얼굴을 맞대고 있었다.

"그럼 제26회 그레이랫 가문의 정례회의를 시작하겠습니다. 박수."

하얀 머리 여자의 말에 파란 머리 소녀가 짝짝 박수를 쳤다.

빨간 머리 여자는 정좌를 하고 진지한 얼굴로 따라서 박수를 쳤다.

약 한 명은 소녀라고 하기에는 다소 나이가 많지만, 그걸 말하면 루데우스 저택의 남편이 대마신처럼 격노하니까 주의가 필요하다.

외모가 중학생 정도라면 괜찮잖아, 라는 게 남편의 말이지만, 혹시 여기가 이세계가 아니라면 그렇기에 문제라는 대답이 돌아올 말이다.

빨간 머리—에리스는 놀란 얼굴로 다른 두 사람의 얼굴을 보았다.

그녀는 밤중에 정원에서 훈련을 하다가 실피에게 붙잡혀서 이 침실에 왔다.

아무런 설명도 못 들었기에 조금 당황스러웠다.

하얀 머리—실피에트는 어흠 소리 내어 헛기침을 했다.

그녀는 평소처럼 부드러운 천의 상하의, 루데우스가 좋아하는 잠옷을 착용하고 있었다.

"그럼 얼마 전에 우리의 동료가 된 에리스를 위해 설명하겠습니다."

"설명은 제가."

거기에 파란 머리 소녀—록시가 스윽 앞으로 나섰다.

그녀는 원피스형의 잠옷으로, 모르는 사람이 보면 아이라고 밖에 보이지 않을 만큼 귀여운 디자인이었다.

"이 회의는 우리가 사이좋게 지내기 위해 실피가 기획한 것입니다. 각자 의혹이나 질투, 독점욕이 있겠지만, 그런 일로 우리가 다투면 루디도 힘들겠지요. 우리는 이 집안의 사람이고, 이 집을 루디에게 편안한 곳으로 만들기 위해 노력해야만 합니다."

에리스는 자기 옷차림을 내려다보았다.

수수하고 가벼운 차림이다. 내일이라도 잠옷을 사러 가야겠다고 에리스는 결심했다.

"에리스, 듣고 있어?"

"드, 듣고 있어!"

에리스는 고개를 끄덕였다.

솔직히 말해서 이런 회합이 있다고는 생각 못 했기 때문에 아직 혼란스럽지만.

"아무튼 하고 싶은 말이 있거든 이 자리에서 말해. 루디 앞에서는 싸우지 말도록 하자. 최근 루디는 바쁜 모양이니까. 최대한 우리들 문제로 정신 사납지 않도록 해야지."

"알았어."

에리스는 진지하게 수긍했다. 집 안에서는 싸우지 않는다. 루데우스를 귀찮게 하지 않는다.

에리스도 아슬라 왕국 출신이다.

아버지인 필립은 아내를 한 명밖에 두지 않았지만, 아슬라 왕국에서는 일부다처인 집도 많다. 대귀족일수록 아내를 많이 두고 자식을 많이 낳는다. 그러지 않으면 대가 끊어질 가능성이 늘어난다. 실제로 에리스가 좋아했던 할아버지도 아내를 여럿 두었다는 모양이다.

에리스는 그런 할아버지가 과거에 해 주셨던 말을 떠올렸다.

—아내를 많이 둔 귀족은 그 아내들끼리 얼마나 사이좋은지만 봐도 기량을 알 수 있다.

즉, 에리스가 실피나 록시와 친해지면 친해질수록 루데우스의 평가가 올라간다는 소리다.

"그러니까 오늘 의제는 서로에 대한 것이야. 우리는 에리스를 잘 모르고, 에리스도 우리를 잘 모르지. 그러니까 서로를 알고 친목을 다지자."

그렇게 말하면서 실피가 침대 밑에서 꺼낸 것은 이 근방에서 일반적으로 마시는 독한 술이었다. 록시가 선반에서 컵과 쟁반, 미리 준비했던 안주거리를 꺼내어 침대 한가운데에 두었다.

실피는 술병을 침대 위에 꽂듯이 내려놓으면서 말했다.

"일단 오늘은 속을 터놓고 말하자. 각자 루디와 만난 뒤로 지금에 이르기까지 자기가 얼마나 루디를 좋아했는지를 탁 터놓자."

"바라는 바야!"

에리스는 가슴을 펴며 대답했다.

루데우스를 좋아한다는 점에서는 누구에게도 질 생각이 없었다.

"그럼 나부터 할게. 내가 루디랑 만난 건 부에나 마을에 있을 무렵. 분명히 아직 다섯 살 정도였나…."

이렇게 루데우스 저택에서 여자들의 모임이 시작되었다.

루데우스 저택의 여자 모임은 밤늦은 시간까지 계속되었다.

록시는 임신 중이라서 술을 삼가고, 에리스는 체질 때문에 별로 취하지 않아서 살짝 기분 좋아진 레벨. 완전히 취한 건 실피뿐이었다.

"나는 말이지, 처음으로 친구를 사귄 게 루디였어. 그 무렵부터, 계~속 좋아했어. 그립네. 루디, 나를 꼭 안아주었어. 아무 말도 않고. 이렇게, 이렇게 꼬옥…. 에헤헤."

바로 그 실피는 술냄새 나는 숨을 내뱉으면서 에리스를 꼭 껴안았다.

에리스는 그렇게 안긴 게 살짝 귀찮았지만, 혐오감은 없이 그저 입만 삐죽거렸다.

"뭐야. 나도 루데우스에게 안긴 적 정도는 있으니까."

"아까 들었어. 에리스는 좋겠다. 제일 좋은 시기를 루디랑 같이 보내서. 루디의 처음도 가져갔고. 루디는 처음에 어땠어? 나랑 할 때는 뭔가 대단했는데."

"그, 그냥, 보통이었는데? 하지만, 시, 실피도, 루데우스의 첫 아이를 갖고, 결혼하고…. 그쪽이 부러워."

그렇게 대화가 불온한 방향으로 가려는 때에 끼어든 것이 록시였다.

"자, 처음이 아니라도 좋지 않습니까. 저는 루디의 처음을 하나도 못 받았지만, 행복하고요."

"뿌우! 록시 아웃! 록시가 처음이야. 처음으로 루디에게 존경을 받았잖아."

"존경은… 루디는 왜 그렇게 저를 존경하는 걸까요."

"루디가 말했어. 록시는 제일 중요한 걸 가르쳐 주었다고! 뭔가 대단한 걸 가르친 거지? 루디가 좋아할 만한, 야한 거라든가!"

"루디는 가르치지 않아도 이미 그랬습니다. 목욕하는 걸 엿보러 왔으니까요…. 아니, 그냥 평범하게 공부를 가르쳤을 뿐인데요…. 으음."

록시는 그렇게 말하면서 생각에 잠겼다.

정말로 루데우스는 록시의 어디가 마음에 든 걸까. 왠지 처음 만났을 때부터 잘 따랐던 것 같은데… 뭘 가르쳤던 걸까.

정말로 짚이는 게 없었다.

"뭐, 록시는 별개로 치고, 에리스도 대단하잖아. 난 왠지 자신이 없어졌어…."

"대단하다니, 뭐가?"

"에리스는 세잖아? 루디의 옆에 서서 싸울 수 있는 건 부러워. 나도 노력해서 꽤 강해졌다고 생각하는데, 루디에게는 못 당하고. 미궁에서도 그랬지만, 루디는 나를 지키려는 느낌이야. 그건 기쁘긴 하지만…."

꾸물거리며 고민하는 실피는 꽤나 안 좋은 쪽으로 취하고 있었다.

하지만 에리스는 그걸 보고 우월감에 잠기는 일이 없었다.

에리스는 루데우스와 서로 어울릴 정도가 되자는 목적으로 검의 성지로 갔다.

실제로 실력은 어느 정도 팽팽한 선이라고 생각했다.

마술을 쓴 루데우스에게 이길 수 있다고 생각할 정도로.

그런 것을 목표로 하여서 도달했다. 거기에 달성감이 있었다.

하지만 역시 실피와 루데우스의 관계가 조금 부러웠다.

자신은 절대로 이렇게 될 수 없다는 걸 알기에 더더욱.

실피가 고민하고, 록시가 고개를 갸웃거리고, 에리스가 팔짱을 꼈을 때.

침실의 문이 열렸다.

"실례하겠습니다, 마님들."

"아, 리랴 씨."

문에서 들어온 것은 메이드 복장의 중년 여성 리랴였다.

그녀가 손에 든 쟁반 위에는 감자찜 같은 것이 든 그릇이 있어서 김이 나고 있었다.

"야식을 추가로 가져왔습니다."

"이거 죄송합니다, 리랴 씨."

"아뇨, 록시 님. 마님을 돌보는 것도 메이드로서 당연한 일입니다."

고개를 숙이는 록시에게 또 고개를 숙이는 리랴.

"저, 저기, 가, 감사, 합니다."

"아뇨, 에리스 님. 인사는 필요 없습니다. 루데우스 님의 부인이 되신 이상, 제게는 주인이시니까요."

에리스는 리랴를 어떻게 대해야 할지 아직 확실히 정하지 못했다.

메이드는 피트아령의 저택에도 많이 있었다. 하지만 리랴를 그런 메이드와 똑같이 다루어서는 안 된다는 사실은 에리스도 대충 짐작했다.

그녀는 루데우스의 여동생의 어머니. 말하자면 유모나, 둘째 어머니 같은 존재다.

에리스의 안에서 '루데우스의 어머니'에게 미움을 사면 안 된다는 마음이 움직였다.

"그리고 너무 그렇게 뻣뻣하게 계시지 않아도 됩니다. 에리스 님에 대해서는 부에나 마을에 있을 적부터 많이 들었으니까요…."

"어? 뭐라고?"

"으음…."

리랴는 잠시 머뭇거렸다.

부에나 마을에 있을 적에 들었던 에리스의 정보라면 그게 또 상당히 심한 것이었다.

"너무나도 난폭해서 손을 쓸 수 없고, 귀족 숙녀로 살아가기가 불가능한 분이라고…."

"……."

에리스는 입을 삐죽거렸다.

솔직히 검술 실력 이외에는 그 무렵과 별로 달라지지 않았다.

노력했던 시기도 있지만, 결국 전부 버렸다.

"그런데 이렇게 훌륭해지셨군요. 검왕님이라니…. 피트아령의 영주님도 지금 에리스 님을 보신다면 자랑스러우시겠지요."

"그래…. 하지만 아버님도 할아버님도…."

"아, 이거 죄송합니다."

리랴는 슬픈 얼굴을 하면서 고개를 숙였다.

"됐어. 그런 사건이었으니까. 어디든 불행은 많이 있어. 루데우스의 아버지와 어머니도…."

"……."

순간 울적해지려는 분위기 속에서 따뜻한 요리만 김을 내고 있었다.

그런 분위기에 실피가 안 되겠다 싶어서 움직였다.

"그, 그러고 보면, 리랴 씨는 루디가 태어났을 무렵의 일을 알고 있지요?"

"…예. 원래는 루데우스 님의 유모로 고용되었고요."

"나나 록시와 만나기 전의 루디는 어땠나요?"

"갓 태어나셨을 무렵의 루데우스 님 말인가요?"

그 말에 리랴는 예전 일을 떠올렸다.

"글쎄요. 처음에는 루데우스 님을 불쾌하게 여겼습니다."

"예? 왜?"

"그게, 뭐라고 할까요…. 루데우스 님은 신출귀몰하고, 찾았을 때에는 생글생글 웃을 때가 많았기 때문일까요."

리라는 그때의 일을 떠올리며 웃었다.

루데우스는 귀여운 아이였는데 왜 그렇게 피했던 걸까, 싶어서.

당시에는 분명히 기분 나쁘게 느껴졌지만, 시간이 그걸 잊게 하고 좋은 추억만 남긴 것이다.

"아, 하지만 그건 지금도 변함없네?"

"그렇지요. 하지만 당시부터 안아주면 가슴을 주무르고 이상한 웃음을 짓는 때가 많아서…."

"그것도 지금하고 별로 다르지 않나?"

"…듣고 보니 그렇군요."

루데우스는 예전부터 야한 애였다.

그런 이야기를 들으니 분위기가 다소 미묘해졌지만, 한 명만은 그 이야기에 코웃음을 쳤다.

"리라의 가슴을 좋아했다면 나도 문제없네."

그건 아주 큰 가슴을 가진 빨간 머리 여성의 발언이었다.

"조금 걱정했었어. 실피도 록시도 작으니까 나로 괜찮을까 하고."

"루, 루디는 그런 거 신경 안 써."

실피는 그렇게 말하면서도 다소 떨리는 목소리였다.

"그러고 보면 여행하는 도중에도 여자 가슴만 봤어."

"어, 여행하면서도? 아, 하지만 그러고 보면 결혼한 직후에도 틈만 나면 내 가슴을 주무르려고 했어. 쉬는 날에는 하루종

일 만졌고."

"저는 별로 그런 적이 없군요…. 마음에 안 들었던 걸까요…."

록시는 다소 풀 죽은 기색으로 자기 가슴을 주물렀다.

하지만 아쉽게도 주무르고 싶어질 만한 크기도 아니었다.

슬픈 일이다.

"그러면 저는 이만…."

"리랴 씨도 가끔은 같이 마셔요."

방에서 나가려는 리랴를 실피가 붙잡았다.

거기에 록시도 동조했다.

"그러고 보면 부에나 마을에 있을 때도 리랴 씨와 술을 마신 적이 없었지요…. 저는 이런 상태라서 못 마시지만, 이 기회에 어떨까요?"

"으음, 하지만 제니스 마님도 돌봐야 해서."

"그럼 어머님도 함께."

"그래. 어른이니까 술 정도는 마실 수 있지!"

실피와 에리스가 채근했다.

주정뱅이는 기세 있는 생물이다.

실피는 순식간에 리랴를 포섭하여 제니스까지 끌어들여 향연을 벌였다.

엘리나리제는 크리프가 없는 밤이 외로웠다.

오늘 크리프는 외출했다.

루데우스와 남자 대 남자로 할 이야기가 있다고 남자답게 선언하고 나갔다. 엘리나리제는 남자의 자존심을 짓밟는 일 없이, 잘 다녀오라고 보내주면서 그런 스스로가 정숙하고 좋은 여자라는 자기도취에 잠겼다.

하지만 곧 심심해졌다. 임신 중이라도 상관없이 크리프를 안았던 엘리나리제도 상대가 없으면 성욕을 채울 수 없다.

물론 임신 중에는 성욕도 그리 커지는 일이 없었다. 하루 정도는 하지 않는 날이 있어도 된다고 생각한 엘리나리제는 실피나 록시라도 좀 살펴볼까 하고 그레이랫 저택으로 발을 옮겼다.

거기서 그녀가 본 것은 술자리를 즐기는 그레이랫 저택의 숙녀 다섯 명이었다.

"어머나, 꽤나 재미있는 상황이 되었네요."

"아, 할머니다. 리제 할머니, 배가 커졌네. 내 남동생일까, 여동생일까? 어라? 하지만 크리프가 아빠라면 루디가…. 어어, 어어."

엘리나리제가 도착했을 때는 실피가 에리스의 가슴을 뒤에서 주무르려던 참이었다.

에리스는 거기에 반응하지 않고 태연한 눈으로 묵묵히 음식을 먹고 술을 마시고 있었다.

제니스는 에리스의 술 상대를 하듯이 잔에 술을 계속 따라주고 있었다.

그 옆에서 리랴도 마시고 있었다.

록시가 따라주는 술을 마시면서 그녀에게 달라붙어 있었다.

"록시 씨, 왜 제 딸은 루데우스 님에게 사랑받지 못하는 걸 까요?!"

"사랑받고 있습니다."

록시는 배에 아이가 있어서 술을 마실 수 없는 것을 아깝게 생각하면서도 리랴의 말에 진지하게 대답했다.

"정말인가요…?"

"뭐, 어디까지나 여동생으로서, 입니다만…."

"여자의 행복은 역시 남자에게 사랑받는 것이 아닌가요?!"

"분명히 저는 행복합니다만, 그것만이 행복은 아니라고…. 게다가 아이샤는 우수하니까 언젠가 좋은 상대를 찾을 수 있을 겁니다."

"루데우스 님 이상 가는 분입니까?!"

"루디 이상의 남자는 그리 없겠죠…. 그렇게 생각하면 저도 운이 나쁘지 않네요. 미리 침발라놓았다는 느낌도 있습니다 만."

엘리나리제는 그걸 본 순간 모험가 길드에서 결혼 못 하는 여자들이 모인 모습을 떠올렸다.

남자가 안 생긴다고 한탄하는 여모험가는 때때로 이렇게 모 여서 꿀꺽꿀꺽 술을 마시며 떠들다가 가게에게 쫓겨나서 길바 닥에서 잠든다.

"이런 모습을 보면 루데우스가 울 걸요. 여자가 취한 모습을 보여도 되는 건 남자랑 단둘이 있을 때뿐이에요."

엘리나리제는 기쁘게 그 집회에 끼어들었다.

그녀에게 두려울 거라곤 없었다. 평소부터 남자에 곤란함 없는 엘리나리제였지만, 이런 집회에 참가해서 함께 마시곤 하였다.

"할머니도 그런 소리나 하고. 아, 그렇지, 할머니는 항상 록시한테 야한 기술 가르치지. 왜 나한테는 안 가르쳐 줘? 응? 왜?"

"아아, 실피도 이렇게나 마시고…. 당신에게 기술을 가르치지 않은 건 당신이 아무것도 모르는 수줍은 애라는 느낌을 주는 편이 루데우스가 흥분하니까…."

"하지만 이제 괜찮잖아. 나한테도 가르쳐 줘. 침대 위에서, 루디한테 당하기만 하는 건 질렸습니다! 슬슬 루디가 두 손 들게 하고 싶습니다!"

엘리나리제는 그 참상을 보고 몇 초 만에 이지적인 생각을 버렸다.

커뮤니케이션 능력이 높은 그녀의 뇌는 자기도 마시고 섞여야 하겠다는 판단을 내렸다.

"일단 한 잔 마실게요."

엘리나리제는 빈 잔을 하나 손에 들었지만, 그 손을 붙잡는 손길이 있었다.

실피였다.

"안 돼! 임산부가 술을 마시면!"

"그런 건 록시에게나 말하세요."

"됐어, 록시는 안 마시니까, 문제없어. 그리고 마셔도 해독 마술을 쓸 수 있고, 문제없어."

평소의 실피라면 그런 말을 하지 않겠지만, 오늘 그녀는 취했다.

엘리나리제는 한숨을 푹푹 내쉬면서 비어 있는 의자에 앉았다.

"저도 학교에서 해독 정도는 배웠어요."

"나는 무영창이야~"

"아, 그렇죠. 대단하네요. 역시나 제 손녀네요."

"그러니까 술은 마시면 안 돼! 안 돼!"

"알았어요, 알았어요. 알았습니다."

콧대를 세우며 자랑하는 실피를 엘리나리제는 미소와 함께 받아넘기면서 음주를 포기하고 안주를 입에 넣기 시작했다.

"할머니의 손녀라기보다도 루디의 가르침 덕분이야. 마술도 침대 위에서도 나는 루디가 시키는 대로."

"그런 여자도 남자는 땡기는 법인데요?"

"그렇지? 루디는 나랑 할 때는 기합이 달라. 에헤헤."

완전히 술에 취한 실피의 분위기를 엘리나리제가 따라잡은 것은 그로부터 대략 한 시간 뒤의 일이었다.

그 날, 네 여성은 계속 마셨다.

마시고, 마시고, 마시며, 가슴에 얹힌 것을 토해냈다.

루데우스가 최근 뒤에서 몰래 움직이는 것에 대한 불안감.

인신이나 올스테드에 대한 불신감. 하지만 어떻게든 되리라
는 낙관.

그런 것을 섞어가면서도 술은 기세를 더하고 그녀들에게 한
때의 행복감을 주었다.

멀쩡한 록시와 엘리나리제는 마시다 지쳐서 잠들 때까지 그
녀들의 푸념에 어울려주고, 마지막에는 전원에게 해독 마술을
걸었다.

그리고 엘리나리제는 자택으로 돌아가고, 록시는 자기 방으
로 돌아가서 내일 학교 수업을 준비한 뒤에 자러 갔다.

이 회합에 참가하지 못해서 혼자 토라진 채 잠든 소녀에 대
해서 록시가 떠올린 것은 다음날 아침이 되어서였다.

눈을 떴을 때, 나는 자노바에게 안겨 있었다.

당연하지만 나는 호모가 아니다. 어젯밤에 과음한 결과겠지.

어제는 좋은 술을 마셨다. 솔직히 지난 생에서는 남자랑 술
을 마셔서 무슨 득이 있나 싶었다.

하지만 아니었다. 마음이 맞는 남자들끼리 마시는 술은 맛있고 기분 좋게 취할 수 있다.

"우우, 머리 아파…."

꽝꽝 울리는 머리에 해독과 치유 마술을 걸었다.

쏴악 사라지는 두통. 두통의 씨앗을 더블 블록. 두통에는 나○에이스.

더불어서 쿨쿨 자는 자노바와 크리프에게도 더블 블록을 걸어 주었다.

아, 크리프의 얼굴에 자노바의 다리가 올라갔다. 자기 힘든 것 같은데… 미안, 크리프, 치유와 해독으로는 냄새까지 블록할 수 없어.

하지만 숙취의 두통은 일단 나아도, 수분부족까지는 해소되지 않는다.

또 머리가 아파오기 전에 물을 마시자.

흙 마술로 컵을 만들고 물 마술로….

"응?"

그때 나는 방 중앙에 있는 것을 깨달았다.

그것은 마치 팔 같은 형태를 하고 있었다.

하지만 철판 몇 장을 서로 붙여놓은 것처럼 생긴 그것은 팔보다는 다소 굵고 두껍고, 그리고 단단하게 보였다.

"…뭐지, 이거?"

어젯밤의 기억을 떠올려 보았다.

"그보다, 여기 어디야?"

주위를 둘러봐도 별로 친숙하지 않은 방이었다. 전혀 기억에 없는 건 아니라서, 일단 크리프의 방이란 건 알겠는데….

"어어, 분명히 가게에서 마시고…. 그래, 의수를 다시 만들자는 이야기였지. 그래서 마법진을 그리기 위한 재료가 있다고 하기에 여기로 와서…."

그 뒤의 기억이 아무래도 흐릿했다.

신나게 마시고, 뉴 버전의 의수를 만들었던 건 틀림없는데….

"…어?"

왠지 잘 안 풀렸다는 기억밖에 없는데. 아니, 기억이 거의 없는데.

일단 나는 그 의수…라기보다는 토시라고 하는 게 옳을까.

토시를 손에 들어보았다. 아주 묵직하다. 한쪽 팔만 10킬로그램은 될 듯한 그것은 틀림없이 내 흙 마술로 만든 것이다. 손바닥 부분에는 꼼꼼하게 마석을 꽂을 공간까지 만들어놓았다.

계속 들고만 있으면 힘드니까 바닥에 내려놓으면서 안에 손을 넣어보았다.

사이즈는 딱 맞았다.

"'흙이여, 내 팔이 되어라.'"

조용히 중얼거리자, 팔 쪽으로 마력이 흘러드는 게 느껴졌다.

팔 전체에서 토시로 마력이 흘러드는 동시에 토시의 무게가 사라졌다.

감촉은 다소 둔하지만 모든 것을 가볍게 들어올릴 수 있는, 최근까지 느꼈던 그리운 감촉.

틀림없다. 이건 자리프의 의수다.

아니, 이제 자리프의 토시라고 해야 할까.

"완성되었잖아."

이렇게 자리프의 토시가 완성되었다.

그 뒤로 우리는 어느 틈에 돌아온 엘리나리제가 만들어 준 아침식사를 나른한 상태로 먹었다.

"해냈군."

"응."

"나중에 설계도만 깨끗하게 다시 그릴까요⋯."

자리프의 토시의 완성을 축하하면서도, 시끄럽게 떠들 만한 기운은 남아 있지 않았다.

아무리 치유 마술과 해독 마술을 구사했다고 해도, 아침까지 떠들며 마셨던 건 틀림없다. 수면부족까지는 해소되지 않는다.

"그럼."

"그래, 다음에 또 마시자."

"그래요. 다음에 또."

우리는 크리프의 방 앞에서, 힘없이 그렇게 약속하고 해산했다.

내가 봐도 느릿느릿한 움직임으로 귀갓길에 올랐다.

시간은 이미 정오에 가까웠고, 햇살은 강했다.

완전히 여름이다.

눈도 다 녹았다. 조금 더 시간이 흐르면 수족의 발정 시즌도 찾아오겠지. 내 비스트는 항상 발정이니까 시즌은 별로 관계없지만, 역시 주위가 그런 분위기면 나도 불끈거린다.

록시도 배가 불러왔다.

태어날 아이의 이름을 뭐라고 할지 벌써부터 기대되지만, 2주 뒤면 아리엘을 따라서 아슬라 왕국에 가야만 한다.

전이마법진을 쓰면 금방 돌아올 수 있겠지만, 저쪽에서 몇 달을 보낼지 알 수 없다.

출산 때 곁에 없는 것은 역시나 싫다.

내 자식을 낳기 위해 열 달이나 고생을 한다. 그런 도중에 내가 할 수 있는 일은 적지만, 감사의 마음 같은 것은 행동으로 보여주어야만 한다.

록시와의 아이. 남자애일까, 여자애일까. 루시가 여자였으니까, 이번에는 남자가 좋을까. 아니, 남자든 여자든 좋지만.

그러고 보면 에리스는 아들을 갖고 싶다고 그랬지.

지난 생에서는 어떻게 했더라.

분명히 어떻게 하면 아들이 태어나기 쉽다, 딸이 태어나기 쉽다, 하는 이야기를 들은 적이 있다.

식초를 쓰네 어쩌네….

이 세계에서는 마력으로 컨트롤할 수 있지 않을까.

뭐, 아무래도 좋지만. 아들이든 딸이든 애정을 주면서 키우면 된다.

에리스와의 사이에서도 그리 머지 않은 미래에 자식이 생기겠지. 에리스가 임신 중에 얌전히 있을 수 있을지가 문제다.

그렇긴 해도 에리스는 역시 좀 초조해진 걸까. '이러면 생기는 거지?' '틀린 거 아니지?'라고 몇 번이나 확인을 했다. 에리스 자신의 성욕도 꽤 강하지만, 루시나 임신 중인 록시를 보고 한 발 뒤쳐졌다고 생각하는 걸지도 모른다.

아슬라 왕국에서는 자식을 낳은 뒤에야 당당히 아내라고 할수 있다는 인식이 적잖게 있는 거겠지. 실제로 에리스가 어떻게 생각하는지는 모르지만, 자식을 낳아야 마음이 놓인다면 얼른 안심시켜 주고 싶다.

그런 생각을 하는 사이에 집 근처까지 도달했다.

자, 어제는 외박한다는 말을 안 했으니까 역시나 잔소리를 들을까.

아니, 그렇게 엄격한 집은 아니지만.

하지만 외박이나 통금 같은 룰은 한 차례 확실히 정하는 편이 좋겠군. 이 세계에서는 인신매매가 자주 있고, 인신이 무슨 짓을 할지 모른다. 루시도 최근 쑥쑥 자랐고, 앞으로 생길 아이를 위해서라도.

"나 왔어!"

"아, 오빠, 어서 와."

집에 돌아오자 아이샤가 나왔다.

다른 이들의 모습은 없었다.

"어라? 다른 사람들은? 다 함께 외출이라도?"

"어제 늦게까지 떠들었으니까 아직 자고 있어!"

그게 뭐야? 떠들다니, 나 빼고 연회라도 했어? 나를 따돌린 거야?

…내가 남자와 꽃길을 걷는 사이에, 여자는 여자의 집회를 가졌던 걸까.

악담 같은 게 없었으면 좋겠는데….

"내 말 좀 들어줘, 오빠. 다들 너무해. 내가 잠든 뒤에 다같이 술 먹고 놀았다니까."

"어, 너는 참가하지 않았어?"

"레오랑 같이 잤어…. 아, 그렇지, 이것 좀 들어봐, 오빠. 레오랑 같이 잤는데, 아침에 왠지 차갑다 싶더니만 레오가 오줌을 쌌지 뭐야. 그래서 꾸중했더니 완전 풀이 죽었어. 완전히. 덩치는 커도 레오는 아직 꼬맹이야."

아이샤는 매일이 즐거운 모양이군.

"그래서 그 다음에 어쨌는데? 세탁했어?"

"당연하지. 아, 그랬더니 에리스 언니가 도와줬어. 자기도 경험이 있으니까 입다물어 주겠다고. 내가 그런 거 아니라고 설명해도 믿어 주질 않아. 오빠도 좀 말해 줘. 난 태어나서 지금까지 자다가 그런 적은 한 번도 없는데….”

“정말이야?”

“아, 오빠까지! 너무해!”

아이샤와 이야기하면서 거실로 이동했다.

에리스도 연회에 참가했나…. 조금 불안했지만, 무사히 우리 집에 적응하고 있는 모양이라 다행이다.

“아, 루데우스. 어서 와.”

그렇게 생각하는데 에리스가 내려왔다.

움직이기 편한 복장에 손에는 목검을 들고, 허리에는 진검을 차고 있었다.

“응, 나 왔어. 지금부터 훈련?”

“그래! 나도 힘 좀 내야지!”

술자리에서 무슨 이야기가 나왔는지는 모르지만, 왠지 기분 좋은 눈치다.

자, 그녀에게도 부탁할 게 있었지.

“에리스.”

“왜?”

햇살을 받으면서 걸었던 덕분인지, 머리는 완전히 상쾌하고 몸에도 힘이 돌아왔다.

이제 물 한 잔 마시면 완전히 회복되겠지.

기운 넘친다.

이 기운이 계속되는 동안에 부탁을 해 볼까.

"지금부터 훈련할 거면 오랜만에 모의전 해 볼까? 루이젤드랑 같이 여행하던 무렵처럼."

그렇게 말하자, 에리스는 순간 놀란 기색이었지만 곧 씨익 웃었다.

"좋아! 언젠가처럼 신나게 패 줄게!"

"우우…. 뭐, 에리스에게도 연습이 되도록 열심히 할게."

하지만 모의전이니까 죽지 않을 정도로 살살 해 줬으면 하는데….

괜찮을까? 괜찮겠지? 아무리 그래도 에리스는 검왕이 되었으니까, 살살 할 수 있지?

"그럼 먼저 정원으로 나갈게!"

자, 에리스와 약속도 따냈으니 나도 옷을 갈아입고 올까.

멋져진 에리스에게 꼴사나운 모습만 보여줄 수는 없으니, 기합 넣고 가자.

나는 정원에서 에리스와 대치했다.

"왠지 루데우스와 이렇게 대련하는 것도 오랜만이네."

"그래."

루이젤드와 여행하던 시기부터 헤아려서 몇 년 지났을까. 5년 정도일까.

"이제는 안 져!"

"나도 이길 거란 생각은 안 해."

예견안을 손에 넣은 직후에는 에리스에게 이겼다.

하지만 여행이 끝날 즈음에는 그 차이도 거의 없어진 것으로 기억한다.

그리고 헤어진 뒤의 각자의 생활.

계속 검술을 배워온 에리스와 싸우는 것 외의 일도 해 온 나.

올스테드와 에리스의 싸움을 보았으니까 알지만, 나는 아마도 에리스에게 못 이기겠지.

"그렇다고 해도 에리스도 마술사와 싸우는 것에 익숙한 건 아니잖아?"

"그래."

"나도 빛의 칼날을 쓰는 레벨의 검사랑은 거의 싸워본 적이 없어. 그러니까 서로 모의전을 해서 서로와 비슷한 레벨의 상대까지는 대응할 수 있게 될 거라고 생각해."

에리스는 흐흥 소리를 내면서 기쁜 표정을 하였다.

뭐지, 아직 칭찬한 게 아닌데. 내가 뭐 웃긴 소리 했나?

"…왠지 이러는 것도 오랜만이야!"

"응…. 그렇네."

내가 이론을 말하면서 에리스와 훈련을 한다.

분명히 가정교사 시절에도 이런 일을 했던 기억이 있다.

"그럼 에리스, 모의전을 하자! 여행하던 무렵처럼."

"알았어!"

에리스는 그렇게 말하더니 목검을 들었다.

대상단세. 에리스가 좋아하는 자세다. 예전부터 그녀는 검을 상단세로 드는 걸 좋아했다.

하지만 차이가 있었다. 자세를 잡은 순간, 에리스 주위의 분위기가 조용히 가라앉았다. 평소의 에리스가 띠고 있는 어딘가 들뜬 듯한, 차분하지 못한 분위기가 순식간에 사라졌다.

다급히 나도 허리에 매달고 있던 지팡이를 들고 예견안을 개안했다.

"언제든지….."

덤벼, 라고 말하려던 순간, 시야 속의 에리스가 흔들거렸다.

그리고 말이 끝난 순간에, 강렬한 충격이 오른쪽 어깨를 때렸다.

정신을 차렸을 때에는 지팡이를 떨어뜨렸고, 지면에 처박히 듯이 뒤로 쓰러져 있었다.

한 발 늦게 어깨에 격통이 일었다.

"커… 흑…."

어깨뼈가 부러졌는지, 오른쪽 팔이 전혀 움직이지 않았다.

왼손을 오른쪽 어깨에 대고 간신히 주문을 외웠다.

"신성한 힘은 방순한 양식, 힘을 잃은 자에게 다시 일어날 힘을 주어라 '힐링'."

고통이 수그러들었다.

그리고 에리스가 시야에 들어왔다. 여전히 대상단세로 '어 때, 한 대 더 때려도 될까?'라는 얼굴을 하고 있었다.

"잠깐, 스톱! 내가 졌어!"

다급히 오른손을 들고 항복하자, 에리스는 목검을 내렸다.

한 숨 돌리고 상체를 일으켰다.

"에리스, 지금 그거 '빛의 칼날'?"

"그래."

그런가. 지금 그게 검신류 오의, 빛의 칼날인가.

아니, 전에도 본 적이 있고, 올스테드한테 맞은 적도 있지만, 거듭 이렇게 보니 진짜로 빠르군. 반응도 할 수 없었다.

"그래, 대단하네. 전혀 보이지 않았어."

"그렇지! 열심히 노력했으니까!"

에리스는 내 칭찬에 만족스럽게 고개를 끄덕였다.

"어떻게든 노력해서 대응할 수 있게 해 볼게."

"그렇게 간단히 될까?"

"오늘 중으로는 무리일지도…."

그렇기는 해도 너무 한심한 모습만 보일 수는 없다.

이 모의전은 에리스에게도 의미 있는 것이 되어야 하니까.

결론부터 말해서 신나게 당했다.

10전 9패였다.

"……."

에리스가 강한 건 알고 있었다. 아마 내가 못 당하리라는 것도 시작하기 전부터 알고 있었다.

이건 모의전이고, 강해지기 위해 하는 것이지 이기기 위해 하는 것이 아니다.

검신류의 톱 클래스를 체험한 것만으로도 오늘의 수확은 크다.

그렇게 생각하지만, 이렇게 실제로 패배가 계속되면 아무래도 힘이 빠지기는 한다.

이것저것 해 보았다고. 매드풀에 딥미스트에 어스포트레스, 진공파나 충격파, 바람과 모래를 사용한 눈속임까지 해 보았다. 에리스는 속임수에 약하다고 생각했으니까.

분명히 에리스는 속임수에 약했지만, 빛의 칼날은 항상 그걸 웃도는 속도로 날아왔다.

그리고 동시에 공격하는 상황까지 가더라도 내가 패배했다.

일렉트릭 덕분에 그 정도까지 갔다고 할 수 있겠지만, 에리스는 감전이 되어서도 검을 떨어뜨리지 않고 덤벼들었다. 장난 아닌 근성이다.

반대로 나는 기본적으로 한 방으로 넉다운이다.

환멸은 아니더라도 불안해지는 레벨로 내구력이 부족하다.

"…나도 참 한심하다."

"그래?"

"왠지 에리스가 엄청 노력해서 이렇게 강해졌는데, 내가 이래선 왠지 노력한 에리스에게 미안해."

분명히 한 판 이기긴 했지만, 그건 자리프의 토시로 목검을 받아내었기 때문이다.

에리스는 명백히 이질적인 느낌에 놀란 얼굴을 하였다. 뭐, 팔을 부러뜨렸다고 생각했는데, 강철 같은 느낌에 튕겨났으니 당연하겠지.

자리프의 토시. 겉보기로는 자리프의 의수보다 작지만, 그 단단함은 비슷한 정도인 모양이다.

에리스가 무심코 "루데우스는 팔도 단단하게 할 수 있어?"라고 말하다가 얼굴을 붉힐 정도였다. 물론 내가 그럴 수 있는 곳은 한 곳뿐이고 주로 밤에만 그렇게 된다.

자리프의 토시는 어젯밤에 내가 노력하여 만든 결과겠지.

그러니까 내 힘으로 이겼다고 할 수도 있다.

하지만 두 번은 통하지 않을 방법이고, 애초에 이게 진짜로 싸우는 거였으면 의수와 함께 팔이 잘려나갔을 가능성도 크다.

고로 노 카운트. 즉, 내 승률은 0퍼센트. 전패의 루데우스.

그렇게 생각하고 한 말이었지만….

"그렇지 않아. 검사와 마법사잖아. 이 거리라면 당연히 이렇게 돼."

에리스는 그런 말을 했다.

나는 솔직히 대답은 두 패턴 중 하나라고 생각하였다.

에리스가 콧대 높게 '당연하지! 나는 강하니까!'라고 우쭐거리며 '루데우스도 더 노력해!'라며 격려하는 패턴.

에리스가 한숨을 내쉬며 '재미없어'라며 환멸하는 패턴.

하지만 에리스의 대답은 그중 어느 쪽도 아니었다.

고로 나는 난처해졌다.

어라? 에리스에게서 거리라는 말이 나오다니? 라면서.

"내 거리에서 싸움이 시작됐으니까, 처음부터 루데우스가 불리했어. 오히려 한 판 빼앗긴 내 쪽이 한심해."

에리스가 진지한 얼굴로 그런 말을 하였다.

이거 정말로 에리스가 하는 말인가?

아니, 에리스도 검왕. 그런 지식을 가져도 이상하지 않고, 오히려 가지지 않는 게 이상하다.

노른에게 검술을 가르칠 때에도 그런 이론적인 이야기를 했고.

그건 알고 있었지만, 묻지 않을 수 없었다.

"에리스, 물어봐도 돼…?"

"뭔데?"

"그런 건 누구한테 배웠어?"

검신인가, 검제인가.

그런 이름이 나올 거라고 생각하고 던진 질문이었다.

누구에게 배웠는지 꼭 알고 싶었던 건 아니다.

에리스가 스스로 생각했을 리가 없다고 알고 안심하고 싶었던 걸지도 모른다. 그렇다면 나도 좀 한심한 녀석이지만… 어쩔 수 없잖아. 에리스는 변하지 않은 것처럼 보이면서도 꽤 많이 변해서 당황스러운 것이다.

"거리에 대해 가르쳐 준 건 오베르야!"

아, 역시 누군가에게 배웠나.

그렇게 생각하는 동시에 오베르라는 이름이 신경 쓰였다.

어딘가에서 들은 이름인데….

"그거 북제? 북제 오베르?"

"맞아!"

"에리스는 검신의 제자로 들어갔다고 생각했는데, 북제한테도 배웠어?"

"수신한테도 조금 배웠어!"

수신 레이다에게도.

역시 검의 성지인 만큼 검신류만이 아니라 다른 유파도 배울 수 있나.

어쩌면 단순히 교류만 있을 뿐이라서 잠깐 들렀을 때 배운 느낌일지도 모르지만.

그렇긴 해도 북제 오베르에 수신 레이다라….

올스테드는 아슬라 왕국에서 그 둘과 싸울 가능성이 크다고 말했다.

에리스가 그 둘에게 검을 배웠다고 한다.

이건 무슨 덫일까?

아무리 그래도 단순한 우연이라고 생각하지만….

"에리스, 실은 아슬라 왕국에서 그 둘과 싸울 가능성이 큰 모양이야."

"그래?"

"응. 그 두 사람은 아리엘의 적에게 붙은 모양이고….."

스승과 싸우는 건 아무리 에리스라도 싫겠지.

그렇게 생각하며 말을 고르고 있는데, 에리스는 팔짱을 끼고 기세등등한 얼굴을 하였다.

"그래, 팔이 근질거리네!"

오히려 지금 당장이라도 붙어 보고 싶다는 얼굴이었다.

에리스, 그 두 사람과는 길레느 같은 관계를 쌓지 않았나.

그보다, 에리스, 검의 성지에서 친구는 없었던 걸까.

조금 걱정이 된다.

"음, 에리스가 팔이 근질거린다고 말한다면 나도 사양 않고 그 둘과 싸울까."

"당연하지! 절대로 봐주거나 하면 안 돼."

"그건 상대에게 실례니까?"

"단숨에 두 동강 날 테니까."

진지한 얼굴이었다.

"하지만 괜찮아. 루데우스는 내가 지킬 테니까!"

"어, 어어….."

에리스는 그렇게 말해 주지만, 솔직히 무섭다.

정면에서는 싸우기 싫은데. 상황에 달렸지만, 교묘히 덫에 빠뜨리거나 유리한 상황을 만드는 쪽으로 명심하자….

"아무튼 오늘 모의전은 고마워."

"그런 말 필요 없어! 루데우스를 상대하는 건 아내로서 당연한걸."

오오, 기쁜 말을 해 주잖아.

"그럼 나도 에리스의 남편으로서 옆에 나란히 설 수 있게 되어야지."

"이미 충분해!"

"그래?"

"그래. 사람에게는 각기 역할이 있어! 오히려 루데우스가 내 등을 지켜준다고 생각하면 마음이 놓여."

뭐라고 할까, 예전의 에리스였다면 절대로 나오지 않을 말인 것 같은데.

수행의 성과로 변화가 눈에 띄지만, 그것만이 아니라 마음도 성장한 걸까.

정말이지 환멸을 사지 않도록 해야지.

모의전을 치르면서도 준비를 시작했다.

마도갑옷의 개량, 올스테드의 저주 대책, 여행 준비.

그것들을 병행하면서도 록시와의 시간을 늘렸다.

물론 항상 록시와 함께 있는 건 아니다. 올스테드와의 회합을 가지면서 공들여 준비를 하였다.

북제 오베르나 수신 레이다가 어떤 기술을 쓸까, 또 그 대처법.

도적 트리스가 있다는 도적단과 접촉하는 방법.

만일을 대비하여 아슬라 왕국 왕도 아르스의 지리 파악.

왕도 실버팰리스 내부 구조의 파악.

크리프와 올스테드를 만나게 하고 저주에 대한 연구도 시작했다.

할 수 있는 일은 했다.

그것들을 하면서 록시와의 시간을 만들었다.

결코 뒤를 졸졸 따라다닌 게 아니다.

분명히 방 앞을 어슬렁거린다든가 그녀의 시야에 들어가도록 힐끔거리는 짓을 했을지도 모르지만, 기본적으로는 당당히 함께 있는 시간을 만들었다.

임신 중이라서, 록시는 평소보다 적극적으로 내 접근을 허용해 주었다.

아니, 지금까지 허용해 주지 않은 것도 아니지만, 록시 쪽에서 다가오는 일이 많았다. 기쁘게도.

이제까지는 일부러 사양했던 건지 내가 소파에 앉으면 옆에 앉지 않고 1인용 소파에 앉거나 정면에 앉았는데, 최근에는 옆이나 무릎 위에 앉는다.

무릎 위라고. 애 취급받는 것을 싫어하는 록시가 무릎 위에 앉아 준다고.

게다가 록시도 조금 부끄러운 건지 항상 얼굴을 붉히고 있다.

분명 내 옆이나 무릎에 자연스럽게 앉는 것은 그녀에게 조금 용기가 필요한 일이겠지.

그러니까 나는 매일 밤 지하 제단에서 감사 기도를 올렸다.

신이시여, 감사합니다. 이런 행복한 인생을 주셔서 감사합니다. 라고.

그건 그렇고.

어느 날, 나는 록시와 함께 거실의 소파에 나란히 앉아 있었다.

최근 하루의 마지막 일과로 록시와 단둘이 소파에 앉아서 이야기를 나눈다.

화제는 끝이 없다. 학교에서의 화제부터 최근 마도구의 이야기. 서로 전이사건으로 여행했을 무렵의 이야기. 대단한 건 아니지만, 역시 록시와 대화를 하면 마음이 놓이고, 무슨 이야기든 듣고 있기만 해도 행복했다.

그녀의 말은 언제나 그 안에 담긴 것이 많고, 계몽과 예지로 가득했다.

즐거운 시간이다.

"루디는 겁이 많아서 물러나려고 합니다. 마술사는 뒤로 물러서면서도 공격할 수 있지만, 거리가 멀어지면 그만큼 공격의 도착이 늦어집니다."

"하지만 검사와 싸울 때는 거리를 벌려야 하지 않나요?"

그 날의 대화는 에리스와의 모의전에 대한 것이었다.

한 여성과 이야기할 때에 다른 여자 이야기를 하지 말라는 소리를 들은 것도 같지만, 먼저 이 화제를 꺼낸 것은 록시였다.

그녀는 오늘 나와 에리스를 보고 있었다. 내가 신나게 진 그 모의전을.

"분명히 마술사와 검사라면 거리를 벌리면 벌릴수록 마술사가 유리해집니다. 탄착은 늦어지지만, 검사의 공격은 닿지 않으니까요."

"그렇죠?"

"하지만 이미 상대의 사정거리 안에 들어간 경우, 이야기는 다릅니다."

"그런가요?"

"검사의 사정거리 안이라면 검사가 절대적으로 유리합니다. 무엇보다도 빠르니까요. 거기서 조금 뒤로 물러난 정도로는 검사의 사정거리에서 벗어날 수 없습니다. 상대는 파고들어 베니까, 생각 이상으로 전방의 공격범위는 넓습니다."

"그렇지요."

그것은 에리스와의 모의전에서 몇 번이나 체험했다.

에리스는 기본적으로 전진하면서 공격해 오는데, 그래도 사정거리에 아슬아슬하게 서 있는 경우가 많다. 그 위치는 내가 선수를 취하여 마술을 날려도 대처할 수 있고, 내가 뒤로 물러나려고 해도 쫓아올 수 있는 거리였다.

그걸 깨닫기까지 서른 번 가까운 패배를 거듭했다.

"자, 여기서 문제입니다. 앞으로 나아가는 공격에 대해 가장 유효한 위치는 어디일까요?"

"…상대의 뒤?"

"그렇습니다. 크게 앞으로 전진하면서 공격하는 거니까 중심은 앞으로 쏠립니다. 혹시 뒤쪽을 향해 공격하더라도 그것에는 힘이 없겠지요. 그것만 막아내면 반격 기회입니다. 고로 상대의 공격을 피하면서 위치를 바꾸는 것입니다!"

"그렇군요."

뒤로 물러나는 게 아니라 오히려 앞. 활로는 사지에 있다는 소리다.

역시나 록시. 내 선생님이다. 분명 모험가로 활약하면서 몇 번이나 그런 장면과 마주쳤겠지. 근거리에서 귀신처럼 강한 마물을 몇 마리나 쓰러뜨렸다.

이건 이미 신이라고 해도 과언이 아니다.

그렇게 생각하면서 반짝이는 눈으로 록시를 보자, 그녀는 노골적으로 눈을 피했다.

"아뇨, 아무리 그래도 에리스 정도의 상대에게는 어렵겠고, 저도 못 하는 거니까 시범을 보여달라고 해도 안 됩니다만."

"아뇨, 분명 록시라면 할 수 있겠지요."

"아뇨, 정말로 못 하니까요! 그러니까 그렇게 기대하는 눈은 그만두세요!"

그런 눈은 하지 않았다. 그저 반짝거렸을 뿐이다.

하지만 조금은 이해되었다.

매번 뒤로 이동하며 거리를 벌리려는 것이 안 좋았다.

가끔은 스스로 앞으로 나가서 기선을 제압하고 상대의 전진을 막는 카운터를 날린다.

그러는 것으로 상대도 '전진은 위험할지도 모른다'나 '전진은 오히려 결정타가 되지 않을지도 모른다'라고 생각한다.

상대에게 깊은 전진에는 리스크가 있다는 생각을 안겨 주면, 그때야말로 '뒤로 물러난다'는 이쪽의 행동이 유효해진다.

뭐, 에리스를 상대로 쉽게 할 수 있는 건 아니지만.

몇 번이나 지면서 조금씩 하는 거지.

"어흠."

거기까지 생각했을 때 록시가 헛기침을 했다.

"자, 루디. 출발도 가까워졌으니까 슬슬 이 아이의 이름을 정해 주세요."

"여행을 떠나기 전에 아이의 이름을 지으면 별로 좋지 않은 거 아닌가?"

그 말에 록시는 말했다.

"그건 인간 영웅의 일화지요? 미굴드족과는 관계없는 이야기입니다."

담백한 말이었다. 징크스는 어디까지나 징크스란 소리다.

뭐, 우리의 신이 그렇게 말씀하신다면 걱정할 필요 없겠지.

신의 말씀이 옳다.

"미굴드 마을에서는 족장이 정합니다만… 우리 집의 가장은 루디니까요. 얼른 정해 주세요."

"내가 그렇게 간단히 정해도 되려나요?"

"물론입니다. 저는 루디가 정한 이름을 부르며 매일 불러가는 배를 쓰다듬으며 보내겠습니다. 그건 틀림없이 행복한 시간이겠죠."

그렇게 말하면서 록시는 커진 배를 쓰다듬었다. 나는 그 손 위로 록시의 배를 쓰다듬었다.

신기한 일이다. 10년 이상 알았던 록시가 이렇게 내 아이를 가졌다니. 실피 때도 신기했지만, 록시 때도 신기하다. 하지만 가슴속에서 환희의 감정이 솟았다. 좋구나, 이 감각. 몇 번 맛봐도 좋다.

"우히히."

"왜 그러나요, 루디. 마치 실피처럼 웃고."

실피 같다니.

"아뇨, 역시 록시의 배는 좋구나 싶어서."

"실피처럼 마른 것도 아니고, 에리스처럼 잘 단련된 것도 아닙니다만… 좋다면 마음대로 만져도 좋습니다."

"괜찮나요?"

그렇게 물으면서도 아까부터 계속 쓰다듬었지만.

"안에 있는 아이의 절반은 루디의 것이니까요."

"겉은?"

"…바깥쪽은 전부 루디의 것입니다."

"그럼 전부 내 것 아닌가요?"

"아이의 절반은 제 것입니다. 이건 양보 못합니다."

그래, 그래. 역시 록시 선생님은 현명하군.

그래, 아이는 두 사람의 것이지. 그리고 록시는 내 것이다.

"아이의 이름, 어떻게 하지…."

"글쎄요, 미굴드족다운 이름이라면… 로라 정도일까요."

미굴드족은 앞글자로 '로'를 넣는 일이 많다. 하지만 혼혈이니까 그렇게까지 하지 않아도 되겠지.

"역시나 록시와 루데우스의 이름에서 따는 편이 좋겠네."

"그렇군요. 로데우스, 룩시…. 별로 어울리지 않네요."

"나와 록시의 상성이 안 좋을 리가 없지요."

그건 너무 심했고.

예를 들어서 루와 로의 중간으로 해서 레. 레에서 시작되는 이름을 생각하면 된다.

레, 레, 레. 으음. 매일 빗자루로 청소할 것 같은 이름이다. 청결을 좋아하는 건 나쁘지 않지만, 지금 필요한 것은 그런 게 아니다.

아까 록시가 말한 로라라는 이름은 좋다. 불타는 듯한 사랑을 동경하는 느낌이라서.

하지만 뭔가 아니다. 조금 더 록시에 가까운 이름으로.

총명하고, 그러면서도 어딘가 사랑스러운 느낌이 좋다.

록시라고 중얼거리면 고개를 돌려서 이쪽을 올려다보면서 '왜 그러나요?'라며 무표정하게 묻는 느낌.

으음, 으음, 으으음.

라, 리, 루, 레, 로 중 어느 걸 따도 록시의 자식이라는 느낌일 것 같고.

좋아.

"남자면 로로, 여자면 라라라고 할까요."

"좋네요. 로로와 라라. 어감이 좋습니다."

그렇지, 그렇지. 마계의 대왕에게 유괴당하고, 그걸 구하러 갈 것 같은 느낌이지.

"잘 되었네요, 로로, 라라. 아빠가 이름을 정해 주었어요."

록시는 겉보기로는 중학생으로밖에 보이지 않지만, 그 표정은 성모 같았다.

신성하다. 이렇게 신성할 수가. 태어나는 것은 신의 아이일 게 틀림없다.

"루디."

"예?"

"어제는 그런 말을 했지만… 꼭 돌아오셔야 합니다. 저는 루디와 함께 이 아이를 안아 주고 싶습니다."

"예."

말할 것도 없는 일이다.

그렇게 느긋한 나날은 금방 지나가고, 출발일이 다가왔다.

여행 멤버는 여덟 명.

아리엘, 루크, 실피, 엘모어, 클리네.

이 왕녀팀에 나와 에리스, 그리고 길레느가 포함되었다.

사용하는 것은 쌍두마차 한 대, 그리고 말이 다섯 마리.

대국인 아슬라 왕국의 제2왕녀의 출발이라고는 생각할 수 없을 만큼 소박한 모습이었다.

표면상으로는 조용히 귀국하는 것이기 때문. 그 진실은 금기인 전이마법진으로 이동하는 것을 세간에게 숨기기 위해서.

하지만 조용히 출발한다고 했음에도 불구하고 마법도시 샤리아의 입구에는 수많은 사람들이 모여들었다. 마법대학의 교사와 학생회 임원들. 마술 길드의 본부장. 마도구 공방의 우두머리. 기타 무슨 조직의 우두머리와 마법삼대국의 왕족, 귀족의 대리인이 속속 아리엘을 배웅하러 왔다.

녀석들은 조용히라는 말의 뜻을 모르는 걸까.

대대적으로 파티를 열지 않는 것을 의미하는 게 아닌데.

…뭐, 어찌 되었든 배웅이 있는 것은 아리엘의 노력의 성과다.

나도 언젠가 저들과의 연줄을 사용할 날이 올지도 모른다.

올스테드는 강대하지만 사람과의 관계가 약하니까. 그런 부분에서 내가 힘이 되어야만 한다.

그렇게 생각하면서 나도 아리엘 일행에 섞여서 그들과 인사를 해 두었다.

―그리고 아슬라 왕국으로 돌아가는 여로가 시작되었다.

막간

검은 늑대
검왕

길레느 데돌디어의 아침은 아직 해가 뜨기 전부터 시작된다.

옷을 갈아입은 뒤에 물을 한 잔 마시고, 가볍게 준비운동을 끝마치고 숙소 밖으로 나간다.

그대로 한 시간 정도 시내를 달린다.

이른 아침의 도시는 조용하지만, 결코 움직임이 없는 건 아니다. 커다란 상회의 뒤편이나 모험가 길드 앞, 도시 입구 같은 장소에서는 적지 않은 사람들이 졸린 표정으로 움직인다.

길레느가 도시 입구 부근에 가 보니, 마침 모험가 한 무리가 돌아온 참이었다.

총 스무 명 정도의 무리인 것을 보면 분명 이름 있는 클랜이겠지.

그들의 뒤에는 덩치 좋은 말이 끄는 커다란 짐차가 있었다. 그 위에 실린 것은 거대한 소 같은 마물이었다.

아마도 도시 부근에 돌연변이 마물이 출현했고, 이름 있는 클랜이 그걸 토벌하러 다녀왔겠지. 며칠이나 걸리는 의뢰였는지, 모험가들의 얼굴에는 피로의 빛이 짙었다.

길레느는 잠시 그들을 지켜보았지만, 곧 흥미를 잃은 듯이 발길을 돌렸다.

도시를 한 바퀴 돈 뒤에 숙소에 돌아온 그녀는 정원에서 검술 연습을 시작했다.

품세를 한 차례 연습한 뒤에 휘두르기. 딱히 색다를 것도 없는 이 연습을 길레느는 수십 년 동안 매일 빼먹지 않고 해 왔다.

검왕 갈 파리온이 그렇게 명한 뒤로, 검의 성지에 가도, 모험가가 되어도, 에리스와 사울로스의 도움을 받아서 경호원 겸 검술 선생이 된 뒤에도, 전이사건으로 분쟁지대에 날아간 뒤로도, 피트아령의 난민 캠프에서 알폰스를 도우면서도, 에리스와 재회하여 검의 성지에 돌아가도, 그리고 아리엘의 호위가 된 지금도 계속.

길레느는 연습을 통해 그 날 자신의 몸 상태나 정신 상태를 안다.

최근 길레느는 마음이 평온했다.

얼마 전까지는 할 일이 두 가지 있었다. 에리스를 지키는 일과 사울로스의 복수를 하는 것.

그 둘 중 하나가 끝났다.

에리스를 무사히 루데우스의 곁으로 보냈다. 임무 완료다.

이제 할 일은 하나. 하나뿐. 하나밖에 없다.

길레느는 그런 상황을 좋아했다. 이 이상 단순하고 알기 쉽고 전력을 낼 수 없는 상태는 없다.

그리고 그걸 위한 길도 준비되었다. 루데우스가 아리엘을 소개해 주었고, 그 아리엘은 길레느가 바라는 바를 참작하여서 그걸 이루게 해 주겠다고 약속했다.

드디어 간단해졌다.

이제는 때가 오면 달려가서 적을 벨 뿐.

그렇기에 길레느는 평온한 나날을 보내고 있었다.

그 날 저녁, 길레느는 마법도시 샤리아에 무수하게 존재하는 주점 중 하나에 있었다.

그녀의 주변은 시끌시끌한 주점 안에서도 아주 조용했다.

갈색 피부에 근골 우람한 수족 여자. 나이는 좀 있어도 미인. 그런데도 그녀에게 다가가려는 이는 없었다.

그녀에게서 풍기는 험악한 분위기는 '광검왕'이라는 이름을 연상시켰다.

광검왕에 대한 소문은 많았다.

마음에 안 드는 자는 누구든지 날려 버리고 베어 버린다. 거기에 도리는 없고, 문답도 없다. 눈이 마주치기만 해도, 혹은 기분이 상했다는 이유만으로 싸움을 거는 민완 검사.

그런 미지의 존재에 대한 공포심에 사람들은 그녀와 거리를 두었다.

그녀는 광검왕의 스승이긴 해도 광검왕 본인이 아니지만, 카운터 구석자리에 앉아서 누구보다도 조용히 술잔을 기울이는 모습이 묘한 위압감을 내뿜고 있어서, 그 소문에 대한 신빙성을 한층 높였다.

물론 위압감은 주위가 멋대로 느끼는 것뿐이지, 길레느 본인은 그저 요리를 기다리고 있었다.

길레느는 알고 있었다. 오늘 아침에 시내로 실려 온 거대한 마물. 그것의 고기가 이 가게에 입하되었으며 두툼한 스테이크로 요리되어 나온다는 사실을.

고로 길레느의 시선은 주방에 못 박혔다. 그곳에서 풍기는 고기 굽는 좋은 냄새가 코를 간지럽히고, 입에서 침이 흐를 지경이 되어서 그 순간을 기다리고 있었다.

그런 주점에 새 손님이 나타났다.

문에 달린 방울에서 딸랑딸랑 소리를 내면서 나타난 것은 화려한 머리칼을 가진 한 엘프였다. 아름다운 얼굴과 가슴 이외에는 눈길이 가는 육체를 가진 그녀. 하지만 그녀의 배는 그 날씬한 외모에서는 상상할 수 없을 만큼 불러 있었다. 임산부였다.

그런 그녀를 보고 주점에 있는 몇몇이 기쁜 듯이 말을 걸었다.

여어, 오랜만이잖아. 이제 남자 사냥은 안 해?

그러고 보면 결혼했댔나. 여기 와서 한잔하지?

그녀는 그런 말에 유쾌하게 인사하면서 주점 안으로 들어갔다.

거기는 주점 구석. 카운터 제일 안쪽 자리. 아무도 접근하지 않는 자리의 옆에 앉았다.

주위가 숨을 삼켰다.

"안녕, 길레느. 기다리게 했네요."

그녀—엘리나리제는 카운터 구석에 앉은 수족 여자에게 밝게 말을 붙였다.

"늦군."

길레느는 사실을 담담하게 말했다.

"어쩔 수 없지 않나요. 몸이 무거운데…."

"잠깐!"

길레느의 날카로운 목소리에 엘리나리제는 말을 멈추었다.

무슨 일인가 싶어서 순간 긴장했는데, 마침 주방 쪽에서 주인이 얼굴을 내민 참이었다. 그 손에는 커다란 나무접시가 있었다.

주인은 망설임 없이 길레느와 엘리나리제 쪽으로 다가오더니, 그 앞에 쿵 소리를 내며 접시를 놓았다.

"주문하신 요리 나왔습니다."

나무접시 위에는 달군 철판이 있고, 그 위에는 거대한 스테이크가 슈욱슈욱 소리를 내면서 김을 피워 올렸다. 곁들인 감자와 구운 야채의 색조가 식욕을 돋우었다.

"그래."

길레느는 주인에게는 눈길도 주지 않고 고기에 시선이 못 박힌 채로 끄덕였다.

"그럼 천천히 드시죠."

"아, 저한테는 물과 안주를."

"예이."

엘리나리제는 주방으로 돌아가려는 주인에게 그렇게 주문했다.

"하아, 그렇긴 해도 지쳤네요. 임신은 몇 번이나 경험했지만, 역시 힘드네요."

"그래."

"하지만 어째서일까요. 몇 번 경험해도 싫지 않거든요?"

"그래."

"당신, 이제 곧 발정기죠? 슬슬 상대를 찾죠? 뭣하면 제가 좀 알아봐 줘도 좋은데요."

"그래."

길레느의 시선은 엘리나리제 쪽을 전혀 보지 않았다. 그저 나이프와 포크를 손에 들고, 김을 피우는 고기를 바라보고 있었다. 입에서는 침이 줄줄 흘렀다.

"…제 요리를 기다릴 필요는 없어요. 먼저 드세요."

"괜찮겠나?"

"물론이죠. 식으면 맛이 없잖아요."

"고기는 식어도 맛있다."

길레느는 그렇게 말하면서도 엘리나리제의 말에 따라서 그 두껍고 거대한 고깃덩어리를 먹기 시작했다.

살짝 레어로 구웠지만 중심부까지 잘 구워진 상태라서, 신선한 고기에는 딱 좋았다.

나이프로 잘라서 입에 넣자, 소스의 찌르르한 풍미가 비린내를 없애고 향긋한 맛으로 진화시켜 주는 게 느껴졌다.

레어라서 다소 부드럽지만, 씹히는 느낌은 충분. 꾹 씹으면

육즙이 좌악 퍼져서 입 안을 가득 채웠다.

최고다.

길레느는 일심불란하게 고기를 자르고 입에 넣었다. 입에 가득 넣고 열심히 씹고 넘기고, 또 입에 넣었다.

계속 말이 없었다. 엘리나리제를 완전히 무시하고 있었다.

엘리나리제는 그런 모습에 화내지도 않고, 손으로 턱을 짚은 채로 바라보았다.

"맛있나요?"

"…그래."

"그럼 이 가게로 하길 잘했네요."

사실을 말하자면, 길레느에게 이 스테이크의 정보를 제공한 것은 엘리나리제였다.

그녀는 모처럼 재회했으니까 조금 이야기라도 할까 하고 길레느에게 저녁식사 이야기를 꺼냈다.

그렇게 고른 가게는 길레느의 취향에 딱 들어맞았다.

"기다리셨습니다."

길레느가 고기를 절반 정도 먹었을 때 엘리나리제의 물과 안주가 나왔다.

"…어쩐 일이지. 안 마시나?"

공복이 어느 정도 해소되어서 정신이 들었을까, 길레느가 고개를 들고 엘리나리제가 물을 마시는 것을 간신히 알아차렸다.

"당신과의 기쁜 재회의 건배, 앞으로 이야기할 슬픈 화제.

양쪽 다 술은 필요하지만, 지금 저는 이러니까요."

"그런가."

엘리나리제가 그렇게 말하면서 배를 가볍게 두드리자, 길레느도 마시라고 하진 않았다.

"저번에도 제가 술을 마시려고 하니까 실피가 말리더군요. 아이 나무라듯이 '떽'이라고."

황홀한 표정으로 배를 쓰다듬는 엘리나리제.

그 모습에 길레느는 의외라는 얼굴을 하였다.

"짝을 얻었다고 들었는데, 네가 이렇게까지 한 사람에게 매달리다니."

"저 자신도 조금 의외예요. 하지만 크리프는 멋진 사람이에요. 조금 융통성이 없고 말을 안 듣지만, 자기 자신을 알고 스스로에 대한 책임감도 강하고, 밤일도 열심이고, 자기 기분만이 아니라 제 생각도 하면서 열심히 움직여 주지요. 그게 귀엽고 귀여워서…. 길레느도 얼른 좋은 사람을 찾아보는 게 좋을 거예요!"

"나는 됐다."

그런 염장질에 길레느의 대답은 쌀쌀맞았다.

그녀는 이미 여자로 살아가는 것을 포기하였다. 검사로서의 삶을 밀고 가려는 생각이었다.

"뭐, 강요하려는 건 아니에요. 그보다도."

거기서 엘리나리제는 물잔을 든 손을 길레느 쪽으로 뻗었다.

길레느도 나이프를 내려놓고 잔을 들었다.

"그리운 친구와의 재회에."

"그래, 건배."

길레느의 잔이 엘리나리제의 잔과 부딪쳤다.

쨍 하는 기분 좋은 소리가 울렸다.

엘리나리제와 길레느.

과거에 '검은 늑대의 이빨'의 멤버였던 두 사람이 재회를 이루었다.

"이 자리에 탈핸드와 기스가 있으면 좋았겠지만요…."

"…파울로와 제니스도."

그렇게 말하자, 즐거울 예정이었던 회합이 단숨에 슬퍼졌다.

하지만 엘리나리제도 애초부터 그런 이야기를 하려고 여기에 왔다.

"파울로는… 안타까웠죠. 원래 제가 먼저 죽어야 했는데…."

"녀석은 너무 급하게 살았다. 일찍 죽을 거라고 생각했어."

"아, 예전에 그런 이야기를 했지요."

"말한 건 너다."

"그랬나요?"

"그래…. 나는, 녀석이 죽은 게 그리 신기하진 않았다."

"파울로의 마지막은 훌륭했지요…. 듣겠나요?"

"가르쳐 줘."

엘리나리제는 그 말에 따라 파울로의 마지막 모습을 말해 주었다.

가족과 떨어지게 되면서 필사적으로 찾아다녔던 것. 그렇게나 여자를 밝히던 이가 다른 여자에는 눈도 주지 않고 제니스에게 정조를 세웠다는 이야기. 루데우스와 제회한 뒤의 그와 루데우스의 대화. 기쁜 듯이 말하는 파울로의 얼굴. 그리고 루데우스를 감싸고 죽었던 파울로의 최후.

"그런가, 녀석도 변했군. 너와 같이 바보짓을 하던 녀석과 동일인물 같지 않아."

"어머, 제일 바보는 길레느였잖아요? 파울로를 보고 꼬리를 흔들던 시기를 기억하거든요?"

"그건 잠깐 정신이 나간 거다. 발정기라서. 그리고 나는 아둘디어가 아냐. 기뻐도 꼬리를 흔들지 않는다."

"비유지요, 비유."

"흥."

"하지만 그 무렵의 길레느는 귀여웠어요. 무슨 일이든 파울로를 신경 쓰고…"

"옛날 일이다. 잊어버려."

엘리나리제는 방긋방긋 웃으며 달게 양념한 안주거리를 입에 넣었다.

딱딱한 고기를 씹다가 꿀꺽 넘겼다.

그걸 보고 길레느도 같은 것을 주문하려고 했다.

"아, 다른 걸로 둘이서 나눠먹죠."

엘리나리제는 자기 접시를 길레느 쪽으로 밀었다.

둘이서 같은 것을 나눠먹었다. 잠시 동안 오독오독 소리가 두 사람 사이를 지배했다.

"나는 파울로보다 제니스 쪽이 쇼크였다."

접시가 빌 무렵, 길레느가 조용히 말했다.

"그 제니스가 저렇게 될 거라고는 생각도 못 했다."

"그렇지요."

"……."

"하지만 어쩔 수 없는 일이에요. 모험가니까요. 살아 있는 것만 해도 다행이라고 생각해야죠. 게다가 루데우스도 치료법을 찾고 있으니까, 어쩌면 원래대로 돌아올지도 몰라요."

"그런가?"

"뭐, 나이는 먹었지만요."

길레느는 가볍게 웃더니 잔을 기울였다.

"그때는 또 같이 마시면 좋겠군."

"그렇지요. 그때는 기스와 탈핸드도 불러서 시끄럽게 마셔보지요."

"녀석들은 어쩌고 있지?"

"아, 탈핸드랑은 파티를 해산한 뒤에…."

그 뒤로 두 사람은 여러 이야기를 했다.

파티를 해산한 뒤의 일. 전이사건이 일어난 뒤의 일. 루데우스와 만났을 때의 일.

그것만이 아니다. 모험가 시절의 이야기도 했다.

전설의 성검을 찾아서 유적에 들어갔던 때의 일. 기스가 도박으로 돈을 날려서 파티 전원이 강도짓을 했을 때의 일. 길레느가 발정기에 들어가고 파울로가 그 틈을 이용했던 것. 엘리나리제가 또 거기에 편승해서, 셋이서 끈적끈적한 생활을 보냈던 일.

대부분이 얼굴을 붉힐 만큼 창피한 기억이었다. 하지만 모든 것이 그립고 가슴 떨리는 추억담이었다.

엘리나리제가 눈을 가늘게 뜨고 말하고 있으니, 길레느는 어느 틈에 만취해서 멍한 얼굴로 테이블에 팔을 올리고 고개를 짚고 있었다.

"어머나, 어쩐 일로 완전히 취했네요. 집까지 데려다줄까요?"

"괜찮아. 나를 덮치는 늑대는 이제 없으니까."

길레느는 그렇게 말하고 뒤를 돌아보았다. 거친 모험가들은 길레느의 시선을 받고 눈을 돌렸다.

"이럴 줄 알았으면 필립 님의 유혹을 받아들일걸 그랬지."

"필립? 아, 피트아령의?"

"그래, 딱 한 번 첩이 되지 않겠냐는 말을 들은 적이 있지."

"어~머나, 어머나, 그건 아까웠네요. 받아들였으면 귀족집 마님이 되는데."

엘리나리제의 놀리는 말에 길레느는 서글프게 웃었다.

"에리스 아가씨를 볼 낯이 없었으니까."

"당신에게서 그런 말이 나오다니 놀랍네요…. 어머?"

엘리나리제는 그렇게 말하면서 길레느를 보고 고개를 갸웃거렸다.

길레느는 또렷한 눈을 하고 있었다. 살기 띤 눈이었다.

"필립 님은 이미 죽었다. 전이사건에서 살아남을 수 없었다. 사체는 매장했고, 죽인 녀석도 죽였다."

"…어머, 그렇군요. 그건 안타까운 일이에요."

"에리스 아가씨는 루데우스에게 시집갔다…."

길레느는 번쩍이는 눈으로 천장을 노려보았다.

"이제 사울로스 님의 복수뿐이다."

살기를 띤 길레느의 모습에 주점의 손님 몇 명이 위험을 느끼고 나갔다.

하지만 엘리나리제는 동요하지 않았다. 그녀는 눈앞의 여자가 갑자기 살기를 띠고, 갑자기 누군가를 베어 죽이는 인물임을 알고 있었다. 또 자기가 베일 리는 없다는 것도.

"그걸 위해서 그 공주님의 호위가 된 거로군요."

"그래."

엘리나리제는 한숨을 내쉬고 마찬가지로 천장을 보았다.

"길레느도 변했네요. 예전에는 그렇게 충성심 강한 기사 같은 여자가 아니었는데."

그 말에 길레느는 움직임을 멈추고 잔을 보았다.

호박색의 술. 거기에 비친 자기 얼굴.

결론은 곧 나왔다.

"…나도 돌디어족이었다는 소리다."

길레느는 그렇게 말하고 일어섰다.

만취했다고 생각되지 않을 만큼 똑바른 발걸음으로 의자에서 일어섰다.

"어디로 가나요?"

"돌아간다."

"어머나, 여전히 갑작스럽군요."

엘리나리제는 어깨를 으쓱이면서 일어섰다. 품에서 은화를 꺼내어 카운터에 놓았다.

"길레느!"

계산을 마친 엘리나리제는 밤길로 사라지려는 길레느에게 말했다.

길레느는 고개를 돌리고 귀를 파르르 움직였다.

"아슬라 왕국에서는 루데우스와 실피를 지켜주세요! 두 사람 다 제 귀여운 손주들이니까요!"

"…맡겨다오."

길레느는 꼬리를 세우고 대답했다.

엘리나리제는 길레느가 이용하는 숙소와 정반대쪽, 크리프의 자택 쪽으로 사라졌다.

그걸 보며 길레느는 흥 소리 내어 코웃음을 쳤다.

해야 할 일이 또 늘었다.

하지만 그건 해야 할 일이 아니다. 시키지 않더라도 자연스럽게 하는 일이다.

"…나도 똑똑해졌군."

그런 생각에 도달한 스스로에게 만족하면서 길레느는 기분 좋게 자기 숙소로 돌아갔다.

16권 끝

무직전생 ~ 이세계에 갔으면 최선을 다한다 ~ **16**

2018년 7월 7일 초판 발행
2023년 10월 30일 4쇄 발행

저자	리후진 나 마고노테
일러스트	시로타카
옮긴이	한신남

발행인	정동훈
편집인	여영아
편집 팀장	황정아
편집	노혜림

발행처	(주)학산문화사
등록	1995년 7월 1일
등록번호	제3-632호
주소	서울특별시 동작구 상도로 282 학산빌딩
편집부	02-828-8838
영업부	02-828-8986

ISBN 979-11-348-1454-0 04830
ISBN 979-11-256-0603-1 (세트)

값 9,000원